刹那の風景《ふうけい》4
68番目の元勇者と訳ありの依頼

そして、依頼最終日――
「アルト？」
すぐに走ってくると思ったのに、
いまだにこちらにこない
アルトに声をかけると、
ハッとしたように僕を見てから、
嬉しそうに走ってくる。
ラギさんはその様子を見守りながら、
ゆっくりと足を踏み出していた。
僕もアルトを迎えるために一歩踏み出す。
ノリスさん達も、
僕の後ろをついてきていた。
Alto
アルト
Ragi
ラギ

アルトとラギさんに
労いの言葉をもらったあと、
アルトとエリーさんが
楽しそうに喋りだし、
ノリスさんとラギさんは
壁紙の張り替えのことを話していた。
皆の声を耳に入れながら、
ふと、空を見上げる。
そこには、光と闇の織りなす
美しい光景が広がっていた。

contents

刹那の風景《せつなのふうけい》
4
68番目の元勇者と訳ありの依頼
著 緑青・薄浅黄
ill. sime

イラスト：sime

刹那の風景ワールドマップ

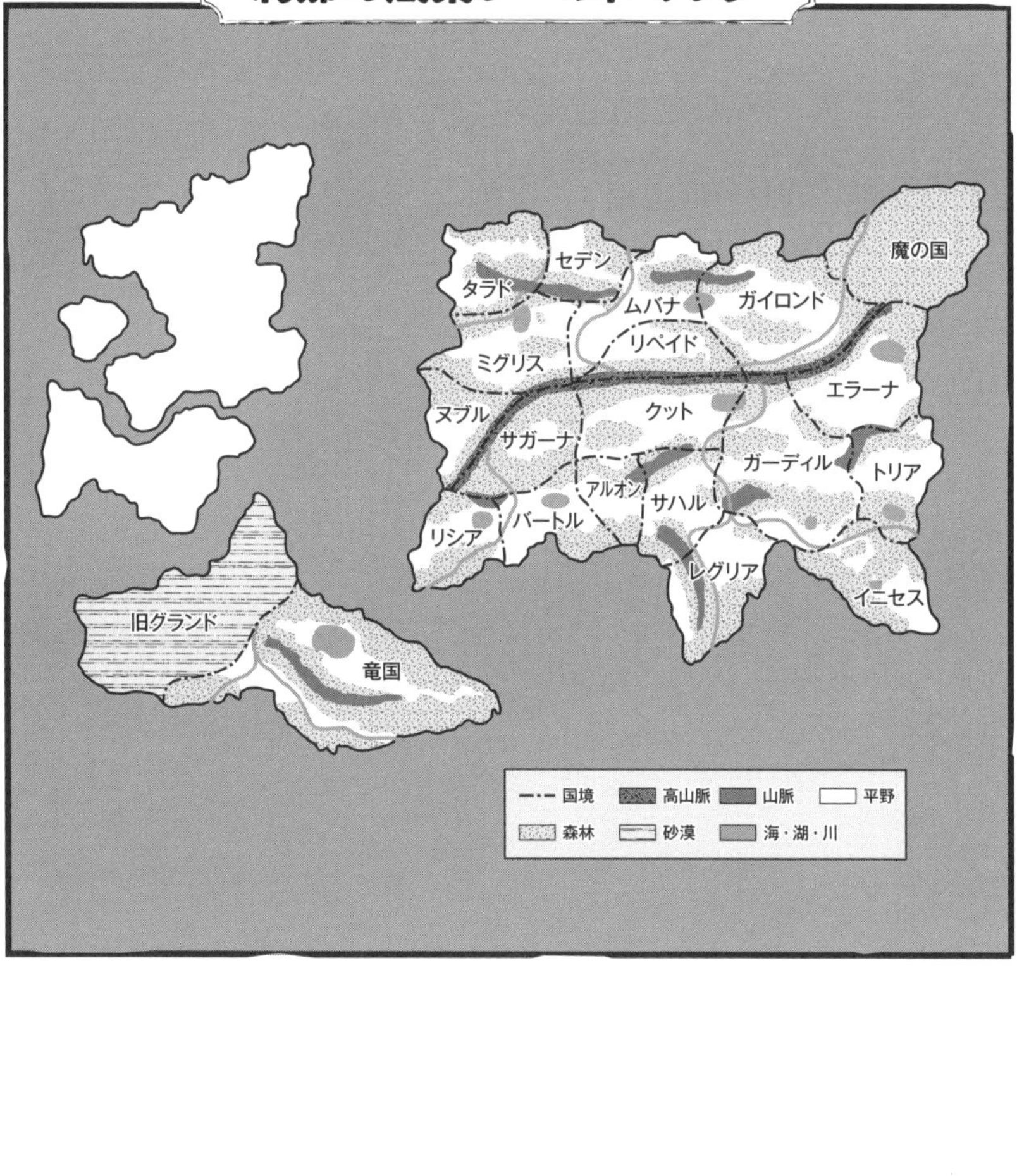

プロローグ

『人と関《かか》わって生きていけよ』

その言葉は暁《あかつき》の空のように始まりを告げるものであり、黄昏《たそがれ》に憧憬《しょうけい》を抱《いだ》く僕《ぼく》への枷《かせ》だった。

決して違《たが》うことのできない約束は、生きている意味であり、生きていくことへの免罪符《めんざいふ》。

友の命の代わりに僕がいる。

このことを、生涯《しょうがい》忘れはしない。


『おいて、いか、ないで』

祈《いの》るように呟《つぶや》かれたその願いは、今も僕の耳に残る。

この一言に込《こ》められた想《おも》いと勇気を、僕は踏《ふ》みにじれない。

生きる意味が、一つ増えた。


『家族に会いたい』

そのささやかな望みは、叶《かな》えなければいけない僕の誓《ちか》いとなる。

燻《くすぶ》る想いで炙《あぶ》りだされるように、また一つ。

そして、また一つ。僕は生きる意味と出逢《であ》うんだ。

灯火《ともしび》のような人だった。
煌々《こうこう》と照らす光ではなく、柔《やわ》らかく優《やさ》しい灯《あか》りを僕達《たち》に与《あた》えてくれる人だった。

この世界で、ようやく生き始めた僕達。
普通《ふつう》というものに恵《めぐ》まれなかった僕達。
根無し草のように渡《わた》り歩く僕達。
そんな僕達に、穏《おだ》やかな暮らしを教えてくれたのは、
黄昏時を歩く英雄《えいゆう》だった……。

第一章　ミヤコワスレ　《しばしの憩い》

◇1【セツナ】

冒険者《ぼうけんしゃ》になってから様々な経験を積んできたが、この1カ月も波乱に満ちたものだった。国を追われた騎士《きし》サイラスを助けるため、竜族《りゅうぞく》の住んでいた洞窟《どうくつ》を抜《ぬ》けリペイドの国にやってきた。そのことで、国同士の争いに巻き込《こ》まれることにもなった。

洞窟に住んでいた竜族は、妻の兄であり僕《ぼく》の恩人の親友でもあったのだが、そのことを知らずに戦ったりもした。今思えば、取り返しのつかないことになるかもしれなかったと、思わざるを得ない。そんな危《あや》うげな1カ月だったと思う。

暦《こよみ》は夏《サルキス》3の月から、4の月になろうとしている。リペイドという国は姉弟《きょうだい》大陸の北に位置しているせいか気温が低く、さらに、夏の盛《さか》りが過ぎたこともあり、肌寒《はだざむ》い季候となっていた。

僕とアルトは宿屋に移ってすぐにギルドへいくつもりでいたのだが、アルトが訓練の時間になっても起きることができなかったので、休息をとっていた。

この国の事情に巻き込まれ緊張《きんちょう》した雰囲気《ふんいき》の中で、それも自分の姿を偽《いつわ》りながら生活していたのだから、心安まる暇《ひま》などなかったはずだ。精神的にも肉体的にも疲《つか》れが溜《た》まっていたのだろう。なので、アルトの様子を見ながら必要な事柄《ことがら》を洗い出し、予定を立て直していた。

特例事後申請《しんせい》をどうするかも、その中の一つだった。手続きのために、サイラスと会う必要があった。実際に会うのは、アルトが元気になってからだけど、その段取りはつけておかなければならず、急いで手紙を書いた。そして、アルトが寝《ね》ている間に城の受付に渡《わた》してきたのだが、正直、彼《かれ》と連絡《れんらく》をとるのは時間がかかるだろうと思っていた。

しかし、翌日には宿屋にサイラスの使用人だという人が現れ、彼からの手紙を届けてくれたのだった。手紙には明日が休日なので、午前10時頃《ごろ》に城の受付にきて欲《ほ》しいと書かれていた。

僕は、アルトの体調が回復していたので「二人でいくよ」と手紙を書き始めた。そして節約のためにリペイドで家を借りる方法を教えてもらいたいこと、別れ際《ぎわ》の頼《たの》み事に対して用意ができたことも記し、返事を運ぶために待っていてくれた使用人に、その手紙を渡したのだった。

「ししょう、きょうは、さいらすさんと、あうんだよね？」

でかける準備を終えたアルトが、今日の予定を確認《かくにん》するように僕を見た。

「うん。お城にいってサイラスと会ってから、都合がよければ一緒《いっしょ》にギルドにいくよ」

「さいらすさんも、いっしょに、ギルドにいくの？」

「そう。僕とアルトはサイラスから緊急《きんきゅう》の依頼《いらい》を受けたことになっているから、依頼人であるサイラスも一緒にいって、説明してもらわないと駄目《だめ》なんだよ」

「でも、どうして、また、おしろにいくの？　ギルドでまちあわせても、よかったとおもう」

「うーん。城にきて欲しいと書いてあったから、理由は知らないかな」

「そっか。おかし、たべられるかな？」

「……多分、お菓子《かし》はないと思うよ」

お菓子がだされる理由はないし、それ以前に城の中に入るかどうかもわからない。アルトは残念そうに耳を寝かせていたが、お菓子をねだるわけにもいかない。意気消沈《しょうちん》しているアルトに、内心苦笑《くしょう》し解決案を提示してみる。

「用事が終わって時間があれば、屋台で何か買うのはどう？」

「やたい！」

耳を立ててその瞳《ひとみ》を煌《きら》めかせ、アルトは嬉《うれ》しそうに声を響《ひび》かせた。

「きっと、美味《おい》しい物が見つかるよ」

「うん！」

「それじゃあ、いこうか。忘れ物はない？」

「ない！」

一瞬《いっしゅん》で元気になった姿に笑いをこらえながらアルトを促《うなが》して、曇《くも》り空の中、僕達《たち》は城へと向かったのだった。

雨上がりの道を歩き、手紙で指示された場所へたどり着くと、そこにはこの国の騎士服とマントを纏《まと》ったサイラスが立っていた。

(今日は休みだと聞いていたけど、騎士服でギルドにいくつもりなのだろうか?)

疑問に思いながら近づく。彼は僕達を見つけると、嬉しそうに目を細めながら手を上げた。

「城まで足を運ばせて悪いな。とりあえず、俺《おれ》についてきてくれるか?」

その言葉に僕達が頷《うなず》くと、サイラスは歩き始める。人がいない長い廊下《ろうか》を進みながら、彼が一度振《ふ》り返り口を開く。

「あー、二人とも元気だったか? というのもおかしいな」

そういったあとに間髪《かんはつ》を入れず「数日前に別れたばかりなのに、元気かというのも間抜けだよな」と自分で突《つ》っ込みながら、ばつが悪そうに頭をかく。

「いや……どうしてだろうな? お前達の姿を見たらさ、お前達と旅したのが遠い昔のことのように思えたんだ」

軽くため息をつき、どこか疲れたようにサイラスが苦笑する。アルトが少し歩みを速め、彼の隣《となり》に並んだ。

「さいらすさん、つかれてる?」

アルトが軽く耳を寝かせながら、心配そうに彼を見上げた。

「疲れているわけじゃないんだけどな。なんとなく、しっくりこないというか、落ち着かないというか変な気分だ」

わけがわからないというように、アルトは首をかしげている。

「まぁ、気にしてくれてありがとうな。正直、俺にもよくわからないんだよ」

さらに苦笑を深めて、サイラスがアルトの頭を軽く撫《な》でた。

「サイラス」

僕の呼びかけに廊下を曲がろうとした彼が立ち止まり、視線をアルトから僕へと移した。

「城の雰囲気が、よそよそしく感じる？」

「どうして、わかるんだ？」

その問いには答えず、もう一つ彼に質問を投げた。

「ユージンさんとキースさんとは、話ができている？」

「……」

何もいわずに黙《だま》り込んだ彼の姿を見て、彼が今どういった状況《じょうきょう》にいるのかの確証を得た。

身命を賭《と》して困難な状況を打開し、竜族にすら認められたサイラス。その彼へ向けられる眼差《まなざ》しは、様々な思惑《おもわく》がこもるだろう。さらに、彼が一番信頼《しんらい》するユージンさんやキースさんとの距離《きょり》を測りあぐねているのだから、日々神経をすり減らしているだろうことは、想像に難《かた》くない。

それがサイラスが感じている、わけがわからないという感情の正体なのだろう。ずっと気苦労を重ねているに違《ちが》いない。

それだけでも十分問題だと思うけれど、もっと厄介《やっかい》なのは、そのサイラスが別の問題で心に傷を負っている点だ。こんな状況の中で、彼の心は癒《い》えるのだろうかと、心配になってくる。もっとも、サイラスに、自覚はないかもしれないが。

「気が付いてないかもしれないけれど、サイラスは心に傷を負っているんだ」

「心に傷？」

意味がわからないのか、サイラスが眉間《みけん》にしわを寄せた。

「ガイロンドを出し抜くためとはいえ、冤罪《えんざい》をこうむり、自身が一番大切にしている信念や誇《ほこ》りを取り上げられ、傷つかないわけがない」

「それは、仕方がなかったことだろう？」

「確かに、仕方がなかったのだと思う。ただそれが、傷つかない理由にはならない」

「……そうかもしれないけどさ、傷ついたのは俺だけじゃない」

「そうだね。今回のことに関《かか》わった人達は少なからず、傷ついたのかもしれない。だけどそれも、サイラスが傷ついていない理由にはならない」

「俺は傷ついていたのか、わかった。じゃあ、最近の妙《みょう》な感じもそれが理由ということか？」

「それは、別かな。今、サイラスは色々な気苦労を抱《かか》え込んでいると僕は考えている。羨望《せんぼう》だったり、妬《ねた》みだったり、そういった視線にさらされて落ち着かない状況だろうと。そんな中にいたら、心の傷にも悪影響《あくえいきょう》がでてくると思うよ」

「……」

「サイラスは、もう少し自分を労《いたわ》ったほうがいい。僕を友人だといってくれた君が、疲弊《ひへい》していく姿を、僕は見たくない」

「……セツナの話を聞いて、腑《ふ》に落ちた。心配してくれてありがとう。でも、俺はユージンの騎士だ。その誓《ちか》いは違《たが》えない。それに、俺はリヴァイル様にも誓ったんだ。この国を守ると。生涯《しょうがい》この二つの誓いを俺は守り続けると決めている。だから、俺は歯を食いしばって頑張《がんば》るだけだ」

その返事は非常に彼らしいものだったが、それだけに僕は悩《なや》ましく感じてしまう。

「そう決めているのなら、ユージンさん達とお互《たが》い腹を割って話をするといいよ。辛《つら》かったことも、苦しかったことも、腹が立ったことも、絶望したことも」

「そうはいってもな……」

サイラスが二人を気遣《きづか》って、自分の抱えている感情を話したくないことは理解できる。しかし、それでは何も解決しない。僕はそう思い、そのことを告げようとしたときだった。

「お前がリペイドを離《はな》れていた間の話を、聞かせてくれないか」

突然《とつぜん》、僕達以外の声が聞こえ、サイラスがゆっくり振り向く。廊下の曲がり角から現れたのはユージンさんとキースさんだった。

「ユージン……」

一瞬、言葉に詰《つ》まったサイラスだったが、少し早口になって、ユージンさんに話しだした。

「なら、ユージンも話せよ。俺がいなかった間の話をさ」

「私も交ぜてください。とっておきの酒がありますよ」

「ああ。３人で話をしよう。キースのおごりでな」

肩《かた》から力が抜けた3人の間に穏《おだ》やかな時間が流れ始め、彼らの積み重ねてきた絆《きずな》が、そう簡単に切れるものではないのだと教えてくれる。互いに心を開いて話し合うことで、サイラスの気苦労が解消され心の傷が癒えていってくれることを、僕は願わずにはいられなかった。

「キース様。そろそろ、よろしいでしょうか？」

キースさんの後ろで一人で待っていた騎士が、声をかけてきた。

「そういえば、どうして、二人ともここにいるんだよ。部屋で待っていてくれっていっただろ。フレッドも止めろよな」

彼の名は、フレッドというようだ。そういえば、謁見《えっけん》の間《ま》でもキースさんの後ろに立っていたような気がする。

「お待ちいただこうとしたんだが、サイラスの様子がおかしかったため、お二方とも気になされて、ここまでいらっしゃったんだよ」

「サイラス、とりあえず部屋に移動しよう。客人を廊下に立たせたままなのはよくない」

キースさんがサイラス達の会話をさえぎって、僕達に移動を促す。

「本来ならば、わざわざ城にきてもらわなくてもよかったのだが、どうしても聞いておきたいことがあったのだ。申し訳ないが、しばらく私達に時間を貰《もら》いたい」

なるほど。僕を呼び出したのはキースさんだったのかと納得《なっとく》してアルトを見ると、アルトの関心はすでにそこにはないようだった。前をいくキースさん達を追いながら、尻尾《しっぽ》を揺《ゆ》らしている。

会議室にでもいくのかと思いながら、後ろをついていくと、案の定、会議室への近道である中庭へと抜ける。色とりどりの花が綺麗《きれい》に植えられている、立派な中庭だ。

その中庭から、人の気配を感じて顔を向けると、僕につられるようにサイラスも一緒に視線をそちらへと向けた。

「ジョルジュが女といるなんて珍《めずら》しいな。告白でもされているのか？」

サイラスのからかい混じりの言葉に、その他の人達も同じ方を見る。

（確か、ジョルジュ様というのは、ユージンさんの騎士の一人だったな）

そんな僕達の反応とは関係なしに、アルトだけは目の前にある花に興味を奪《うば》われていた。そのアルトを見守りながらも、僕はサイラス達の話にも耳を傾《かたむ》ける。

「一緒にいるのは、僕の妹だよ。一度会ったことがあるだろう？　今日は、僕とジョルジュの訓練を見る約束をしていたんだよ」

サイラスの冷やかしに気を悪くしたのか、フレッド様が冷めた声で話す。

「ああ、ソフィア嬢《じょう》か。ジョルジュと訓練するなら、お前を待っているんじゃないのか？」

「今日は、一部の騎士の予定が変更《へんこう》されただろう？　それで、君がユージン様の護衛につくことになったのと同じように、僕はキース様の護衛につくことになったんだ。もっとも、君も都合が悪いから、ジョルジュに交代してもらうという話だと聞いたが」

サイラスが休みなのに騎士服を着ていたのはそういうことかとまた納得し、僕は二人の会話に口を挟《はさ》んだ。

「サイラス。忙《いそが》しいのなら、今日の予定は取り消してくれても大丈夫《だいじょうぶ》だよ？」

サイラスがフレッド様と話をしていたためか、気を利《き》かせてキースさんが僕に返事をくれる。

「特例事後申請の話は、国王様もご存じだ。これ以上、セツナに負担を強《し》いるわけにはいかないとのことなので、気にすることはない」

「そうなんですね。ありがとうございます」

国王様の心遣いを感謝するのと同時に、宮仕えの大変さを感じさせられた。

「それで僕達は護衛につくことになったから、妹に謝罪の伝言をジョルジュに頼んだんだ」

　僕達のやりとりの間にフレッド様は、ジョルジュ様とソフィアさんが一緒にいる理由を告げていた。

「それならちょうどいい。私達は先にいっているから、お前の口からも謝罪をしてくるがいい」

　キースさんが今度は、フレッド様に話を向けると、彼は任務ですからと頑《かたく》なにそばを離れようとしなかった。キースさんが仕方ないと苦笑しているのを見て、僕はユージン様に耳打ちをした。

「セツナは、それでいいのか？　時間は、大丈夫なのか？」

「はい、問題ありません」

　僕がそう答えると、ユージンさんは笑ってからジョルジュ様とソフィアさんの方へと歩いていく。それに面食らったキースさんとフレッド様が、慌《あわ》ててあとを追い駆《か》ける。ついで、サイラスが一瞬こっちを見て悪そうな顔でにやけてから、あとを追っていった。

「しょう、あまくて、おいしそうな、におい」

　我関せずという様子で花の感想を告げてきたアルトに、僕は笑いながら返事をした。


　会議室につくとユージンさんとキースさんが先に席につき、僕とアルトは彼らと対面するようにソファーに座《すわ》る。サイラスとフレッド様は座ることなく、当然のようにユージンさん達の後ろに立った。

　それぞれが定まったところに落ち着いたあとに、用意された紅茶とお菓子を勧《すす》められる。おそらく、これはアルトのために用意してくれたのだろう。アルトがお礼をいってそれを嬉しそうに食べ始めた。

そのとき、部屋の扉《とびら》が叩《たた》かれた。キースさんが許可すると、応《こた》えと共に先ほど中庭にいた騎士が入ってきた。ここで改めてユージンさんが、サイラス以外の二人の騎士を紹介《しょうかい》してくれた。

キースさんの後ろにいる騎士がフレッド様といい、キースさんの第一騎士。そして、部屋に入ってきた騎士がジョルジュ様といい、ユージンさんの第二騎士ということだ。

リペイドの第一騎士と第二騎士というのは、騎士職の中で最上位のものだ。王族にのみ護衛としてつけられる騎士のことで、普通《ふつう》の騎士では出入りできない、王族のみが立ち入れる場所に共に入っていくことを許される騎士である。

したがって護衛対象から信頼がないと任命されない、名誉《めいよ》ある騎士でもある。今回この二人を僕に紹介してくれたのは、この先サイラスと関わっていく上で、顔を合わせることもあるかもしれないかららしい。

逆にジョルジュ様とフレッド様は、僕達と引き合わされた意味をユージンさんに聞いていた。一介の冒険者にしか見えない者達を、わざわざ王子自ら紹介したのが不思議だったのだろう。ユージンさんに、吟遊《ぎんゆう》詩人のセツとその付き人であるアリスだったと聞かされ、心底驚《おどろ》いていた。

そんな風に一通り顔合わせが済んだあと、ユージンさんが本題を切り出してきた。

「別に畏《かしこ》まった話をしたいわけではなかったのだが、国防に関わることなので、会議室になってしまった」

「はい、大丈夫ですよ。それで、どういうご質問でしょうか？」

「特例事後申請の件なのだが、どの程度のことを冒険者ギルドに話すつもりなのか教えて欲しい」

ユージンさんがそういうと、サイラスが続いて口を開く。

「ちょっと面倒《めんどう》な話なんだが、転移魔法陣《まほうじん》のことがあってな。国王様に転移魔法陣の行き先の一つがゼグルの森だということは、口止めされてしまったんだ。国防として黙っていて欲しいということだ。もちろん俺の方は命令なんだが、セツナが話す分には仕方がないとは考えている。ただ事前に、セツナ自身がどこまでギルドに説明する予定なのか知っておきたいって話になって、ユージンとキースが聞き役に選ばれたわけなんだ」

サイラスの説明に、僕はなるほどと頷く。僕の意思を尊重するが、できれば話して欲しくないということをいいたいがために、質問という形にしたのだろう。

「用件はわかりました。といっても、どこまで話すかは考えていませんでした。ギルドに聞かれたら話す程度のつもりでしたけど。逆に、何を話したらリペイドとしては困るんですか？」

「サイラスと出会った場所が、どこかという一点だけだ」

ユージンさんの言葉に、僕は絶句した。

「いやいや、待ってください。出会った場所がいえないのなら、どの区間を護衛したかの説明ができませんよね？」

「区間のことは伏《ふ》せて、期間だけでなんとかならないだろうか？　冒険者ギルドへの期間の保証については、リペイドが責任を持つ」

「ですけど、僕はサイラスに会う前までクットにいたことは、わかってしまっているので、期日を確定してしまったら、どの辺で会ったか大体推測できてしまいますよ？　少なくともクットのどこかだとは思われてしまいますが？」

「……」

「とりあえず、話さないで済むなら話さないように持っていきますが、期待はしないでください」

「よろしく頼む」

なんて酷《ひど》い注文だと思いながらも、美味しそうにお菓子を食べ続けるアルトを見て、高く付いたなと肩を落としたのだった。


彼らの用事が済んだみたいなので、手紙に書いたサイラスの頼み事の件を済ませてしまおうと、彼に話しかける。

「どうしたんだ？」

「これを」

彼のそばまでいき、布で作られた小さな袋《ふくろ》を手渡した。中には彼に頼まれて作った魔導具が入っている。それを伝えるとサイラスは、申し訳なさそうにいった。

「ああ、そういえば手紙にも書いてあったな。こんなに早く用意してくれるとは思っていなかった。ただ今は、金がないんだ。都合がついてからもう一度声をかけるので、そのときに渡してくれないか？　近いうちに報奨金《ほうしょうきん》を貰えるはずだから」

「先に魔導具は渡しておくから、僕がリペイドにいる間に、支払《しはら》ってくれたらいいよ」

「いや……」

僕達のやりとりが気になったのか、ユージンさん達がサイラスの手元を覗《のぞ》き込む。

「何の魔導具だ？　必要なら私が立て替《か》えておくが？」

キースさんの申し出にサイラスが言葉に詰まり、そして困ったように頭をかいてから僕を見た。

「本当に、先に受け取ってもいいのか？」

「はい、どうぞ」

僕の返事を確認してから、ユージンさんとキースさんの胸元《むなもと》に布の袋を押《お》しつけた。少し乱暴な渡し方に、二人は思わずといった様子で驚きながら受け取る。

「これは？」

ユージンさんが袋を開けて、手のひらの上に中の物をだした。

「指輪？」

「俺の物と同じ魔法を、刻んでもらった」

「……髪《かみ》と瞳の色を変える魔導具か？　どうして私達に？」

「いざというときのために、ユージンやキースには持たせておいたほうがいいと思ったんだ。それで、お前達がアルトにくだらない話を吹《ふ》き込んでいるときに頼んでおいた」

くだらない話というのは、城での滞在《たいざい》の最終日に5人で交《か》わした話のことに違いない。その話は、サイラスの子供の頃の話だったのだが、ユージンさんやキースさんの話と旅の間に聞いていた話が違いすぎて、アルトが混乱してしまったという内容だった。ちなみに、アルトがどちらの話を信じたのかは、日頃の行いがものをいったと思う。

「いざというとき……」

手のひらの上にのせた指輪を凝視《ぎょうし》して、ユージンさんが呟《つぶや》いた。

「そのような日がこないことを願うし、俺も命がけでお前を守る。だが、それでもということがあるかもしれない」

「……」

「もし、一人で行動しなければならなくなったとき、髪と瞳の色を変えるだけでも、敵の視線を欺《あざむ》ける。生き残る可能性が高くなる。だから、あの揃《そろ》いの短剣《たんけん》と一緒にいつも持っていてくれ」

「わかった」

二人が力強く頷いたのを見て、サイラスは満足そうに笑った。

「まぁ、魔導具を使う練習も必要だからな。その指輪を使って、3人で城下町に遊びにいくのもありだよな」

「……ないだろう」

「あり得ない」

ユージンさん達が呆《あき》れたように即答《そくとう》したが、一瞬の沈黙《ちんもく》のあと二人同時に声を上げて笑いだし、それにつられるようにサイラスも笑う。ジョルジュ様とフレッド様は、楽しそうに笑う彼らを表情を変えずに見ていた。それでもその姿には、温かさを感じずにはいられなかった。それはおそらく、サイラスを心配し見守ってきた、彼らの心情そのものだったのだと思う。

魔導具の代金はキースさんが支払ってくれた。自分達が使う物なのだから自分で支払うのが当然だというのが彼らの言い分だった。二人に贈《おく》るつもりでいたサイラスは眉間にしわを寄せていたが、最終的には納得したようだ。

そのあとで、サイラスが引き継《つ》ぎを済ませるのを待って、ギルドに向かった。アルトが忙《せわ》しなく顔を動かし屋台を見ているのを見守っていると、サイラスから声がかかる。指輪で髪と瞳の色を変えている彼は、どことなく懐《なつ》かしい感じがする。

「そういえば、手紙に家を探していると書いていたよな」

「そうなんだ。クットで旅の資金を稼《かせ》ぐ予定でいたんだけど、リペイドのほうがアルトにとって暮らしやすそうだから、しばらく向こうの大陸に戻《もど》らずに、ここで活動しようかなと思っているんだ」

獣人《じゅうじん》と人間は、基本的には仲が良くない。冒険者などは実力主義であるため仲良くしている者達もいるが、普通は頑張って打ち解けていこうというものではない。特に獣人の多い弟大陸では、お互いに触《ふ》れ合う機会も増《ま》すため、摩擦《まさつ》もある。

ではリペイドはというと、獣人が訪《おとず》れる機会が少なかったので、今まで波風が立つこともあまりなかったらしく、獣人に対してとても寛容《かんよう》な雰囲気であった。それが決め手で、ここにしばらくいようと、僕は思ったんだ。

「リペイドに永住でも、いいんじゃないか？」

サイラスは冗談《じょうだん》ぽく話しているけれど、その目は真剣な色を帯びていた。

「過ごしやすそうな国だとは思うけど、僕の目的は世界を旅することだからね。どこかの国に永住する予定は、今のところないかな」

「残念だ」

そういって笑うサイラスに、僕も軽く笑った。

「貸家は、色々と手続きが煩雑《はんざつ》らしいんだよな。永住するなら国王様に頼めばすぐだと思うが。滞在期間は、そこまでではないんだろう？」

「そうだね」

「それなら、少しの間待ってくれるか？　手続きなしでもいいといってくれる大家に、心当たりがないわけじゃないんだ」

「休みも満足にとれないぐらい忙しいんだから、そこまでしてもらうわけにはいかないよ」

「それぐらい大丈夫だ、任せてくれ。その代わり、落ち着いたらセツナの部屋に遊びにいくからな」

サイラスが得意そうにいうので、彼の厚意《こうい》をありがたく受け取ることにした。

「じゃあ、お願いするよ。でも、無理なときは無理だといって欲しい」

「わかった。それじゃあ、数日待っててくれ。結果は手紙で知らせる」

「うん。待ってるよ」

　家のことが片付き、残っている雑事は特例事後申請だけになった。今日中にそれも片付けたい僕は、サイラスが勧める屋台に心奪われるアルトを急《せ》かして、ギルドに向かったのだった。


　ギルドに入った瞬間、余所者《よそもの》の僕達を値踏《ねぶ》みする、そんな視線が突き刺《さ》さってくる。その視線は次第《しだい》にアルトに集まっていった。おそらく、ガーディルのような獣人への蔑《さげす》みというわけではなく、単純に獣人でしかも子供だということが珍しいのだろう。

　周りの反応を気にすることなく受付へ向かい、サイラスが受付の男性に声をかける。こちらを見ている男性は精悍《せいかん》な顔つきなのに髭《ひげ》に支配されている。アルトが小さな声で「もじゃもじゃ」と呟き、僕は笑いそうになったのを咳払《せきばら》いでこらえた。

「私は、サイラスという。魔物に襲《おそ》われているところを、この二方に助けられた。聞けば彼らは冒険者ということだったので、ここまで付き合ってもらった。できれば彼らに依頼として報酬《ほうしゅう》を渡したいのだが、手続きをお願いしたい」

「特例事後申請の手続きで、いいのか？」

ここまでいって、男性はサイラスから僕とアルトに視線を移す。そして「人間の青年と獣人の子供……髪の色は……」と呟き始めたかと思ったら、急に僕に話しかけてきた。

「おめぇ、セツナか⁉　獣人族の子供のほうは、アルトで合っているか⁉」

「はい、そうです」

なぜ、僕とアルトの名前を知っているのか考える間もなく、男性はまくしたてる。

「おめぇ、所在確認依頼がだされているぞ！」

「え？」

男性の言葉に、軽く目を見張る。所在確認依頼などだされる意味がわからない。そんな僕を見て、彼は落ち着きを取り戻したのか、ニヤリと笑った。

「レイナを知っているだろう？　彼女《かのじょ》が血眼《ちまなこ》になって、おめぇさんを捜《さが》しているぜ。本部から、セツナを見つけたら報告するようにと通達がきた」

「……」

十中八九、薬の調合方法に関することだろう。クットの冒険者ギルドのマスターであるレイナさんに、薬の調合方法を伝えていなかったからだ。

（レイナさん、怒《おこ》っているだろうか……）

「とりあえず別室で話を聞きたいのだが、時間は大丈夫か？」

僕とアルトは大丈夫だけど、サイラスはどうかわからない。なので、ちらりと視線を向ける。

「今日は、お前達の都合に合わせるさ」

「ありがとう」

僕達のやりとりを見守っていたギルドマスターが、問題ないと判断したのか、話し始めた。

「大丈夫そうだな。おれぁ、ここのギルドマスターをしているドラムだ」

それを受け僕達が挨拶《あいさつ》を返すと、アルトも同じように頭を下げた。ドラムさんはそんなアルトに視線を向けると軽く笑い「おぅ、二人ともしっかり働いてくれ」と告げたあと、別室に案内してくれた。


結論からいうと、特例事後申請の手続きをするのはやめることになった。理由は懸念《けねん》していたとおり、申請するために必要な事柄を説明できなかったからだ。

まず、僕達がどこで会ったのかの質問に、サイラスが詳《くわ》しい場所はわからないと伝え、僕も迷っていたので詳しくはわからなかったと伝える。アルトには、山とだけ答えてもらった。

ドラムさんは仕方なしに「じゃあ、クット方面ということでいいか?」というと、サイラスがとたんに渋《しぶ》りだす。「いや。どちらかというと、ガイロンドの方にいた気がする」と話しだす始末だ。

(いや、サイラスの気持ちはわかるよ。わかるけどね。転移魔法陣の行き先が魔の国だから、そういいたいんだろう。でも、僕はクットにいたんだよ? それが、ガイロンドはどう考えても無理だよね?)

「だが、おめぇ。セツナはついこの間までクットにいたのは間違いねぇんだから、ガイロンドはないだろう。そもそも、セツナはどうやってこっちの大陸にきたんだ？」

（それは当然、聞かれるよね。まぁ、洞窟を通ってきたこと自体は隠《かく》さなくてもいいことにはなっているけど、そうしたら、クットで会ったことは確定してしまうな……。それを避《さ》けるとしたら、雇用《こよう》期間を変更して姉大陸で会ったことにするか……。いや、もう、面倒になってきた）

「やっぱり、特例事後申請はいいです。僕達は赤の他人ということで」

急な僕の宣言に、ドラムさんとサイラスの目が点になった。

（だって、どう考えてもこれは無理だから……）

報酬に関しては、諦《あきら》めることにした。あまりランクには固執《こしつ》していないから、ランクを上げるためのポイントが得られなくても、そこまで残念というわけでもない。

その後、特例事後申請の話がなくなったので、サイラスは完全に放置され、ドラムさんはレイナさんに説明するためと称《しょう》し、クットからリペイドまでの行程をかなりしつこく尋《たず》ねてきたが、サイラスやリペイドのために、しらをきるしかなかった。

それでも、僕が最近までクット方面にいたことは確定している。それはクットのギルドに顔をだしていることでも立証されているし、キューブの記録でも証明される。

キューブには物を入れたときに、その日付が記録される機能がある。これは、討伐《とうばつ》依頼の期間をごまかせないようにするためだ。だから、僕が魔物のゴシルイナを捕獲《ほかく》した日を見れば、僕がそのとき、ゼグルの森にいたことはわかってしまうというわけだ。

なので、僕がクットにいたのは確定しているから、いずれギルドによってゼグルの森方面が大探《だいたん》索《さく》されることになるかもしれない。そうなれば、リヴァイルの住んでいたあの洞窟が発見される可能性は十分ある。やはり、サイラスと僕は赤の他人で、サイラスはガイロンドにいたというのが無難な解決策だろう。

ドラムさんが呆れたように僕達を見て「何しにきたんだ」といっていたが、そういわれても仕方がない。僕は、曖昧《あいまい》に笑うことしかできなかった。

サイラスは報酬が支払えなくなることと、僕の功績として認められないことを気に病《や》んでいたが、彼にだけ聞こえるように「これで心置きなく、もう一つの報酬を取り立てることができるよ」と伝えると、苦虫を噛《か》み潰《つぶ》したような表情を浮《う》かべていた。

「色々話を聞きたいが、話す気がないのなら仕方がないな……。気が変わったら話してくれ。では次にレイナの件を本格的に話していこうと思うんだが……」

深くため息をつきながら、ドラムさんが僕とサイラスを見る。

「このまま、話を続けてもいいのか？」

これから先の話に、関係のないサイラスの時間をとって大丈夫なのかという、ドラムさんの気遣いなのだろう。サイラスにどうするか尋ねると、自分がいても話を聞くだけになるからと、後日会う約束をして、帰っていった。


サイラスを見送ったあと、ドラムさんは話し始めた。

「『薬の調合方法を、無償《むしょう》で提供してくれる予定だった冒険者が、行方《ゆくえ》不明になっている。彼らが顔をだしたら、連絡をよこすように伝えて』というレイナからの伝言が、各ギルドに回っている」

「……クットのギルドマスターに手紙を書こうと思います」

「いや、それには及《およ》ばねぇ。おれから連絡を入れておくからよ。最終確認なんだが、調合方法を提供するという意思は、今も変わってないか？」

「変わっていません。調合方法はまとめてあるので、ギルドの医療院《いりょういん》に渡していただければ助かります」

まとめておいた資料を鞄《かばん》から取り出し、ドラムさんへ渡す。

「ありがてぇ。これが普及《ふきゅう》すれば、命を落とさずに済む冒険者が増える」

嬉しそうに受け取ってから、どこか苦しげに微笑《ほほえ》む彼に、声をかけられず部屋に沈黙が訪れた。

「ああ、すまねぇ。ありがたく受け取らせていただく。この契約書《けいやくしょ》に署名をしてくれるか」

しばらくして気を取り直したドラムさんが、机の上に数枚の用紙を置いた。僕はその用紙に記されていることを読みながら、冒険者ギルドのことを考える。

レイナさんの行動から、冒険者ギルドは僕が想像する以上に繋《つな》がりの深い組織かもしれないと感じたのだ。他国での行動が共有されているのを見るに、電話のような魔導具でもあるのだろうか？

カイルが冒険者ギルドに入れといっていたから何も考えずに入ったけれど、その冒険者ギルドの深い部分をカイルの知識で調べようとすると『楽しみは、とっておけ』と花火まで飛ばす演出をしてくるものだから、呆れてしまって調べるのをやめた。これだけふざけているのなら、僕にとって悪いことはないのだろうとは思うのだけど。

「冒険者ギルドの皆様《みなさま》にご迷惑《めいわく》をおかけしてしまい、申し訳ありませんとお伝えください」

すべての書類に目を通し署名して、ドラムさんへ返した。

「ありがとな。おれからは以上だが、おめぇのほうからは何かあるか？」

「チーム月光のアギトさんから依頼を受けていたんですが、その依頼の品が用意できたので渡してもらえますか?」

ドラムさんが驚いたように目を見開くと、僕の顔をまじまじと眺《なが》めて微動《びどう》だにしなくなった。

「あの、ドラムさん?」

「ああ……わかった。アギトに何を頼まれていたのか、聞いてもいいか?」

「僕が、調合した薬です」

アギトさんからの依頼をかいつまんで話すと、ドラムさんが低く抑《おさ》えた声で笑った。

「そうか。アギトの依頼から、薬の調合ができることがレイナにばれたのか。それは災難だったな」

クットでのやりとりを思い出し、僕は苦笑しながら、薬を詰めた木箱を机の上に置く。

「中身を確認されますか?」

「いや、個人依頼だからな。あまりにも怪《あや》しいと思ったものは確認することもあるが、あのアギトが信頼して依頼しているのなら大丈夫だろう。確かに受け取った。きちんとアギトに届けるから安心してくれ」

そういって何やら魔導具をだし、木箱に封《ふう》をする。

「よろしくお願いします」

アギトさんに「あの」がついたのは気にはなったが、聞かないほうがいいと僕の勘《かん》が告げていたので、そこで会話を終わらせることにした。

色々落ち着いたところで時刻を確認すると、かなり時間が経《た》っていた。依頼を受けるつもりでいたけれど、今日は諦めて帰ることにしよう。

「アルト、今日は帰ろうか。屋台で夕食を買ってから宿屋に戻ろう」

僕の言葉に尻尾を振ってほっとしたような表情を浮かべてから、アルトは嬉しそうに頷いた。数日前に一人で依頼を受けてみるように話したことから、少し緊張していたのかもしれない。

ドラムさんにお礼をいって、ギルドをあとにする。一緒に屋台を見て回るが、サイラスと歩いたときよりも屋台の数が増えていて、アルトはあれこれと目移りしていた。三つまで絞《しぼ》り込めたようだけど、一つには決めかねている。「うんうん」と唸《うな》りながら悩んでいる様子が、微笑ましい。

「ししょう、どうしよう?」

悩みすぎて耳をしょんぼり寝かせて見上げてくるアルトに、僕が告げる言葉は一つしかなかった。

「三つ全部買って、一緒に食べようか」

僕のこの言葉に、アルトの耳が一瞬で元に戻ったのはいうまでもないだろう。


翌日、依頼を受けるために、アルトと一緒に冒険者ギルドへ再度向かう。

道中いつもよりアルトの口数が少ないのは、気のせいではないだろう。緊張や不安といった感情を、抱えているようだ。ただ彼の目つきを見ると、負の感情だけではなく自分ならできるという僅《わず》かな期待もあることが、見てとれる。

ギルドについてすぐ、依頼が貼《は》り付けられている掲示板《けいじばん》へ向かおうとしたが、ドラムさんに呼ばれた。

「黄色のランクの依頼なら、もう十分アルトにできるから、探しておいで」

仕方なくそう告げると、アルトは少し緊張した表情を見せながら頷き、掲示板へと走っていった。

その後ろ姿を見送りつつ、軽くドラムさんに頭を下げながら近寄る。

「おお、呼び止めて悪かったな」

「いいえ。何か問題がありましたか？」

「いや、問題はねぇ。おめぇさんに、ランクのことを話しておいたほうがいいと思ってな」

「ランクですか？　最近は依頼を受けていないので、ランクが上がるようなことをしていませんが」

「薬の調合方法の無償提供がギルド貢献《こうけん》と認められたそうだ。どれだけポイントがつくかは本部の決定次第だが、昨日のキューブの中身も加味して、かなり跳《は》ね上がることは間違いない」

「ご連絡、ありがとうございます」

そういったあと、ここ最近のリペイドのことなどを軽く話していると、小さな足音が僕に近づいてくる。横を見ると、アルトが掲示板から剥《は》がしてきた紙を持って僕を見上げた。

「受ける依頼が、決まったの？」

「きまった」

アルトが差し出してきた依頼の用紙はよれていて、継続《けいぞく》の印が3度押されている。

継続の印というのは、通常の依頼の貼り出し期間の10日を終えたときに、継続して依頼を貼り続けるために使われる。普通、10日を過ぎると依頼主《いらいぬし》に依頼料として預かっていたお金が返還《へんかん》されるが、お金を受け取らず依頼用紙に継続の印を押してもらうことで、依頼の募集《ぼしゅう》を続けることができるというものだ。

だからアルトが持ってきた依頼用紙は、ギルドが依頼を受理してから30日を超《こ》えているということを示していた。アルトが固唾《かたず》を呑《の》んで僕を見つめるなか、その依頼の内容に目を通す。そこに記されていたのは、住み込みでの長期依頼だった。

依頼の内容：住み込みの話し相手・雑用
依頼期限：１カ月以上
報酬：要相談（依頼期間中の衣食についての費用は、当方で受け持ちます）
内容：老人の暇つぶしに付き合ってもらえる方を望みます。
注意事項《じこう》：当方獣人にて、それでも住み込んでもらえる方。
ポイント：30ポイント

これは……。黙って僕の手元を見ていたドラムさんに視線を向けると、僕の思考を読んだのだろう。軽く頷いて、僕の考えが正しいことを教えてくれる。初めての依頼に、これを受けさせてもいいものか……。

アルトの選択《せんたく》に口はださない、そう決めていた。

（それでも……）

揺らぎそうになる気持ちを抑え、内心で葛藤《かっとう》しながら用紙から目を離し隣を見ると、アルトは僕の返事を待っていた。

「アルトは、どうしてこの依頼を受けようと思ったの？」

「いらいぬし、みてきめた」

「そう。依頼の内容はわかった?」

確認の言葉に、アルトが首を横に振る。

「わからない、ところもあった。ししょうに、きこうとおもった」

「そっか。どういった依頼かは、理解している?」

「うん。いらいぬしの、はなしあいてと、ざつよう」

「確かにそうだね……。じゃあ、アルトが読めなかった部分を読んでみるね」

「おねがいします、ししょう」

「まず、住み込みでと書いてある。これは、依頼主の家に寝泊《ねと》まりして働くということだよ。次に、依頼期限が1カ月以上と書いてある。これは、依頼の終わりが未定だということ」

読めなかった部分を知って、アルトが目を丸くする。

「この依頼を受けると依頼の期限の間、僕と会えなくなる可能性があるけれど、それでも大丈夫?」

改めて依頼の内容を知って、表情を曇らせる。それでも一度決めたことだからなのか、不安な顔をしながらもしっかりと頷いた。そのことに少し驚く。僕と離れることを示唆《しさ》すれば、別の依頼にすると思っていたからだ。

「……」

もう一度、依頼用紙に視線を落とす。僕がこの依頼を受けさせることを躊躇《ちゅうちょ》するのには、理由がある。それは依頼内容ではなく、この曖昧な期限が意味しているものだ……。

この依頼が残っていたのは、依頼主が獣人だということもあるだろうが、この期限の『1カ月以上』に含《ふく》まれた意味を理解しているからこそ、残っていたに違いない。

アルトは単純な魔物討伐の依頼書なら、ほぼ読めるようになっている。だけど、依頼期限については読めていなかった。つまりアルトは、この期限の意味を理解して選んだわけじゃない。

だから、悩むんだ。この依頼を受けさせてもいいのかどうかを……。

僕の様子をじっと見つめ、返答がないことで不安を感じたのか、尻尾が微《かす》かに揺れていた。

「依頼を受けるからには、どんなに辛くてもやり通す責任がある。その覚悟《かくご》は、あるかな？」

膝《ひざ》をつきアルトと目線を合わせて、真剣に問う。アルトは背筋を伸《の》ばして視線を合わせたまま、しっかりと頷いた。

「それなら、僕は反対しない。頑張るんだよ」

「おい、いいのか？」

ドラムさんが、心配そうに眉根《まゆね》を下げながら、そう口にした。

「僕も一緒に、依頼人の元へいってみます。年齢《ねんれい》の制限などが書いてありませんが、大人の手が必要なら、アルトには無理ですから」

依頼主がどういった人物なのかも、知っておきたい。

「そうか……。それなら、依頼を受けられたかどうか、あとで伝えにきてくれ」

「わかりました。アルトもそれでいい？」

一人で受けるはずだった依頼に僕もついていくと聞いて、緊張していたアルトの表情が明るくなった。元気よく「はいっ！」と返事をし、尻尾をパタパタとさせながら喜びを表している。僕と行動できることを無邪気《むじゃき》に喜んでいるアルトとは正反対に、僕の心は沈《しず》んでいた。

（とりあえず、依頼人に会ってから……）

考えるのは、それからでも遅《おそ》くない。時間も十分あることから、ドラムさんに依頼の仮受け付けをしてもらい、アルトと一緒に依頼人の家に向かうことにした。

冒険者ギルドから20分ぐらい歩いたところに、依頼主の家があった。周りに家などはなく、その家はひっそりと立っていた。今にも雨が降りだしそうな曇り空のせいなのか、それとも普段からこんな感じなのかわからないが、静寂《せいじゃく》の中に溶《と》け込むこぢんまりとした屋敷《やしき》という印象だった。

この場所なら、どれだけアルトがジャッキーと格闘《かくとう》を繰《く》り広げようが、人に迷惑がかかることなどないだろう。それだけ、この場所には人の気配というものがなかった。

僕とアルトは扉を叩いて、この家の住人を呼び出す。しばらくして、中から人の動く気配がしたかと思うと、扉が開いた。僕達を見る人物の頭には、狼《おおかみ》の獣人族なのだろうか、アルトと同じ形の耳がある。60歳《さい》ぐらいの短髪で白髪の男性が、金色の瞳で少し警戒《けいかい》しながらこちらを見ていた。

「どちら様でしょうかな？」

初めての依頼ということで、カチカチに固まっていたアルトだが、落ち着いた温和そうな声音《こわね》を耳にしたことで緊張が緩《ゆる》んだのか、ほっと息をついていた。ここにくるまでの道中で、怖《こわ》い人だったらどうしようと悩んでいたけど、笑うと優《やさ》しそうな面立《おもだ》ちをしていたので、安心したのだと思う。

今の段階でどういった性格の人物かはわからないが、ドラムさんが「礼儀《れいぎ》正しいご老人」と話していたことから、悪い人物ではないだろう。口はださないと決めてはいるが、アルトを虐《しいた》げるような依頼主なら別だ。問答無用で、連れて帰るつもりでいた。

「……」

「……」

どちら様でしょうかと問われているのだが、僕が何も話さないことを不思議に思っているのだろう、アルトが首をかしげて僕を見た。

いつもなら僕が依頼を受けてきたことを伝え、自己紹介をしアルトがそのあとに続いていた。しかし、今回は僕ではなくアルトが受けた依頼なので、何もいわずに待っていたのだが……。動く気配がないので、助け船をだすことにした。

「アルトが、依頼を受けたんだよ」

そうだったといわんばかりに慌てて、依頼主の方に視線を向ける。そして背筋を伸ばしてしっかりとした声で、自己紹介を始めた。

「おれは、アルトといいます。しょくぎょうは、けんし。ギルドランクは、きいろです。きょうは、いらいをうけて、きました」

ギルドマスターから貰った紹介状《しょうかいじょう》を、依頼主に渡す。そこまで見届けてから、僕もアルトに続きここにきた目的を伝えた。

「僕は、セツナといいます。職業は学者、ギルドランクは青です。アルトの師をしています。依頼を受けるのは弟子《でし》ですが、年齢の条件が記されていませんでしたので、付き添《そ》いという形で同行しました」

依頼主は急かすことなくこちらを見守り、口も挟まずに最後まで聞いてくれていた。僕達の話が終わると、優しく目を細めてアルトに返事をした。

「これはこれは、この天気の中をよくきてくださった。こんな可愛《かわい》らしい冒険者さんが訪ねてくださるとは、思っていませんでした。立ち話もなんですからな、どうぞあがってください」

そういって、老人は質素だけど綺麗に掃除《そうじ》されている客間に、僕達を案内してくれた。椅子に座るようにいったあと、彼は部屋からでていく。しばらくして、木製のトレイに飲み物を載《の》せて老人は戻ってくると、温かいお茶らしきものが入ったカップを置いて椅子に腰《こし》を落ち着けた。

「お若い人の、お口に合うかわかりませんが……」

朗《ほが》らかに笑い、僕とアルトに飲むように勧めてくれる。

「ありがとうございます、いただきます」

「ありがとうございます」

僕が口をつけたのを見て、お茶の温度を確かめるように、アルトもゆっくりと飲み始めた。そんな僕達の様子を、興味深く依頼主が眺めている。

(このお茶に、何かあるのだろうか?)

少し警戒しながら一口飲んで、思わず目を見張る。

「……」

口にしたそれは、久しぶりに味わった緑茶のような飲み物だった。冒険者になって今日まで、様々なお茶を買って飲んできたけれど、これほど緑茶に似た物は初めてだった。続けてもう一口飲み、思わずでた一言に、依頼主が驚いたように目を丸くした。

「美味しい……」

「に……にが……にがい」

だがそんな感想は、同時にでたアルトの大声にかき消されてしまった。舌をだして涙目《なみだめ》になっているアルトの様子に、仕掛《しか》けた悪戯《いたずら》が成功したというような表情で、依頼主は笑った。初対面でいきなり悪戯をするのは褒《ほ》められたものではないけれど、老人に悪意は感じないし特に酷い悪戯でもないので、僕は苦笑してお茶を飲み続けた。きっと悪戯が生きがいなのだろうと、なんとなく思う。

アルトは舌をだしたまましょんぼりとお茶を眺めていたが、いれてもらったものを残したくなかったのだろう。決意したのか、息を吐《は》き出すとそのまま一気に飲み干した。

息を止めて飲んでも、苦みが消えるわけではない。顔をしかめて悶絶《もんぜつ》しているアルトを見て、老人は小さく笑うと、予備動作なく立ち上がり部屋をでていく。その身のこなしから、日頃鍛《きた》えていることが窺《うかが》え、老いを感じさせなかった。

一瞬、僕の想像が杞憂《きゆう》かもしれないと脳裏《のうり》をよぎったが、ドラムさんがしっかり頷いていたことを思い出し、その考えを振り払った。

「ミルクに蜂蜜《はちみつ》を入れました。これならアルトさんにも気に入ってもらえますかな」

戻ってきた老人がアルトの前にミルクの入ったカップを置き、飲むよう勧める。アルトは疑《うたぐ》り深くそれを眺めつつも、意を決してミルクを飲んだ。今度は自分の期待していた味だったようで、満面の笑《え》みをアルトは浮かべる。

「あまい！　おいしい。ありがとうございます」

アルトのお礼に老人が嬉しそうに頷き、それから僕に穏やかな笑みを向けた。

「正直、美味しいといわれるとは思いませんでしたな」

「初めていただきましたが、僕の好きな味でした」

「そうですか、お口に合ってよかった。大体の反応は、アルトさんみたいな感じですからな」

「リペイドで売られているお茶ですか？」

「いいえ。これは、私の故郷のサガーナで飲まれている物ですよ。苦みがあるために好んで飲む者はあまりいませんが、季節の変わり目や肌寒い日、そして体が冷えたときなどに飲むと、体調を崩《くず》さないといわれてます。ですので、庭先に植えて生長したら刈《か》り取り、お茶として飲めるように保存してあります。まぁ、大抵《たいてい》の子供は嫌《いや》がりますがの」

どこか懐かしそうに目を細めて、老人がアルトに視線を向けた。そうか。この人は、アルトのためにこのお茶をいれてくれたのか。今日は曇っていて、いつもより気温が低かったから。

「それにしても、アルトさんは甘《あま》い物がお好きなようですな。よろしければ、居間の方に甘いお菓子があるので、そちらに移りませんかの。向こうの方がくつろげるので、話が長くなっても大丈夫ですしな」

一瞬、依頼の話をするのにくつろぐ必要があるのかと思ったけど、依頼内容を考えればむしろ必要なことだなと考え直す。客間に通されたのは、くつろぎたいと思える相手かを見定めるための試験だったのだろう。

深読みかもしれないけど、もしそうならば、アルトは無事にその第一関門を突破したと考えられる。当のアルトはそんなことを考えているようには見えず、お菓子という言葉に目を輝かせているだけだったが。

居間に入り、老人はソファーを勧めてきた。それはアルトと僕が横並びで座っても、十二分に余裕がある大きさだった。僕達が座るの見届けてから、お菓子の入った箱を幾つか持ってきて机の上に並べ、彼はその中から気に入ったものを選ぶといいと話す。アルトが迷っている様子を嬉しそうに見つめ、微笑みながら、お茶をいれ直すために部屋をでていった。

（不思議な感じの人だな……）

そんなことを思っている間に、アルトがお菓子を自分の皿に移し終え、老人も戻ってきた。

「さて、改めて挨拶をさせていただきます。ギルドに依頼をお願いした、ラギと申します」

お茶のカップを机に置きソファーに座ると、老人が依頼の話を口にした。アルトは完全に緊張を解いていたが、彼の話を真剣に聞くため、背筋を伸ばした。

「私の依頼を受けていただけるのは、アルトさんで間違いないですかな？」

「はい。おれでも、だいじょうぶ、ですか？」

「ええ、力仕事ということではないからの、私の話し相手が主な仕事になりますかな」

「はい」

彼らのやりとりを、僕は黙って聞いていた。

「それから、私と一緒にここで生活してもらいますが、セツナさんと離れることになっても大丈夫ですかの？」

アルトは不安そうに僕を見て、続いて老人を見た。それから何かをいおうと口を開こうとするが、何もいえず俯《うつむ》いた。そんなアルトの一挙手一投足を、彼は観察するように見つめている。

しばらくして、ゆっくりとアルトは顔を上げた。そして決意を固めるように拳《こぶし》を握《にぎ》り、断言する。

「おれ、がんばります。らぎさん、よろしく、おねがいします」

射貫《いぬ》くようなアルトの視線を受けて少し息を呑んでいたが、老人はすぐに柔《やわ》らかな笑みを見せた。

「こちらこそ、よろしくお願いいたします。ああそうだ、アルトさん。これから私のことは、おじいさんとでも呼んでくださいな。そのほうが、私は嬉しい」

思ってもいなかった言葉だったのだろう。アルトは、意表を突かれたような顔をする。彼は優しい笑みを浮かべ、アルトの返事を黙って待っているように思える。

だけど、アルトを見つめるその瞳は真剣だ。彼はずっと気付かれないように、アルトの言動を観察している。その理由は悪戯とは別にあるのだと思うが、今は黙って見ていようと思った。

アルトは彼の言葉をそのままの意味で受け取り、僕と彼の顔を見比べながらどうしようか考えているようだった。僕が何もいわないことを悟《さと》ったのか、彼に向かって一言「じいちゃん」といった。

一瞬、驚いて言葉に詰まったのち、クックツと彼は楽しそうに笑い声を漏《も》らす。抑えることができないでいるのか、なかなか笑いが止まらないようだ。なぜ笑われたのかわからないという顔を、アルトはしていた。

「いやはや……とても素直《すなお》な反応だの……裏表のない」

老人の言葉は、本当にそう呼ばれるとは思わなかったと続くはずだったのかもしれない。だけどアルトの顔を見て、その言葉を続けるのをやめたように思えた。

「ええ、アルトさん。その呼び方で結構ですよ」

今度の言葉は、観察する目的ではなく、本気でいっているようだった。

「えっと、おれのことは、アルトって、よんでください」

「わかりました。では、アルトと呼ばせてもらおうかの」

自分の願いが叶《かな》ったのが嬉しいのか、尻尾を忙《せわ》しなく動かし、喜びを伝えている。警戒心《けいかいしん》のかなり強いアルトが自然体でいることに、僕は内心驚いていた。自分が選んだ依頼だったからか、同じ種族だからなのか、この人の持つ包容力からなのか……。

そんなことを考えていると、アルトを微笑ましそうに見ていた彼が、僕の方へと顔を向けた。

「私は、アルトに依頼を受けてもらいたいと思っています。差し支《つか》えなければ、その間、師である貴方《あなた》はどうされる予定なのか、教えていただけますかな？」

静かな声音でそう告げた彼の言葉に、アルトがハッとして僕を不安げに見上げる。なだめるように頭を撫でながら、僕はそんなアルトに眠《ねむ》りの魔法をかけた。

「アルトには、聞かせたくない内容ということですかの？」

僕の行動に、彼が非難と警戒の色を目に浮かべた。口調もアルトに話しかけているような柔らかい感じではなくなっている。いつの間に降りだしていたのか強い雨音が、耳に届いてきた。

「察するに、依頼の報酬に関することですかな？」

苛立《いらだ》ちを隠すことなく、冷たい視線を向けられる。アルトを観察していた理由。僕に対する態度が冷たい理由。アルトと共に行動することで、経験してきたやりとりを、ここでも繰り返すことになりそうだと、ため息をつきたくなった。それでも説明すればわかってもらえると信じ、言葉を尽《つ》くそうと思った。

「報酬については、アルトと話してください。依頼を受けたのは、僕ではなくアルトなので」

「……」

僕の意図がわからないというように軽く眉間にしわを寄せてはいるが、話を続けるようにと目で促された。とりあえず、話を聞いてくれるようだ。

「僕の質問は、依頼の期限についてです」

これからする僕の質問はかなり繊細《せんさい》なことなので、正直、尋ねにくい。本音をいえば、こんなことを尋ねたくないという想《おも》いのほうが強い。それでも、僕は聞いておかなければならない。アルトを見習って背筋を伸ばし、彼と視線を合わせる。

「勘違《かんちが》いなら、謝罪いたします。しかしアルトの師として、僕は知っておかなければならないことだと判断しました。貴方の気分を害する質問かもしれませんが、できれば答えていただきたい」

「……」

彼も僕から視線を外さない。何も答えることはせず、ただ静かに次の言葉を待っている。その強い眼差しは、僕の真意を測ろうとしているかのようだった。僕と彼の間の雰囲気は、先ほどアルトと彼が作っていたものとは程遠《ほどとお》い。肌を刺すような視線をひしひしと感じながら、返答がない相手に話していく。

「この依頼の期限は、貴方の命の期限と思っても、よろしいのでしょうか？」

彼は僕の問いに少しも動揺《どうよう》することなく、淡々《たんたん》と声を発した。

「そうだと返したら、どうされるのですかな？　この依頼を受けたときにわかっていらっしゃることだと、こちらは認識してたんですがの」

「正直にいえば、アルトのためにそうであって欲しくないと考えていました。なぜならアルトは気付いていないのです。なので、一縷《いちる》の望みをかけさせてもらったのです」

初めて彼が動揺を見せ、驚愕《きょうがく》の表情を浮かべている。

「……どういうことですかな。この依頼は、貴方がアルトに受けるように促したのでは？」

やはりそう捉《とら》えられていたのかと、悲しく思いながらも表情にはだささず、続きを話すために息を呑み込み、僕は事情を話していく。

「いえ。この依頼を掲示板から見つけて受けたのは、アルトの意思です」

「ならばなぜ、この依頼の意味をアルトに話さなかったのですかな？」

彼の声には、僕を責めるような響きがあった。

「僕は師として、アルトの行動に口を挟まないと決めています。もちろん、よくない方向へ進もうとしたり、命に関わるようなときは別としてです。基本、それがどのようなことであろうとも、自分自身で決めたのなら、僕は見守るだけだと。しかし、アルトが貴方の依頼を持ってきたときに、葛藤がなかったかといわれれば、嘘《うそ》になります」

言葉を選びながら、彼に僕の考えを伝えていく。

「長いときを生きてきたであろう貴方なら、アルトの話し方がぎこちない意味も理解されていると思います」

そこで、アルトとの出会いから今のアルトに関係することを、僕は老人に語った。

僕の話をすべて聞き終えると、ラギさんは悲しみを宿した瞳をアルトに向けた。

「そのような理由から、今のアルトの世界には僕しかいないんです。僕を中心にアルトの世界が回っている。そして、いつか僕がその手を放すんじゃないかと、僕がいなくなってしまうんじゃないかと怯《おび》えているんです」

朝起きると、アルトはいつも真っ先に僕を捜す。多分その行動に、本人は気付いていないと思う。

「今回、アルト一人で考えて依頼を選び、それを受けるように課題をだしたのは、彼のそんな世界を少しでも広げたいと思ったからです。僕がいなくても、一人で依頼をこなせると自信をつけて欲しかったんです。そして僕のいない世界に、少しずつでも慣れていって欲しかったんです」

「……」

「素直に話せば、人見知りをするアルトが、町中で人と関わる依頼を持ってくることは想定していませんでした。単純な魔物討伐とか薬草採取とか、そういった依頼を選んでくるだろうと。そして、それをこなすだけの力量や知識をアルトは持っているので、なんの心配もしていなかったのです」

ぬるくなったお茶のカップを手にとり、僕の胸中にあるものを苦いお茶で流すように飲む。

「ですが、その予想に反してアルトが選んだのは貴方の依頼でした。正直、他の依頼を選んだほうがいいと喉《のど》まででかかったんです」

ラギさんにとって、とても失礼なことをいっている自覚はある。だからこの先の話をしていいものか思案して一度口を閉じると、彼が静かに「私のことは気にせず、話を続けるといい」と告げた。

僕は肺の中に入れた空気をゆっくりと吐き出し、そしてもう一度新しい空気を取り入れてから口を開く。

「初めての依頼の終了《しゅうりょう》が、避けられない別れで終わるならば、それはアルトにとって、とても辛い経験になってしまう。自信をつける前に、世界を広げる前に、アルトは悲しみに囚《とら》われてしまうかもしれない」

僕のこの予感は、外れることはないだろう。きっと、アルトはこの人を好きになる。そして、彼もまたアルトを慈《いつく》しんでくれるだろう。二人のやりとりを見て、僕はそう確信してしまった。

今まで人から与《あた》えられる優しさや温かさというものを全く享受《きょうじゅ》できなかったアルトにとって、とても幸せな時間になるのは、間違いない。だけど幸せであればあるだけ、アルトにとって別れが辛いものになるのは、火を見るよりも明らかだ。

「そこまで考えていて、なぜ止めなかったのですか」

「……依頼主が貴方だったから、止めることができませんでした」

「どういう意味ですかの」

「アルトが依頼を選んだ理由が、貴方を慮《おもんぱか》ったものだったからです」

彼が驚きに目を見開き、瞬《まばた》きすることなく僕を見た。

「貴方の依頼用紙は、とても目立ったのでしょう。用紙は古くなっていて、継続という印も3度押されていた。きっとアルトは、なぜ誰《だれ》もこの依頼を受けないのか、なぜ貴方の依頼が残っているのか考えたのだと思います」

「そこで思い至ったのが、私が獣人だということでしょうかの……」

「そうです」

「……」

「それだけならば、僕は止めたかもしれません。だけど、僕と離れるのを嫌がるアルトが、依頼の期限の間、住み込みで働くことになると教えても、僕と会えなくなることを伝えても、気持ちを変えなかったんです」

膝の上に乗せていた手に、力が入らない。

「アルトが期限の理由に気が付かなかったのは、人生経験の少なさからくるものです。しかしそれさえも、自分が選んだのだから、自身で責任を持たなければいけない。アルトが覚悟を決めたのならば、僕は口を挟んではいけない」

そういった事情などを含めて、冒険者は依頼を選ばなければならない。まだ子供のアルトにそこまで求めるのは、酷《こく》だとは思う。彼もそう思ったのか、労るようにアルトの寝顔を見ていた。

「少し……アルトに対して厳しくないかの。まだまだ子供だろうに」

いわれるまでもなく、僕もそれは十二分にわかっている。それでも……。

「アルトが普通の獣人族であるのなら、僕はここまで厳しくはしなかったかもしれません」

僕はアルトにかけてある、髪の色と瞳の色の魔法を解く。アルトは眠っているので、瞳の色を見せることはできないけれど、アルトの本来の髪の色を見せることはできる。

ラギさんが衝撃《しょうげき》を受けて体を硬直《こうちょく》させ「……青狼《せいろう》か……」と絞り出すような声で呟いた。

「青狼が、月の女神《めがみ》に捧《ささ》げられる供物《くもつ》だというのはご存じですか？」

「反対に、どうして貴方がそれを知っているのかね？　被害《ひがい》を受けている我々以外、青狼がエンディアの供物であることは、エラーナの司教でもごく一部しか知らないはずだが」

不審《ふしん》がる彼に、僕は一冊の本を取り出して見せた。

「僕はエンディアの信者ではありませんし、信者に知り合いもいません。僕が知っているのは、歴史を紐解《ひもと》いているさなかに隠されるように記された一文を見つけ、推測した結果です。それは今、正しいと結論づけられましたが……」

その書物の該当《がいとう》部分を、指差す。本当は、こんな書物は存在しない。今、僕が創りだした物だ。

僕が知っている事実は『青狼はエンディアの供物である』といったカイルの知識だ。ただ、それを話すことはできなかったので、苦肉の策として本を捏造《ねつぞう》するしかなかった。

僕の話すことが真実かどうかを見極《みきわ》めようとしている彼の視線を受け止めながら、内心では苦い想いが胸をよぎっていた。この世界にきて、息を吸うように嘘をつけるようになったけど、そのたびに何かが胸の奥《おく》に積もっていくような気がする。

「貴方がエラーナの司教であれば、今頃アルトは生きてはいなかったでしょうな」

僕の言葉を肯定《こうてい》するような彼の台詞《せりふ》に、さらに苦いものが胸に降り積もるが、それでもきっと、生きている限り、僕は嘘をつき続けるのだろう。

「人間の世界で、よく生きていましたな」

「僕が出会った頃のアルトは病気で、瞳の色も白くなっていました。髪の色も薄《うす》く、酷く汚《よご》れていたこともあって、青狼だと気付かれていませんでした。偶然《ぐうぜん》が重なった結果ですが、それでエラーナに連れていかれず、アルトの命が助かったんだと思います」

「獣人は種族によって違いはありますが、親のどちらかの色を引き継ぐことが多いのですよ。生まれたときは違う色でも、育っていくうちに親と同じ色になっていく。白が黒に変わることも珍しくありません」

「多分、僕と出会った少し前あたりから、色が変わり始めたのでしょう」

「そうかもしれませんな……」

「アルトがエラーナに連れていかれてしまえば、生け贄《にえ》としてアルトの人生はそこで終わるでしょう。だから子供だとしても、アルトが一人でも生きていけるように厳しく教えていかなければならないと、僕は思うんです。それに、僕は冒険者です。いつ何があるか、わからないので」

「……」

彼は俯いて考えているようだった。そしてすぐに、何かを思い出したのか顔を上げる。

「アルトの瞳の色に、蒼《あお》か紫《むらさき》の色は入っているかの？」

「蒼と紫、両方の色を持っています」

「……なんてことだ」

彼の声が詰まり、沈痛《ちんつう》な面持《おもも》ちでぎゅっと目を閉じて、ソファーの背もたれに背中をあずけた。

「アルトの目の色に、何か問題があるんですか？」

あまりにも衝撃を受けている彼の態度に、僕は心配になる。

「わかっていて、瞳の色を変えたのではないのですかの？」

「髪の色は青狼だと気付かれるのを避けるために変えましたけど、瞳の色は左右違うから目立つと思っただけです」

「長らく故郷に帰ってないので、情報が古いかもしれないが……」

ラギさんはそう前置きした上で、話を続けた。

「蒼と紫の瞳は、神の中で一番冷酷《れいこく》だといわれている月の女神エンディアと同じ瞳の色なのですよ。そういった青狼は青狼狩《が》りに特に目を付けられてしまう……」

「青狼狩り？」

初めて聞く不穏《ふおん》な言葉に、思わず口を挟んでしまう。

「青狼のみを拐《かどわ》かしにくるエラーナの司教に率いられている者達のことを、私達は青狼狩りと称していました。彼らは青狼を目撃したという僅かな情報だけで、執拗《しつよう》に追跡《ついせき》してくるのです」

「そこまで青狼が狙《ねら》われる理由は、なんなのですか？」

「くだらない、本当にくだらない理由です。エンディアは獣人が嫌《きら》いで、自分の色に近い獣人ほど憎悪《ぞうお》を募《つの》らせたといわれているからです。つまり、月の青、瞳の蒼と紫。エンディアの信徒はその意向を汲《く》み、不敬といって青狼をエンディアの贄《にえ》として祭壇《さいだん》に捧げるのです」

彼は拳を握りしめ、その顔を憤怒《ふんぬ》に染め上げる。彼の話に、血の気が引いていくのがわかる。思わずアルトを抱《だ》き寄せていた。僕の動きで我に返ったのか、彼は体から力を抜き自分の心を落ち着けるように、息をそっと吐き出していた。

「私が話せることは、これぐらいです。あとは、貴方の耳に入れる価値もないことばかりです」

そういって彼は、青狼に関する話を打ち切った。

「色々教えていただき、ありがとうございました。僕は、今の話を絶対に忘れません。アルトを守るためにも……絶対に」

くうくうと眠っているアルトの頭を、そっと撫でる。僕の弟子の命を、決してエンディア《女神》などに渡しはしない。

「私は、セツナさんに謝《あやま》らなければなりませんな」

「え？」

アルトの頭を撫でている手を止めて顔を上げると、彼は深々と頭を下げていた。

「私は、貴方を誤解していたようだ」

「いえ、気にしていませんので、頭を上げてください」

「アルトが何をするにも貴方の顔色を窺っているように見えたので、奴隷《どれい》の首輪はなくとも縛《しば》られているのかと思ってしまった。だがそれにしては、セツナさんを見る目が脅《おび》えておらず、媚《こ》びている様子でもなかったので、不思議には思っていたのです」

「……」

「それで、アルトに私の呼び方を変えるように、お願いしました」

「ああ、あれはアルトの反応を見るためではなく、僕の反応を探《さぐ》っていたんですね」

　彼は、深く頷く。

「貴方が、私に媚《こび》を売ろうとするのか、私の機嫌《きげん》をとろうとするのか……。しかし、私の予想に反して、何もいわなかった。まさかアルトが、本当に私を『じいちゃん』と呼ぶとは思ってもいなかったがの」

　彼がそのときの様子を思い出して、クックツと笑う。

「依頼主に対して礼を欠き、申し訳ありません」

「いやいや。私からいってくれと頼んだのに、何を謝ることがある。それに礼を欠くといったが、そんなことはない。真摯《しんし》に私と向き合ってくれる、優しい子ではないか」

「……」

「そして、セツナさんが立派な師であることも理解できました」

　そういって笑いかけてくれるラギさんに、面映《おもは》ゆいものを感じた。僕はアルトの頭を撫で、髪の色と瞳の色を戻す。

「アルトの髪の色と瞳の色は、この子が十分自分の身を守れるようになるまで、隠していただけますかの」

「はい。そのつもりです」

僕の返事に、ラギさんが安心したように頷いた。空になったカップに新しくお茶をいれてもらい、少し冷えた手を温めるようにカップを両手で持った。

「さて、話が逸《そ》れてしまいましたな。今回の依頼の意味を、私からアルトに説明するほうがいいかもしれません」

「いえ。アルトにはこのまま何もいわないでください」

「それは、アルトを傷つけることになりませんかの」

「……」

「何か思うところが、あるようですな」

僕が話しやすいように水を向けてくれるが、すぐに声をだすことができないでいた。ラギさんは急かすことなく待ってくれているが、僕は彼の目を見ることができず、俯いたままカップに視線を落としていた。カップの中のお茶が微かに揺れているのは、僕の手が震《ふる》えているせいだ。

「貴方の依頼を見た当初は、こんなことは考えませんでした。でも、貴方とアルトの仲睦《なかむつ》まじい姿を見て、アルトに貴方との時間を純粋《じゅんすい》に楽しんで欲しいと、僕はそう思ってしまった」

「セツナさん……」

「何が正しいのか、僕にはわかりません。僕のこの考え方は、間違っているのかもしれない。でも人間である僕には、与えてあげられない楽しい経験というものがきっとあるだろうし、それを与えてあげられるのではないかと、思わずにはいられなかったんです」

人間には人間の楽しみ方があるように、獣人には獣人の楽しみ方があると思う。僕は人間だから、それはわからない。それなのに時間は進むから、子供のときにしか経験できない獣人族ならではの楽しみを、アルトは知らずに育ってしまうかもしれない。だけど、僕は願う。アルトには、そうなって欲しくないと。だから、いい機会だと思ったんだ。

「僕の言い分は……とても自分勝手なものだと自覚しています。知らされなかったために、アルトがあとで深く傷つくかもしれないことも、理解しています。貴方に酷い負担を強いていることも。それでも、アルトには黙ったままで、この依頼を受けさせてはもらえないですか？」

どこまでも自分本位な考え方だ。アルトだけではなく、真実を話せないことでラギさんをも傷つけるかもしれない。断られても仕方がない。

「セツナさんは、とても損な性分《しょうぶん》をされているようですな」

優しい声に思わず顔を上げると、彼が苦笑していた。

「私のことは、気になさらずともよいのです。私は自分の死期がわかっていて、ギルドに依頼したのだから。セツナさんが自分勝手というのなら、私こそ自分勝手なのだ。自分の死を他人である誰かに看取《みと》ってもらいたいと、願っているのだから。住み込みでの依頼は、私が独りでいるのが不安だからなのですよ。独りで死ぬのは、寂《さび》しい。だから、ギルドに依頼をしたのです」

寂しそうに笑う彼に、かける言葉を見つけられなかった。

「本当は、もう諦めかけていたのです。私は獣人です。獣人と一緒に住もうと思ってくれる人間が、現れるとは思っていなかった。それでも、少しの望みにすがりたかったのです。もしかしたら明日には、獣人の冒険者がきてくれる、もしかしたら明日には、心優しい人間が現れるかもしれないと」

「……」

「セツナさん。私こそアルトに知らせないことを望んでいます。理由は貴方と大差ない。アルトは優しい子供だ。依頼の本当の意味を知れば、その心は私を心配することに費《つい》やされるでしょう」

「そうかもしれません」

「そうなってしまえば、アルトの本当の笑顔を見ることが叶わなくなる。楽しそうに『じいちゃん』と呼ばれるのではなく、心を不安に染めながら『じいちゃん』と呼ばれるのを想像すると、胸がえぐられそうだ」

「……」

「私は話し相手が欲しいのだから、貴方の提案は私にとっては負担などではなく、アルトの笑顔を見せてくれる嬉しい提案でしかない。それに、私は遺《のこ》していく立場だ。一番辛いのはすべてを知って遺されるセツナさんでしょう?」

「僕は……」

「私の死と向き合い、アルトを支えなければならない役目が、セツナさんに回ってくる」

「……」

今までの話で、僕は気が付いてしまった。きっとアルトと同じように、僕もこの人のことが好きになるだろう。正直、この人が生を終えるとき、アルトの前でちゃんと立っていることができるだろうか。自信がない。

「どうか……許してください」

彼の、ラギさんの雰囲気は、僕の祖父のものとよく似ている……。

「……アルトをよろしくお願いします」

そういって、ラギさんが頭を下げた。同じように僕も深く深く頭を下げる。

こんなことを思うのは、不謹慎《ふきんしん》なのだろう。でも、思わずにはいられなかった。ラギさんが病気ならばと。そうすれば、僕は助けられたんだ。ラギさんが病気で余命が少ないのであれば、僕の能力で癒やせたんだと。


僕の膝に頭を乗せてアルトが気持ちよさそうに寝ている。正確には、僕が魔法で眠らせたというのが正しい。必要だったとはいえ心の中で謝りながら、アルトの肩を軽く揺すって起こした。

「うーん」

緩慢《かんまん》な仕草で上半身を起こし、軽く伸びをしながら目をこすっていたが、隣には僕、目の前にはラギさんという状況を知って、アルトは慌てて謝った。

「ごめんなさい」

僕が魔法で眠らせたのだから、アルトが謝る必要なんてないのだが、それは話せない。

「少し寝ていただけだよ」

僕の言葉とその言葉に頷いたラギさんを見て、アルトがほっと息をついた。

「それで、セツナさんはどうされるのですかな？」

アルトを眠らせる前の話題に、ラギさんが戻す。ただ、その意味合いは『僕を探るため』から『純粋に連絡先を知りたいため』に、変わっていると思う。アルトは、再びハッとして勢いよく僕を見た。その瞳は不安げに揺れている。なだめるように、アルトの背中を数回軽く叩いた。

「もともと、しばらくリペイドに滞在しようと、僕達は考えていたんです。なので、どこかに家を借りる予定でいました」

「リペイドで、長期にわたる依頼でもされるのかの？」

「いえ。特にあてはありません。旅を続けるための資金が乏《とぼ》しくなってきたので、少し腰をすえて稼ぐことにしたんです」

穏やかに、そして静かに見つめてくるラギさんに、僕は笑いながら答えた。

「どれぐらいの滞在を、お考えでしたのかな？」

フムフムと頷き、ラギさんが何かを考え始める。

「期限は決めていません。半年でも、1年でも……。急ぐ旅でもありません。アルトと二人でのんびり世界を回って、見聞を広げるためのものです。僕達のことは、気になさらないでください」

少しでも長く生きて欲しいと遠回しに告げた僕に、ラギさんが困ったように笑った。

「そうですか。状況はわかりました。それではセツナさんも、ここで暮らしてみては？　幸い部屋は、沢山《たくさん》ありますのでな。ただ、ギルドに赴《おもむ》くには少し不便な場所になりますが。セツナさんさえよかったら、私の家を拠点《きょてん》に動かれてはどうですかの」

ラギさんの申し出に、アルトが顔を輝《かがや》かせた。耳を寝かせ尻尾を振り、僕を見上げる。その眼差しには「はい」と答えてという願いが込められているのは、間違いない。

(僕が、ここにいてもいいんだろうか？)

アルトのための依頼だ。アルトのための時間なのだ……。そこに、僕がいるということは、今までと何も変わらないのではないだろうか？

そんなことを考えながら葛藤していると、僕の心を読んだようにラギさんが笑みを浮かべながら、そっと僕の背中を押すような言葉をくれた。

「私もアルトも、セツナさんがいてくれると安心できると思いますしな。数日、セツナさんが家を離れても、私は気にしません。自由に行動してもらって、構いませんからの」

その言葉には、色々な意味が含まれていたと思う。アルトの願いや、僕に対する気遣いや、ラギさんが置かれているだろう状況、そして、言葉にできないものも多分に含まれていた気がする。

「では、ラギさんが宿代を受け取ってくださるなら、アルトと一緒にお世話になりたいと思います」

ここまで気遣われて意地を張るのもどうかと思い、彼の言葉に甘えさせてもらうことにした。ラギさんが「セツナさんは真面目《まじめ》な方ですな」といって笑い、僕と彼の関係は大家と下宿人という形に収まった。

「アルト。僕もここでお世話になるけれど、僕は僕で依頼を受けるから、基本アルトの仕事の手助けはできないよ。ただし、今のアルトにできないこともあるから、無理そうだと思ったら話してね」

「はい、ししょう！」

僕と離れずに済んで安心しきっているアルトを見ていると、僕が課そうとしていたのはとても酷いことだったんじゃないかと、自己嫌悪《じこけんお》に陥《おちい》ってしまいそうになる。嬉しそうに話しかけるアルトに相槌《あいづち》を打ちながら、そんな僕の心の葛藤を胸の奥へとしまった。

「それでは、お手数をおかけすることも多いかと思いますが、しばらくの間お世話になります」

一度立ち上がりラギさんに頭を下げると、アルトも慌てて立ち上がって頭を下げる。

「じいちゃん、よろしく、おねがいします」

アルトのじいちゃん発言に苦笑を禁じ得ないが、ラギさんが楽しそうに笑っているから注意はしなかった。それに、不思議とアルトがラギさんを「じいちゃん」と呼ぶことに違和感《いわ》を覚えなかったんだ。まるでその呼び方が、正解であるかのように。

「はい。こちらこそ、よろしくお願いします。そうですね。この際ですから、セツナさんも私のことを、じじいとでも、くそじじいとでも、好きなように呼んでくださいな」

「……」

呼べるはずがない……。そんな風に思っていることを、ラギさんは百も承知なのだろう。僕がどういった反応を示すのか、彼はそれはもう楽しそうな表情で僕を観察していた。しかし僕が何かをいう前に、アルトがまたもや一言。

「くそじじい！」

「……」

「……」

アルトの額を、僕は指でそっと弾《はじ》く。

「あう」

ラギさんはこらえきれなかったのか、お腹《なか》を抱えて笑いだした。

「その呼び方は、感心しない。口にして良いことと悪いことがあるよね? 口にする前に、自分の頭で言葉の意味を考えてから話しなさい」

瞬きを繰り返しながら、額を触《さわ》っているアルトを叱《しか》る。アルトはしょんぼりしながら謝った。

「ごめんなさい」

「僕に謝っても、仕方ないでしょう?」

「じいちゃん、ごめんなさい」

軽く耳を寝かせているアルトに、ラギさんは目に涙を浮かべながら「いやいや。私も悪かったのだから、謝る必要はない」と笑い続けながらいった。

「こんなに笑ったのは、久しぶりだの。改めて、セツナさん、アルト、よろしくお願いします」

本当に楽しいといった表情を僕達に向け、ラギさんが優しく笑う。その笑みにつられて、アルトも元気を取り戻した。陽《ひ》だまりみたいに、温かく柔らかく包み込んでくれる雰囲気は、やはりどこか懐かしく、僕の祖父を想起させるのだった。


「さて、少しこの家の説明をしておきましょうかな」

部屋を借りることになったのだが、僕の好みに合わないかもしれないということで、ラギさんが家の説明をしてくれることになり、家賃の話などはそのあとで決めようということになった。

「1階は、この客間と食事をする部屋と台所。それから私の部屋があります。そのほかの水回りも1階です。2階には5部屋あるのですが、そのうちの一つが物置になっています。残りの4部屋の中から好きな部屋を選んで、使ってくださいな」

そう告げられたので、部屋を決めることにする。アルトは一緒の部屋がいいといったが、心を鬼《おに》にして「依頼中だよね」と諭《さと》すと、アルトはしっかりと頷き、僕の隣の部屋を選んだ。

部屋割りが終わったあとも、僕達は色々な説明を受けながら、ラギさんの後ろについていった。僕もそうだけど、アルトもこういった一軒家《いっけんや》で暮らすのは初めてなので「あれはなに？　これはなに？」と、見る物すべてに目を輝かせながら、怒濤《どとう》の勢いで質問している。そんなアルトに、ラギさんは目を細めながら楽しそうに使い方などを、教えてくれていた。

その彼の説明を聞きながら、ふと、あることを思い出す。僕が落ち着いたらサイラスが遊びにきたいといっていたことだ。

「ラギさん」

「何か問題がありましたかの？」

「いえ、もしかすると頻繁《ひんぱん》に友人が遊びにくるかもしれません。やはりご迷惑になるので、僕は別に家を借りるほうがいいかと」

アルトが耳をピンと立てて、信じられないというように僕の方を向き、次にラギさんの返事を緊張しながら待っていた。彼は、そんなアルトに柔らかく微笑んだ。

「いえいえ、遊びにきてもらってください。そのほうが賑《にぎ》やかで楽しいでしょうし、私も楽しみだ」

明らかに安心したような表情を浮かべるアルトに、僕はただ笑うしかなく、彼の心遣いに感謝した。アルトの質問が落ち着き、家の説明と僕達の部屋も決まったところで、少しでかけてくることを伝えると、アルトが僕の袖《そで》をそっと握った。

「宿屋を引き払ってきます。それから、友人に家を探してもらう約束をしていたので、ラギさんの家に住むことを伝えてきます」

「なるほど、それは早いほうがいいですな」

ラギさんが、手を放そうとしないアルトのそばで膝をつく。穏やかな笑みを浮かべ、アルトの頭をそっと撫でる。その手が嬉しかったのか、アルトが気持ちよさそうに目を細めた。

「最初の依頼を、お願いしてもいいかの？」

「さいしょの、いらい……？」

「そうそう。昼食の準備を手伝って欲しいのだが、できるかな？　アルトが手伝ってくれたら、セツナさんが帰ってくる頃には、一緒に食べることができるのだが、どうかの？」

「おれ、てつだう！」

自然にアルトが手を放し、両手を軽く握りながら首を縦に振っていた。ラギさんがそっと視線を僕に向ける。アルトの気が変わらないうちに、でかけておいでということだろう。

「それじゃあ、お昼ご飯楽しみにしています。アルトも頑張ってお手伝いしてね」

「うん！」

「セツナさん、お気をつけて」

小雨《こさめ》が降るなか二人に見送られてギルドへいき、ドラムさんに詳細《しょうさい》を伝え、宿屋に戻り、サイラスへの手紙を書く。それには、謝罪と借家が決まって宿屋を引き払うことを、簡潔に記しておいた。

アルトの楽しそうな声が僕を迎《むか》えてくれ、今までにない温かそうな雰囲気の家の中へ、僕は帰ってきた。手を洗い居間へといくと、そこには美味しそうな料理が並んでいた。アルトが切ったという野菜を口に入れて美味しいと伝えると、嬉しそうに笑う。ラギさんが少し疲れたように見えるのは、気のせいではないだろう。

昼食が終わり、借りた部屋を掃除するために、僕達は2階へ上がった。

「普段から、簡単に掃除はしていたのだがの」

ラギさんはそういうと、物置から取り出してきた掃除道具を、申し訳なさそうに差し出してきた。

「大丈夫ですよ」

それを受け取り、アルトと一緒に掃除を開始する。埃《ほこり》を外にだすために部屋の扉と窓を開けると、雨が上がったあとの雲の切れ間から光が差していた。

いつの間にかアルトが僕の隣にきていて、一緒に窓からの景色を見る。

「ししょう、そらきれい」

「綺麗だね」

窓から見えるその自然現象に、目を奪われる。ただ太陽光が雲の切れ間から漏れているだけなのに、なぜか神秘的な印象を受けてしまう。元の世界では、天使の梯子《はしご》というのだけど、この世界に天使はいるのだろうか？

しばらくその光景を堪能《たんのう》したあと、きびきびと雑巾《ぞうきん》がけなどを始める。借りた部屋を綺麗にしながら、時々アルトの様子を覗いていた。アルトは、鞄の中からジャッキーをだしてベッドに乗せたり、本やノートやそういった小物を、楽しそうに自分の机の上に並べていた。

掃除が終わった頃にラギさんがきて、興味深そうにアルトの持ち物を見ている。ベッドの上にいるジャッキーを見て言葉を失っていたようだが、それに気が付いたアルトが僕からもらったと喜びながら紹介していた。チラリとこちらを見たラギさんと目が合うが、そっと視線を逸らされた。本当にあのぬいぐるみは、アルト以外には不評なのだけど。……ねぇ、鏡花？

さらに続くアルトの話を、ラギさんは嬉しそうに聞いていた。それはまるで、本当の家族のように見える。アルトはラギさんに、すっかり心を開いているようだ。その光景を、僕は微笑ましく眺めていた。


そうこうしている間に夕食の時間になり、ラギさんが歓迎《かんげい》の気持ちを込めて作ってくれた。アルトが手伝うと申し出ていたが、彼はやんわり断っていた。事前に3人で生活するにあたっての役割を決めていて、夕食の当番は交代制になっていたのだけど、僕達をもてなす料理を作るのが楽しかったらしく、これからも夕食の準備はラギさんがしたいといって、張り切っていた。

ラギさんが作ってくれた料理は僕が食べたことのないもので、アルトと一緒に舌鼓《したつづみ》をうつ。アルトがお店で食べるよりも美味しいと絶賛し、ラギさんがよかったと嬉しそうに笑った。

これは、彼の得意料理のようだ。サガーナの伝統料理で、お祝い事があった日に食べるものらしい。その家庭によって味付けが違うのだと、懐かしそうに語ってくれた。

「ししょうの、とくいりょうりは？」

自慢《じまん》げに語るラギさんに対抗《たいこう》意識を燃やしたのか、アルトが僕に聞いてくる。

「特にはないかな」

正直に答えると、アルトはがっくりと肩を落とした。しかし納得できなかったのか、今度はサイラスにも聞いてみると話しだす。負けず嫌《ぎら》いもここまでいくと立派だなと思う。

本来なら「自分の腕《うで》で競《きそ》うべきだよ」というところなんだろうけど、それはやめておいた。アルトの楽しそうな姿に、水を差したくなかったのもあるし、料理をするアルトを見て寿命《じゅみょう》を縮ませるのは、当分の間は御免《ごめん》蒙《こうむ》りたかったから。

ちなみに、ここリペイドの伝統料理もとても美味しいらしいのだが、お祭りのときにしか屋台や料理屋に並ばないとラギさんから聞いて、アルトはさらにがっかりしていた。

食事が済んで静かになったと思ったら、アルトが寝息を立てていた。昨日からの緊張が解け、お腹いっぱいになり、気が緩んだのだろう。アルトの寝顔を、まるで孫を見るような目でラギさんは眺めていた。僕と彼との間に会話はなく、ただ静かに時間が過ぎていく。

ふと、何を思ったのか彼が部屋をでていき、その手に二つのグラスと肴《さかな》、そして酒瓶《さかびん》を持って戻ってきた。

「セツナさんは、お酒は大丈夫ですかな?」

「はい、好きなほうだと思います。ですが、ラギさんは大丈夫なのですか?」

「もちろんですよ。なので、私に少し付き合ってもらえますかの?」

「喜んで」

ラギさんが僕の前にグラスを置き、お酒を注《つ》いでくれる。続けて彼のグラスに僕が酒を注ぎ返す。お互いにグラスを軽く合わせてから、何を話すでもなく酒瓶の中身を減らしていた。

沈黙に飽《あ》きてきた頃、僕のいない間のアルトのことをラギさんが話し始めた。

「料理をしたことがあるかと聞くと、自信満々に『ある』というものだから、セツナさんが料理を教えていたのだと思い、包丁を持たせたのですよ。……結果、ものすごく恐《おそ》ろしい思いをしました」

同意するように頷くと、彼が少し恨《うら》めしそうに僕を見た。

「もう少し大きくなるまで、アルトに包丁を握らせないと、僕は誓っています」

「……」

首を横に振る彼に笑いながら「アルトに教えられそうですか？」と尋ねると、「私には無理です」と即答され、また笑う。そんな風に僕とアルトのことを話したり、ラギさんのことを聞いたり、穏やかに時間が流れていく。そして酒瓶が空になり、ぽつりとラギさんが言葉をこぼした。

「セツナさん。これから私が話すことは、獣人の常識として聞いてください」

「はい」

「獣人は、自分の死期が漠然《ばくぜん》とわかる。どういった感じなのかといわれると説明のしようがなく、ただわかるのだとしかいいようがない。しかも、それがいつ訪れるのかはっきりとした時期はわからないのです」

お酒の入ったグラスに視線を落とし、僕は黙ってラギさんの話に耳を傾けていた。

「人間と獣人の違いは姿《すがたかたち》形だけではなくその死に方にもあり、獣人は死ぬ1週間前から体力が落ち始め、だんだんと動けなくなっていく。そして死を迎える数日前には、食事がとれなくなります」

いつか訪れる日のことが、脳裏によぎる。

「私が食べることができなくなったら、それはそろそろ死を迎える合図だと思って欲しいのです」

ラギさんはいったんそこで言葉を句切り、新たな酒瓶の封を開け、僕が握っているグラスにお酒を足してくれた。

「……ありがとうございます」

「それまでは普通に生活できますし、剣を握れますからの。貴方は心配せずに、自分のしなければならないことをしてください」

「……」

「私の我《わ》が儘《まま》で……」

「ラギさん。その先は、お話ししていただかなくても結構です」

彼の言葉をさえぎる。続く言葉は、謝罪だと思ったから。気にして欲しくないという意味を込めて、笑いかける。

「僕は、僕のできることをさせてもらいます。アルトがラギさんの手伝いをするというより、ラギさんがアルトのお守りをするという形になりそうですが、よろしくお願いします」

「……」

「それと是非《ぜひ》、包丁の使い方を教えてやってください」

僕の少し軽い感じの話し方に、ラギさんが笑う。

「包丁の使い方は、師であるセツナさんにお任せしよう。まぁ、セツナさんが許してくださるのなら、獣人のことをアルトに教えたいと考えているのですが、どうですかな？」

「お願いします。貴方に教えてもらえることは、この先のアルトにとても必要なことでしょうから」

こちらから、アルトに獣人族のことを教えてもらえないかとお願いするつもりでいたけど、そんなことはお見通しだったのだろう。彼の申し出に、僕は深く頭を下げた。僕に頭を上げるようにいうと、楽しそうに続ける。

「ではついでに、悪戯の方法も教えることにしましょうかの」

そういったあとの彼の表情が、今までに見たことがない笑い方だったので、少し驚く。

「……悪戯を教えるのは、ほどほどにお願いします。多分、被害を受けるのは僕でしょうから」

そのときのことを想像してため息をつく僕に、ラギさんがクックッと悪役っぽい笑みを浮かべた。

きっとその脳裏には、アルトに教える悪戯を考えているに違いない。

「明日からが、楽しみですな」

「……」

本当に楽しみだという表情で笑うラギさんは、とても生き生きとしていた。それにつられて、僕も自然と笑顔になる。しかし彼の笑いの意味を考えると、少し複雑な気分になってしまう。

そのあともラギさんと飲んでいると、アルトが目を覚ましてしまった。起きたばかりだというのに、目の前に広がる酒の肴に目を輝かせてラギさんに食べてもよいかと聞き、許しを得たらすごい勢いで食べ始める。

アルトが起きたことで、急にこの場が賑やかになり、また違った心地好《ここちよ》さが、この部屋に満ちた。アルトが旅での出来事などを身振り手振りで語るのを、ラギさんが相槌を打って聞いていた。いつの間にかまた降りだした雨の音も、はしゃいでいるアルトの声にかき消されたのだった。

◇2 【アルト】

寝ようと思うのに眠れない……。さっきまでは師匠《ししょう》とじいちゃんと一緒にいたのに、今は一人でベッドの中にいるからだ。師匠の弟子になってから、別々の部屋で初めて寝ることになって、変な感じがしている。なぜか、一人で寝るのがすごく寂しかった。師匠と会うまでは、ずっと一人で寝ていたのに。

寝られないから、ジャッキーと一緒にベッドからでて、師匠の部屋の前までいく。

(師匠、起きてるかな?)

もしかしたら寝ているかもしれないと思って、師匠の部屋の扉を開けるのを悩んでいたら、目の前でゆっくりと扉が開いた。

ちょっと驚いてそっと顔を上げると、師匠が立っていて俺をじっと見ていた。

「どうしたの、アルト?」

師匠がいつもの優しい声で話しかけてくれたから、ほっとした。でも、お昼に一緒に寝たいっていったら駄目だといわれたことを思い出し、俯くことしかできなかった。

そこから動けない俺を見て、師匠は困ったようなため息をついた。部屋へ戻るようにいわれることを覚悟して、ジャッキーをぎゅっと抱き師匠の言葉を待った。本当は、謝って自分から戻ればいいとわかっているけど、声がでなかった。

「アルト」

恐る恐る顔を上げて師匠を見る。師匠は笑っていた。もしかしたらさっきのため息は、ため息じゃなかったのかもしれない……。

「おいで、アルト」

そういって、部屋に入れてくれた。師匠がベッドに入るといつものように、師匠の横の位置をぽんぽんと叩く。それは、隣で寝てもいいという合図だ！　嬉しくてジャッキーと一緒に師匠のベッドに入ろうとした。

「悪いけど、ジャッキーはそこの椅子《いす》で寝てもらって？　ベッドが狭《せま》いからね」

師匠は、困ったように笑う。俺が横になると、優しく毛布をかけてくれた。

「ししょう、ごめんなさい」

ずっといいたかった言葉が、自然と口からでてきた。

「どうして謝るの？」

「ひとりで、ねられなかった」

「……そうだね」

その返事に、胸が少し痛くなる。目を伏せた俺に師匠が小さく笑って、俺の胸の辺りを毛布の上からぽんぽんと叩いてくれる。その振動《しんどう》がとても優しくて安心する。

「今日はここで寝て、明日は一人で寝てみよう。明後日《あさって》はまたここで寝てもいいから」

師匠の話の意味がわからなくて、じっと師匠を見る。

「1日だけなら頑張れるよね？　1日頑張ったら、1日お休み。そうやってゆっくり慣れていけばいいんだよ」

（1日なら、頑張れる）

「できるかな？」

「できると、おもう」

「焦《あせ》らなくていいんだよ。ゆっくりできることを増やしていけばいいのだから」

俺が頷くと、師匠が俺の頭を撫でてくれた。

「だけどね、アルト。最初から無理だと決めつけないで欲しいんだ。一度やってみて、それで駄目なら、一緒にできる方法を考えよう。失敗してもまた挑戦《ちょうせん》すればいいことなんだから」

（ああ、そうか。だから、お昼は駄目だと師匠はいったんだ）

師匠の手が優しくて、温かくて、俺はうとうとしながら、お昼にいわれたことを思い出していた。

「ししょ……う」

「うん？」

「おれ……あし……た……がんばる」

もう、目を開けていられないほど眠いけど、それだけは師匠にいいたかったから頑張った。

（……あしたから、おれ、がんばるから……）

頭の上で、師匠の笑う声が聞こえた。

「うん。お休み、アルト」

眠くて口が動かない。ちゃんと返事をしたいのに、心の中でしか答えることができなかった。

（……おやすみなさい、ししょう……）

◇3　【ラギ】

地平より太陽が顔をだし始めた頃、扉の開く音と小さな足音が聞こえてきた。その足音は、私を起こさないための配慮《はいりょ》なのだろう。私の部屋の前を通るときには、一段と小さくなったのだった。

ただその配慮を無にして申し訳ないが、私はその彼らよりも早く起きだしていた。そう心がけているわけではなく、年齢を重ねた者が持つ習性だった。年をとるごとに、目が覚める時間が早くなっているような気がする。

そんな私より少し遅《おく》れて起きたセツナさんは、とても巧《たく》みに気配を消し、庭にでていた。長年、傭《よう》兵《へい》をしていた私でも、そこまで修練を積んできた者を見たことがない。彼は自分のことを学者だと話していたが、そんな簡単な肩書きで収まらないことは、容易に想像できる。窓から見える彼の姿も、私の考えを肯定していた。いったい彼は、何者なのだろうか。

長年にわたる生も、そろそろ終わりを告げようとしていた。そう感じたのは数カ月前、最初は独りで水辺へ旅立とうと思っていた。しかし、その気持ちは数日もしないうちに揺らぎ、冒険者ギルドへ依頼をだしていた。

それから今日まで、私の前に冒険者が数人ほど現れたが、ろくな者はいなかった。その全員が報酬に、私の全財産を要求してきたのだ。死んだあとの財産など興味はないので、くれてやってもよかった。しかし「どうせ、すぐに死ぬのだから」とまくしたてる彼らとは、上手《うま》くやっていける気がしなかったので、お引き取りを願った。私は、あまり金の話をしたくなかった。

だがそれは、贅沢《ぜいたく》なのだろう。誤りともいえる。依頼とは、お金を渡して働いてもらうということだ。彼らの要求は度を越《こ》していているとは思うが、仕事なのだから、報酬の調整をすることは当然だ。

頭ではわかっている。過度であるとしても、そこから両者が望む形に調整していくのが、冒険者のやり方だというのも、わかっている。彼らも稼げるときに稼がねばならず、いつ路頭に迷ってもおかしくない。

だから、最初は最大限の要求を突きつけてくることは、よくあることと知っていた。それでも、交渉《こうしょう》の場に立つことができなかった。心がそれを拒絶《きょぜつ》したのだ。私が求めていたのは、残りの人生を共に笑い過ごしてくれる者だったのだから。

だが現実は甘くはなく、依頼を取り下げようと思ったことも、一度ではなかった。ただでさえ私は、人間にとっては煙《けむ》たい存在ともいえる獣人なのだから、当たり前といえる。故《ゆえ》あってこの地を終《つい》の棲家《すみか》と定めたが、本心は故郷のサガーナに帰りたかった。サガーナで命を終えたかった。しかし、あの国に私の居場所はない。

（今更《いまさら》、家族や友の元へ戻れるわけがない……）

断り続けているうちに、噂《うわさ》がたったのだろう。私の家を訪れる冒険者は、いなくなっていた。孤《こ》独《どく》の時間を埋《う》めるように、過去を振り返ることも多くなっていった。思い返してみても、激動の人生だったと思う。

当時、獣人と人間の争いは苛烈《かれつ》を極めていた。若い私も、ただただ必死にその戦いの中に身を投じていた。だが、どんなに力を尽くしても状況は改善せず、獣人の数は減っていき虐げられ続けた。獣人族が各種族でバラバラに抵抗《ていこう》し、国というものは持っていなかったのに対し、人間は圧倒《あっとう》的な人員で国という組織でまとまり、戦っていたからだ。人間よりも優《すぐ》れた身体能力を持っている獣人でも、数の暴力の前では無力だった。

それに対抗すべく、350年ほど前に獣人の国としてサガーナが建国される。王を置かず、各種族の代表が集《つど》ってサガーナを統治することにした。さらに、その代表の頂点は10年ごとに代表同士の話し合いで決められることになった。そこでようやく、他者の下につくことをよしとしない獣人族の気質を納得させ、一応の団結を得たのだ。

人間と争っていながら、そのサガーナの建国を手伝ったのが一人の人間だった。そのため、獣人と人間の関係は、徐々《じょじょ》にいい方向へ向かっていくと考えた者もいた。だが本当の意味で、獣人と人間が手を取り合う日はこないだろうというのが、私の考えだった。

その証拠《しょうこ》に、サガーナが建国されたあとも戦いは終わらず、終戦を迎えたのは数十年前だった。最後の戦いに私は参戦していないが、悲惨《ひさん》なものだったと聞いている。人間が獣人にしてきたことを許せるかと問われれば、私は即座に否《いな》と答えるだろう。そしてそれは、大多数の獣人族も同じだと思う。それだけ、人間と獣人の間には深い溝《みぞ》があった。

私は、心を決めようとしていた。「このまま独りで死ぬのかもしれない。それならそれで仕方がない」と。

そんな折にセツナさんとアルトが、依頼内容の確認のためにやってきたのだ。アルトの話を聞き、アルトの反応を見て、私はこの幼い獣人の子供がとても気に入ってしまった。「じいちゃん」と呼ばれるのも、悪くはなかった。

しかし問題は、この子の隣にいる師匠と名乗る人間だった。この男の意図が私にはわからなかった。アルトの様子から、奴隷ではないことは確かなのだが……。

(人間が、獣人の子供を弟子にするだろうか?)

師匠だというならば、弟子がここにいる間、彼は何をするつもりなのだろう。そのことを尋ねると、彼はアルトを魔法で眠らせた。正直またかと思った。噂を聞き人間では断られると考え、獣人の子供をだしに使ったのだろうと。だが、確証がない。そこでとりあえず、私の中の戦士の血が騒《さわ》ぎだすのを抑えながら、彼の話を聞くことにした。

彼との会話は、私が自分のことしか考えていないと、痛感させられるものだった。私の人間に対する先入観が、セツナさんの本質を見抜く邪魔《じゃま》をしていたのだと気が付いた。自身のことを棚《たな》に上げ彼を責める私に対し、最初から最後まで彼はアルトのことを考えていた。

青年はアルトの未来のために、獣人である私に頭を下げたのだ。

（……いや、少し違うな……）

最初から彼は、私に敬意を払っていてくれたような気がする。獣人だから人間だからと拘《こだわ》っていたのは、私のほうだったのだ。どういう育ち方をすれば、あのようになるのか……。

アルトや私の気持ちを考え、彼は少し震えていた。私の態度や言葉で、彼は少なからず傷ついただろう。それなのに、自分のことは後回しで、ただ実直に自分の弟子の心配をする。獣人の子供のためにここまで心を砕《くだ》く青年に、私もいつの間にか本音で話していたのだった。

「ししょう！　それ！」

考え込んでいた私の耳に、アルトの声が届く。チラリと窓の外に視線を投げると、セツナさん一人だったのが、アルトも一緒に訓練を始めていた。その様子は真剣で、アルトは必死にセツナさんについていこうとしていた。

（サガーナ生まれではないにしても、獣人の子供があそこまで人間に心を許すとは。まぁ、私も人のことはいえないがの）

そんなことを考え苦笑する。自分でも不思議だったが、気が付いたらセツナさんにもここに住むように勧めていたのだから。

「あ、また！　ししょう、ずるい！」

アルトが、何やらセツナさんに文句をいっているのが聞こえた。耳を澄《す》ませ、思わず会話を聞いてしまう。獣人の耳はとてもいいのだ。

「何がかな？　何もずるくないでしょう？」

「それ、おれの、えものだった！」

「えー、アルトの反応が遅いのが悪いのでしょう？」

目の前で繰り広げられている訓練は、セツナさんが用意した的を風の魔法で浮かせ、どちらが多く壊《こわ》せるかというもののようだ。

「ししょうが、おれのあし、ひっかけた！」

「当たり前でしょう？　妨害《ぼうがい》ありで訓練してるんだから」

「でも、おれ、ぼうがい、できない！」

「そんなこと、いわれても……」

二人の会話を聞いて、思わず笑ってしまう。そして、昨日から笑うことが多くなっている自分に気付く。

（セツナさんにも、一緒に住んでもらうことにしてよかった）

きっと彼が一緒でなかったら、アルトの笑顔はあまり見られなかったに違いない。

彼は、私の申し出に少し考えていたようだったが、最終的には私の提案を受け入れてくれた。そのときのセツナさんを思い出し、ついでに別のことも思い出してしまった。

それは少しの悪戯心と一緒に『セツナさんも私のことを、じじいとでも、くそじじいとでも、好きなように呼んでくださいな』と勧めてみたことだ。意外にも、それに反応したのはセツナさんではなくアルトだった。

（……『くそじじい！』……）

今思い出しても、おかしくて仕方がない。

素直といえばあまりにも素直すぎるアルトに、セツナさんも困惑《こんわく》しているようだ。まるで、手のかかる弟を見守っているようにも受け取れる。


セツナさんは、とても優しい青年だと思う。なのに、アルトに何かを教えるときには、その優しさをすっと隠してしまう。それは何も知らない者が見れば、誤解を招きかねないほどだ。しかし、彼自身そう見られる可能性があることを理解して、なお、アルトに訓練を課していた。誰よりもセツナさん自身が、そのことに葛藤し罪悪感を抱《いだ》いているというのに、その状況が不憫《ふびん》で仕方がない。

『アルトが普通の獣人族であるのなら、僕はここまで厳しくはしなかったかもしれません』という彼の言葉が耳に蘇《よみがえ》る。そう、彼は誤解されようとも罪悪感を抱こうとも、歯を食いしばり心を鬼にして、青狼であるアルトがこの世界で生きていけるように鍛えているのだ。アルトがエンディアの供物にされないように。

人間と獣人の子供が共に行動するだけでも大変ななか、セツナさんはアルトを弟子にとって、守り鍛えている。自分の子供でも同じ種族でもなく、奴隷商人から助けたアルトに、一緒にいたいといわれた、それだけの理由でだ。正直、私には理解できないことだった。

それでも、彼のその在り方に、私は……。

「おれの、えものとるの、だめ！」

「とられたくなかったら、僕より早く壊さないとね」

窓の外でアルトとセツナさんは訓練を続けながら、まだ言い合っていた。私はそっと窓を開けて、賑やかな彼らの訓練を眺める。

「ぎゃぁぁぁぁぁ！」

自分が壊そうとするものをことごとくセツナさんに壊され、アルトは相当苛立っているようだ。叫《さけ》びながらも、やめようとしない。かなり、負けず嫌いな性格をしているとみた。知らず知らずのうちに、笑みが浮かぶのがわかる。二人に対する興味が、ますます強くなっていく。

（……楽しくなりそうだ……）

私が望んだとおりの終わりを、迎えられそうだと思った。

（…………）

自分本位の考えに、胸が軋《きし》んだ。私の望みは、きっとあの優しい青年を苦しめることになるだろう。アルトとセツナさんを眺めながら心の中で詫《わ》びていると、アルトがこちらに気付いた。窓を開けたときに、音がしたのだろうか。私を見つけ、駆けだそうとして止められた。

「アルト。まだ、挨拶が終わっていないでしょう」

アルトは申し訳なさそうに、耳を寝かせ尻尾を動かしている。

「ししょう、ありがとうございました」

「はい、お疲れ様でした。しっかり汗《あせ》を拭《ふ》いて、体を冷やさないようにするんだよ」

元気に頷くと、今度こそというように私のそばに走ってくる。その姿に、何度目かわからないが、私の口元が自然とほころぶ。きっと孫がいたら、こんな感じなんだろう。

「じいちゃん、おはようございます」

「おはよう、アルト」

セツナさんもゆっくりとこちらに歩いてきて、私に挨拶をしてくれる。

「ラギさん、おはようございます。今すぐ朝食の用意をしますね」

「おはよう、セツナさん。そんなに急がなくてもいいからの」

彼は私の言葉に頷き、朝食を作りにいった。その背中を見送り、アルトに視線を向ける。

「セツナさんは、強いのかな？」

自分の好奇心《こうきしん》を満たすために質問すると、アルトは目をキラキラさせながら答えてくれた。

「ししょう、さいきょう！」

私は、目を丸くする。最強と返ってくるとは思わなかったからだ。

「最強？」

「さいきょう！」

「どうして、そう思うのかの？」

「おれ、ししょうが、まけたところを、みたことない」

「なるほど……」

(何と戦ったのか、気になるの)

セツナさんの鍛錬《たんれん》を見ていて、戦士の血が疼《うず》いていた。強い者と戦いたいという欲求は、年をとっても衰《おとろ》えてはいない。

「私とセツナさんが戦ったら、どちらが勝つだろうかの？」

ほんの冗談のつもりでアルトに問いかけたのだが、アルトは真剣な目で私をじっと見つめる。何かを探《さぐ》るような、そして何かを見極めるような視線に、少し驚いた。

(幼いとはいえ、さすが青狼の子か)

狼の獣人族は、青狼、銀狼、その他に分けられている。青狼と銀狼は、私達のような他の獣人族と比べると特殊《とくしゅ》な種族で、私達にはない魔力を持っている。それに加え青狼は、獣人族の中でも一、二を争うほどに筋力が強い。その片鱗《へんりん》が、アルトにも顕在化《けんざいか》しているように思える。

ただ、欠点もある。それは、単独で戦うのが好きという点だ。青狼の友人は、自分の力がどこまで通用するかを試《ため》してみたいのだと、話していた。そういった欲求は私にもあるが、青狼ほどではない。

彼らのそういった性分がエラーナの青狼狩りに捕《と》らわれる遠因ともなり、私がサガーナにいた頃でさえ、青狼の数はかなり少なくなっていた。

(アルトには、そうはなって欲しくない。一人でも立てるくらい強く、それでいて、決して独りではない、そんな大人に……)

アルトの目を見ながら、そう思った。だからこそ、私の持っているすべてを教えたいという衝動《しょうどう》が湧《わ》き上がる。それは、自身を守れる力を与えてやりたいという気持ちからだった。

「じいちゃん！　じいちゃんと、ししょうが、たたかったら、ししょうが、つよいと、おもう」

アルトが真面目な声で、私に告げる。

「どうして、そう思う？」

私は納得しながらも、戦ってみなければわからないという思いを微かに秘《ひ》めて、問うた。

「なんとなく？」

首をかしげて困ったように見上げるアルトに、私は思わず笑ってしまう。先ほど真剣な顔をしていたのが嘘のような、あどけなさを見せたからだ。

「そうか、なんとなくか」

その笑いに、少し困ったような顔をするアルトが、また私の笑いを誘《さそ》う。そんな穏やかな時間を過ごしていると、セツナさんが私達を呼ぶ声が聞こえてきた。朝食が、できたらしい。

一人で食べていた味気なさが、ふっと脳裏によぎる。昨日の昼食と夕食、誰かと食べる食事が楽しいものだと、アルトとセツナさんが思い出させてくれた。そのことに感謝し、この二人と巡《めぐ》り合わせてくれたことを、太陽の神サーディアに感謝するのだった。

第二章　ブータンマツリ　《いたずら心》

◇1【セツナ】

アルトとの訓練を終え、身だしなみを整えてから、僕《ぼく》は台所に立っていた。材料は好きに使っていいといわれているので、アルトが好きそうな食材を選んでいく。

昨日から宿を引き払《はら》い、ラギさんの家でお世話になっているが、なにせ、僕もアルトもこういった生活が初めてなので、何事も手探《てさぐ》りでやることが多くなると思う。できる限りラギさんに迷惑《めいわく》をかけないようにしなければと思ったところで、今朝のことを思い出した。

訓練のために音を立てないように1階へ下りると、ラギさんの部屋から動く気配を感じた。ラギさんはだいぶ前に起きていたにもかかわらず、僕達《たち》を起こさないように、ずっと部屋で過ごしてくれていたのだろう。もしそうなら、僕達がいることで彼《かれ》が窮屈《きゅうくつ》な思いをしないように、気にせず行動してくださいと伝えることにした。

朝食の準備が済み二人を呼ぶと、待ってましたとばかりにアルトが走ってきて、遅《おく》れて入ってきたラギさんも、にこやかな顔で食卓《しょくたく》についた。ラギさんと食事をしながら話をすることが嬉《うれ》しいのか、アルトははしゃぎすぎ、ふっと体をひねったときに、コップを倒《たお》してミルクをこぼしてしまった。

アルトが、はしゃぐ気持ちはわからなくもない。ここは人目を気にしなくてもいいし、不躾《ぶしつけ》な視線を浴びせられることもない。普段《ふだん》、そういった精神的な負担になっているものがここにはないから。そう、ラギさんの家は僕達にとって、とても落ち着ける場所だったからだ。

朝食を食べ終わり、二人にでかけることを伝えると、アルトが一瞬《いっしゅん》不安そうな表情を浮《う》かべた。しかし、昨日のように僕の袖《そで》を掴《つか》むことはなく、きゅっと唇《くちびる》を結んで顔を上げる。そのアルトの表情に息を呑《の》む。笑っていたから。軽く拳《こぶし》を握《にぎ》り精一杯《せいいっぱい》僕に笑いかけていたから……。

「しょう、いってらっしゃい！」

アルトのその様子に安心したような、それでいて寂《さび》しいような気持ちになった。そんな自分自身に内心驚《おどろ》きながらも、笑顔《えがお》で返す。

「うん。いってくるよ。ラギさん、よろしくお願いします」

「ああ、気を付けていっておいで」

「アルトも、ラギさんのお手伝い頑張《がんば》ってね」

僕の言葉に嬉しそうに頷《うなず》くと、アルトは僕に手を振《ふ》ってくれた。僕も手を振り返し、それからラギさんを見る。彼は優《やさ》しさをたたえた瞳《ひとみ》でアルトを見て、それから僕に顔を向けてしっかりと頷き、送り出してくれた。

僕はのんびり歩いて、冒険者《ぼうけんしゃ》ギルドに向かった。歩きながら露店《ろてん》や店先で売られている物を視界に入れ、帰りにどんな食材を買って帰ろうかと考えていた。ラギさんに食費はいらないといわれているけれど、僕より多く食べるアルトの食費は、今まで一人暮らしだったラギさんの家計を圧迫《あっぱく》しかねないので、食材のお裾《すそ》分《わ》けという形で貢献《こうけん》できればいいと思った。

そうこうしている間にギルドにつき、気持ちを切り替《か》え扉《とびら》を開ける。すると、何やら困ったようなドラムさんの声が、耳に届いてきた。

「そういわれてもなぁ……」

「……がいします」

受付の前で若い男性が頭を下げ、必死で何かを頼《たの》んでいるようだった。お昼を過ぎていたこともあって人影《ひとかげ》はまばらなため、二人の声が室内によく通っていた。僕は話の邪魔《じゃま》をしないように目でドラムさんに挨拶《あいさつ》し、彼も目で挨拶を返してくれた。

そのまま掲示板《けいじばん》の方へ向かい、何か依頼《いらい》はないかと探す。ガーディルをでてから受けた依頼が、アギトさんから頼まれた薬の作製依頼だけだったので、財布《さいふ》の中身が寂しくなってきた。ここにくるまでに倒してきたキューブの中の魔物も換金《かんきん》したが、出費のほうが多かったのだ。

何か実入りがいい依頼はないかと掲示板の依頼を見ていくが、ドラムさんと男性の声が部屋に響《ひび》くため、僕も周りの冒険者達と同じように二人の会話に意識が向いてしまう。

「いっちゃ悪いんだがよ、依頼料が割に合ってねぇからな……」

「今の僕には、この金額が精一杯なんです！」

「朝から晩までの拘束《こうそく》時間で、半銀貨1枚じゃなぁ……」

二人の話を聞きながら、僕は頭の中でドラムさんが困っている理由を想像していた。彼がいうように、一日の労働で半銀貨1枚は冒険者の相場としては安すぎる。リペイドの宿屋だと一泊銅貨《ぱく》3枚、朝食と昼食をとればそれだけで消えてしまう程度の金額だ。

宿代、食費、武器の手入れや新調、雑貨など、冒険者はなにかとお金がかかる。それを考えれば、もっと割のいい仕事を選ぶのは当然だ。誰《だれ》も好き好んで、そんな安い依頼をしようとは思わないだろう。朝夕食付き一泊で銅貨2枚とラギさんに押《お》し切られる形で約束をした僕でさえ、これからのことを考えれば唸《うな》ってしまう依頼料だ。

そんなことを考えていたら、ドラムさんに呼ばれる。

「どうかされたんですか?」

話を聞いていたから知っているが「漏れ聞こえていました」などといえるわけもない。

「ちょっとな、割に合わなくて、こいつの依頼を受けられそうな奴《やつ》がいないんだ」

そういって、チラリと男性を見る。彼は力なく肩《かた》を落としてうなだれていたが、僕の視線に気付きこちらを見る。優しそうな風貌《ふうぼう》で髪《かみ》と瞳の色は、リペイドの国で多いとされている金色と青色だ。面立《おもだ》ちは想像していたよりも若く、歳《とし》は僕と同じぐらいかもしれない。

「一般的《いっぱん》には断る類《たぐ》いの依頼なんだが、こいつは孤児院《こじいん》出身でな……」

孤児院からの依頼、もしくは孤児院をでて1年未満の人間からの依頼は、できる限り斡旋《あっせん》をするという方針が、冒険者ギルドにはある。身寄りのない者の独立を、助けるための仕組みだ。

確かギルドが運営している孤児院は、孤児が成人してもすぐに自立させるわけではなく、上限を20歳《さい》までとし、社会経験を積んでから卒院する決まりになっている。ただし成人してからの孤児院の生活は、幾分《いくぶん》、生活費を納める決まりになっていて、そのお金がまた孤児院の運営に回されるという形になっている。

「依頼のランクは、どうなっているんですか？」

「黄色だ。命の危険はない仕事なんだが、黄色の奴がこの依頼を受けても食っていけねぇから、無理に勧《すす》めることもできねぇ」

ギルドマスターの権限で条件の悪い依頼を受けてくれた冒険者には、代わりにそのあとの依頼は、実入りのいいものを優遇《ゆうぐう》してもらえることになっている。なので冒険者が引き受けてくれないということは、あまりない。

ただ、今回は黄色の冒険者という点が、引っかかっている。なぜなら、彼らは借金を返しながら働いている人が多いので、その割のいい依頼を受けられる前に破産しかねないためだ。だから逆に、ドラムさんは依頼を受けさせないように働かざるを得なく、結果、彼が困っているというわけだ。

（……そういえば、ジゲルさんはそろそろ借金を返し終えているだろうか？）

ふと、お金のいろはを教えてくれたジゲルさんを、思い出した。また会えるといいなと考えながら、ドラムさんに話しかける。

「命の危険がないというのは、町の中の仕事ですか？」

「そうだ」

「僕でよければ、お話だけでも伺《うかが》いますが」

その言葉に男性が顔を上げ、僕を凝視《ぎょうし》した。すると、ドラムさんはさらに苦い顔をして、僕に一言謝《あやま》った。

「わりぃな……」

（そもそも、僕に受けてもらいたかったから呼んだんでしょう？）

そう思いながらも、一昨日《おととい》のことがあったので、にこやかに答える。

「いえいえ、ドラムさんにはご迷惑をおかけしましたしね」

特例事後申請《しんせい》の件で、時間を無駄《むだ》にさせたお詫《わ》びにとドラムさんに頷いてから、僕をじっと見ている男性のほうへと体を向けた。

「初めまして、僕はセツナといいます。職業は学者、ギルド……」

「ああ、セツナ！」

僕が自己紹介《しょうかい》をし始めた途端《とたん》、ドラムさんが待ったをかけてきた。

「おめぇ、ランクが上がったぞ」

先に、ギルドランクの更新《こうしん》を促《うなが》された。更新が終わると手の紋様《もんよう》が、青から紫《むらさき》に変わっている。

「一気に5段階も上がるんですか。何か間違《まち》っていません⁉」

困惑《こんわく》しながらそう告げる僕に、ドラムさんが呆《あき》れたようにその理由を話した。

「薬の調合は貴重な飯の種だろう。医療院《いりょういん》に教えるのが、まずありえねぇよ」

「……」

「そのありえねぇことで、国の医療院にいくことのできない人が恩恵《おんけい》を受けられるんだ。冒険者ギルドとして、それぐらいは当たり前だといっていたぜ」

「それなら、大丈夫《だいじょうぶ》です。ありがとうございました」

ドラムさんが苦笑《くしょう》を浮かべ「礼をいうのは、ギルドのほうだろうがよ」と僕に応《こた》えてから、男性の方に向き直る。

「さえぎって、悪かったな」

ドラムさんのその言葉に合わせて、僕も謝罪する。

「気にしないでください！」

彼は、慌《あわ》てたように両手を胸元《むなもと》で小さく振る。

「それでは、改めてご挨拶させていただきます。僕はセツナといいます。職業は学者、ギルドランクは紫です。依頼を受けるかは確約できませんが、お話を聞かせてもらってもよろしいですか？」

男性は僕の手を握り、小さな声で何度も「よろしくおねがいします」と繰《く》り返していた。僕の手を握る彼の手が、小さく震《ふる》えていた。

「僕は、ノリスといいます。あの、それで……」

その先をどう続けていいのか迷っているようだったので、簡単に答えられる質問を投げかける。

「お話はここで？　それとも場所を変えますか？」

「落ち着いて話がしたいので、場所を変えたいと思いますが、大丈夫ですか？」

「ギルドの2階で、いいですか？」

ノリスさんが頷くのを確認《かくにん》して、ドラムさんにギルドの2階の個室を使う許可をもらった。本当に申し訳なさそうな顔をするドラムさんを残し、僕達はギルドの2階へと上がっていった。

個室は、簡易な机と椅子《いす》が置かれているだけだった。お酒以外の飲み物を頼めるが、ノリスさんが首を横に振ったので、さっそく話を聞くことにした。

「依頼の内容を、お聞きしてもいいですか？」

彼の瞳が不安に揺《ゆ》れている。それでも話そうと口を開くが、声がでないようだった。誰にも依頼を受けてもらえなかったことで、話すことに臆病《おくびょう》になっているのかもしれない。ギルドマスターの口添《くちぞ》えがあるとはいっても、依頼を受けるかどうかは冒険者の意思に任される。僕にまで断られたらと考えてしまい、勇気がでないのかもしれない。

「サルキス４の月からお店をだす予定なんですが、一緒《いっしょ》に店を切り盛りするはずだった妻が怪我《けが》をしてしまって、僕一人で店を開くことになりました」

ようやく口を開いたノリスさんの声は、小さかった。

「依頼の内容というのは、お店の手伝いになるんですか？」

「はい。一昨日まで、順調に準備も進んでいたんです。でも、彼女《かのじょ》が野盗《やとう》に襲《おそ》われて……。一命は取り留めましたが、しばらくは安静が必要だといわれました」

彼女のことを思い出しているのか、机の上の拳が小刻みに震えていた。

「それは、大変ですね。看病についていなくてよろしいんですか？」

「本当は、僕も開店を延期したかったんです。彼女と二人で開店資金を貯《た》めてやっと手に入れた店なので、彼女の怪我が治ってから一緒に始めたかった。ですが、そうもいかない状況《じょうきょう》で……」

「その理由を、聞いてもいいですか？」

「実は彼女が運ばれたのは、国の医療院でした。襲われた場所から一番近かったのと、彼女が急を要する状況だったので、選択《せんたく》の余地がなかったのです。それで、医療費が高くつきました。すでに花屋を開くために、低金利で冒険者ギルドからはお金を借りていて、知人からは借金することができず、来月末までに国の医療院に、お金を納めるあてがないのです」

心の中に渦巻《うずま》いている気持ちを整頓《せいとん》しているのか、彼は一息ついてから続けた。

「店を手放しても、元々借金して開いた店なので手元にお金が戻《もど》ることはなく、店を開けて稼《かせ》ぐしかない状況なのです……。いえ、正直にいえば、お金を借りるときの担保とした畑と住んでいる家を売ってしまえば、差額でなんとかなるかもしれませんが……」

「そんなことをしたら、そのあとの生活が立ち行かなくなりますよね？」

僕がそういうと、ノリスさんがうなだれるように頷く。

「それで、店を開けば、医療院に返せる金額が用意できるんですか？」

「僕達が店を開くときにたてた予測では、1カ月店を回せばギリギリでその額はだせるんじゃないかと思うんです。本当にギリギリの金額なんですが。ただ、問題があって……」

ここでノリスさんは一息つくと、俯《うつむ》きながら続けた。

「店は僕と妻の二人でやる予定でした。つまり、二人分の仕事量があるんです。僕一人だけでは回しきれません。でも普通に賃金を払って人を雇《やと》ってしまえば、医療院に返す金額に届かないんです」

「なるほど。だから、ギルドにあの金額で依頼をだすしかなかったということですか」

「そうです。この金額以上は、どうやっても無理なんです。ですから、お願いします。この店は僕達の夢だったんです。僕は夢を失いたくないし、妻を路頭に迷わせたくもないんです。……彼女の笑顔を失いたくないんです」

ノリスさんは歯を食いしばり、唸るように同じ言葉を繰り返した。その心からの叫《さけ》びには、彼の葛藤《かっとう》とやるせなさ、そして一人ではどうすることもできない悲しみに満ちていた。諦《あきら》めたくないという気持ちの裏に隠《かく》された『助けて』という想《おも》いが、胸に響いてきて痛い。助けを求めながら伸《の》ばした手を、誰にも掴んでもらえない孤独《こどく》の辛《つら》さを僕は知っているから……。

「ノリスさん」

僕の呼びかけに、ノリスさんが体をこわばらせる。顔色をなくし俯いている姿は、まるで死刑《しけい》宣告を待っているかのように見えた。

「依頼のお話を、続けてください」

「え……？」

「まだ依頼の内容の詳細《しょうさい》を、聞いていませんので」

彼が今まで語っていたのはギルドに依頼した理由であって、依頼そのものの話ではない。

「……はい、はい！　えっと、僕がお願いしたいのは、来月から開店するお店の手伝いになります」

彼は矢継《やつ》ぎ早《ばや》に、依頼の内容を語っていく。

「僕達のお店は花屋なんですが、僕が育てている花はとても手がかかるんです」

（花屋……）

その言葉を聞いて、脳裏《のうり》に懐《なつ》かしい鏡花の声が蘇《よみがえ》る。

「なので、店番などをお願いしたいと思っていました。当初は僕が花の世話をして、彼女が店のことをする予定だったんです」

ノリスさんの声で意識を戻され、蘇った声を打ち消す。

「店はさほど大きくないんですが、売る花の種類はできるだけ多くしていきたいと思っています」

「そうなんですね。お手伝いの期間はどれぐらいになりそうですか？」

勢いよく店の展望を語っていたがハッとして口を閉じ、今度は聞き取れるギリギリの声をだした。

「……彼女の怪我が治るか、次の人が見つかるまで……」

「長期の依頼になるかもしれないのですね？」

「はい……」

旅の資金を貯めることを考えるなら、この依頼を受けても達成できないのは間違いない。

「ノリスさん、僕は弟子《でし》と一緒に最近リペイドにきたんですが、手持ちのお金が心許《こころもと》なくなって長期滞在《たいざい》をすることにしたのです。ですから、旅の資金をどうしても貯めたいと思っています」

「旅の資金……」

「そうです。現在、僕とは別に弟子も依頼を受けています」

「……半銀貨1枚では、旅の資金にはなりませんね」

「そうですね」

「……」

僕の状況を理解して、諦めたように肩を落とす。そんな、彼に一つ質問する。

「僕が依頼を断ったら、どうするつもりなのですか？」

「僕は……。一人でも店を開けて、最後まで足掻《あが》こうと思っています。僕達の夢と将来を守れるのは、僕しかいないから」

絶望の淵《ふち》にいても、何かや誰かを守るために立とうとする人は、強くて優しい人だと思う。そんなノリスさんのひたむきな決意に心を打たれ、僕は彼の依頼を受けてみてもいいかと思い始めた。

サイラスのときのような命に関わるものではないから、アルトを危険に巻き込《こ》むことではなさそうだし、僕達のお金の都合だけで済む問題なら……と。

「お時間をとらせて、申し訳ありませんでした」

そういって、ノリスさんが席を立とうとする。

「まだ質問は、終わっていないですよ」

「え？」

不思議そうに、彼は僕を見た。

「貴方《あなた》の依頼を受けたとして、他の依頼を掛《か》け持ちすることを許容できるでしょうか？　例えば、店が休みの日であるとか、午前や午後だけ抜《ぬ》けるとか、そういった余地はありますか？」

旅の資金の足しにならない依頼を受けるなんて物好きだなと自分でも思うけれど、頑張ろうと決めたノリスさんを見放すのは気が引けた。

「あ、えっと」

くるくると表情を変え焦《あせ》っている彼を落ち着かせるように、僕はゆっくりと話した。

「依頼を掛け持ちすることを許容していただくことが条件になりますが、それでよければノリスさんの依頼をお受けします」

瞬《まばた》きをしない彼の目から、涙《なみだ》があふれる。

「掛け持ちしてくださっても大丈夫です。しかし、休みなく働くのは……」

乱暴に腕《うで》を顔に当てて涙を拭《ぬぐ》ってから、彼が口を開いた。

「その辺りは、気にしないでください。町にいるよりも空の下での生活のほうが長かったので、そう簡単に疲《つか》れることはありません」

「そっ、そうなんですね。僕には想像できない生活ですが、セツナさんさえよろしければ、お願いしたいです。本当に半銀貨1枚になりますが」

心苦しそうに言葉を紡《つむ》ぐ彼に、一つ提案させてもらう。

「それでは、思った以上に花が売れた日は、報酬《ほうしゅう》を上乗せしてください」

「そうですね、是非《ぜひ》そうさせてもらいます！」

「働き甲斐《がい》が、ありそうですね」

そういって笑う僕につられて、彼も笑う。出会って初めての笑顔は、彼らしい優しい笑みだった。


一通り話が終わったあと、次に会う予定を立てて、ノリスさんと別れた。その足でドラムさんに依頼を受けたことを報告すると、僕が受けるとは思っていなかったようで、軽く驚いていた。

「なんで、あんな割の合わない依頼を受ける気になったんだ？」

「逆に聞きますが、じゃあなぜ、僕にこの依頼の話を聞かせたんですか」

「そりゃ、この場にいた誰よりも、お人好《ひとよ》しそうだったからだ。それでも、まず、ないと踏《ふ》んでいたんだがなぁ」

「そうですか。ご期待に沿えなくて申し訳ありませんが、お人好しだからではなく、花屋に興味が湧《わ》いたから、引き受けたまでですよ」

まぁ、割の合わない依頼を受けた理由が『見放せなかった』ことには間違いないのだから、その前提が緩《ゆる》かろうが厳しかろうが、お人好しといわれても言い返せない。でも、それはドラムさんの手のひらで踊《おど》らされたみたいで気に入らなかったから、僕は花屋に興味があったんだと答えた。

もっとも、花屋に興味が湧いたというのは、嘘《うそ》ではなかった。あのとき思い出した鏡花との会話が、紛《まぎ》れもなく僕の興味をかきたてていたのだから。

そんな感傷に浸《ひた》っていた僕に気付かず、ドラムさんは声をかけてきた。

「ノリスからの依頼は数日後からだろ？　その間に何か依頼を受けるのか？」

「そうですね」

「ギルドにくるのなら、依頼を用意しておくが？」

ノリスさんの依頼を受けたから、実入りのいい依頼を優遇してくれるのだろう。どうしようかと考えて、昨夜ラギさんにいわれたことを思い出す。

『アルトは思ってた以上に、セツナさんに依存《いぞん》しているようだ。だから、外出するときは、大きな不安を与《あた》えないように、短い時間で帰宅したほうがいいだろう。特に最初のうちは、そうしたほうがいい。そして、セツナさんがでかけても必ず帰ってくるのだとアルトが理解し、セツナさんのいない状態に徐々《じょじょ》に慣れていければ、多少寂しがるかもしれないが、混乱することなく生活できるようになるだろう』

それならば、ここ数日はアルトがラギさんとの生活に慣れるためにも、僕は短い時間でも外出していたほうがいいだろうと考えた。

「明日でお願いします」

「明日でいいのか？」

「できれば、半日ほどで終わるものがいいのですが」

「希望に沿えるかはわからないが、数件見繕《みつくろ》っておく」

「はい、よろしくお願いします」

ドラムさんに挨拶をしてギルドをあとにし、アルトの好きそうな食材を購入《こうにゅう》して帰る。のんびりと歩きながら、先ほど脳裏に蘇った鏡花の声を思い出していた。

『お兄ちゃん、私、将来、花屋さんで働こうかな』

『いきなりどうしたの？』

『これあげる』

そういって鏡花が差し出してくれたのは、抱《かか》えきれないほどの花束だった。

『今日、初めてお給料をもらったんだよ！』

鏡花が、最近アルバイトを始めたことは知っていた。でも、花屋ではなかったはずだ。

『初めてのバイト代で、買ってきてくれたの？』

『うん。本当は別の物にするつもりだったんだけど、病院に併設《へいせつ》されている花屋さんの花がすごく綺麗《きれい》だったから、お兄ちゃんに見せたくなったんだ』

『そうか……ありがとう。嬉しいよ』

『えへへ』

照れたように笑う、鏡花が可愛《かわい》かった。

『それで、どうして花屋になろうと思ったの？』

『売れなくなった花が、貰《もら》えそうだから』

売れなくなった花は、枯《か》れかけた花じゃないだろうか？

『毎日、お兄ちゃんに、花を届けることができるよっ！』

気持ちは嬉しいが、色々な意味でそこまでして欲《ほ》しくはない……。

『でも、パン屋さんも捨て難《がた》いよね。友達がパン屋さんで働いていて、たまに売れ残ったパンが貰えて、嬉しいっていっていたから！』

もう何もいうまい。俗物《ぞくぶつ》的な考え方で将来の職業を語る鏡花を、冗談《じょうだん》だと知っているにもかかわらず、おおげさに憂慮《ゆうりょ》する。もちろん本気ではない。鏡花が医師になるために必死に勉強をしていることを、知っていたから。

『お兄ちゃん』

『……』

なんともいえない気持ちになって、思わず足を止めて空を見上げた。日が落ちかけている今日は明けの三日月。今の時間に月はない。薄《うっす》らと姿を現した星々が、柔《やわ》らかな光を放ち始めていた。虫の声を耳にしながら、僕はしばらく暮れていく空を見上げていた。ざわめいた心が、落ち着く。

「……もうすぐ新月か」

新月の夜に向かってこの星々は、一層美しく輝《かがや》いていくのだろう。そして、そんな星々と同じように、月に邪魔されることなく、僕は伴侶《はんりょ》の声を聞くことができるはずだ。彼女の顔を思い浮かべながら、早く新月がこないかと願う。声が聞きたい。なぜか無性《むしょう》にそう思ってしまった。そんな想いを吐《は》き出すようにため息をつき、今度こそ歩きだす。

（そういえば、まだトゥーリに手紙を書いていなかった。家に戻ったら、アルトと一緒にトゥーリとクッカに手紙を書こう）

「家に帰ったら……」

口からでた『家』という言葉に、不思議な気持ちになる。その理由を考えて『宿屋』とは違うからだと気が付いた。連泊のためにお金を支払っても『宿屋』には盗難防止のため、私物を残して外出はしない。宿屋に戻っても、生活感というものがほぼ皆無《かいむ》だ。だけどラギさんに借りた部屋には、僕の私物をふんだんに置いた。

アルトが帰りを待ってくれている。その感覚はとても懐かしく、僕に『帰る場所』を連想させた。

「帰ろう。アルトの待つ家へ」

急に『家』が恋《こい》しくなり、僕は自然に急ぎ足になったのだった。


次の日、僕は依頼を受けて財布を潤《うるお》すために、ギルドの扉をまた開けた。勇んでギルドに入るとドラムさんが手招きで僕を呼んでくる。きっと、依頼の斡旋だろうと思い警戒心《けいかいしん》なく個室へとついていく。優遇措置《そち》だからかなと思っていたら、歩きながらドラムさんが重々しく口を開いた。

「おめぇに、客がきてる。王宮からだ。心当たりはあるか？　詳《くわ》しくは聞かねぇが、妙《みょう》なことに巻き込まれねぇように、気を付けろよ」

「ありがとうございます」

部屋の前で心配そうに僕を見てから、ドラムさんは引き返していった。扉を叩《たた》くと中から返事がする。その声に聞き覚えがなく、僕は首をかしげた。

「失礼します」

そこにいたのは、お城の侍女《じじょ》服を着た女性だった。記憶《きおく》をたどり、王妃《おうひ》様が廊下《ろうか》で僕に声をかけてきたときに、この女性が王妃様の後ろにいたことを、僕は思い出した。

「……セツナ様でしょうか？」

その女性が、見つめてくる。

「そうです。貴方は？」

「お初にお目にかかります。わたくしは王妃様の侍女長をしております、マーガレットと申します」

ソファーから立ち上がり、綺麗な姿勢で頭を下げた。僕がセナとしてあの城に滞在していたことを、彼女は知らないようだった。

「扉は閉めたままで、大丈夫ですか？」

貴族の女性は、男性と二人きりになることをよしとしないと聞いている。

「お気遣《きづか》いなく。もう、子供は成人しておりますし、今日セツナ様とお会いしたことは、誰にも知られないようになっております」

ギルドにそう頼んだということだろう。それなら大丈夫かと考え、部屋の奥《おく》へ進む。

「わたくしとしたことが、どうぞおかけになってください」

勧められたのは豪華《ごうか》なソファーで、昨日ノリスさんと話した個室とは、だいぶ違っていた。

「それで、どういったご用件でしょうか」

王妃様の侍女長ということであまりいい予感はしないが、ギルドにまで訪ねてきたところを見ると何かあったのだろう。

「王妃様が、セツナ様に個人的に依頼したいと仰《おつしや》っておられます」

「個人的に？」

「左様でございます。ご注意いただきたいのは、国王様にもユージン様にも秘密にということです」

「……秘密」

本当に、嫌《いや》な予感しかしない。

「サイラスには……」

「秘密でお願いいたします」

「僕は、サルキス4の月から長期の依頼を受けていますので、王妃様のご要望にお応えできません」

ここは逃《に》げの一手だと、僕は話を聞く前に、断ることにしたのだが……。

「存じております。ドラム様からお聞きいたしました。そして、時間の融通《ゆうずう》が利《き》くことも存じております。それで、一度、王妃様とお会いいただけないでしょうか」

（ドラムさん……いってることとやってることが違う……）

「依頼の内容を、伺ってもよろしいですか」

「申し訳なく存じます。王妃様が自らお話しなさると仰っておられました」

「国王様達に秘密にしても、問題ないんですか？」

最後の悪足掻《あが》きに、国王を前面に押し立ててみる。しかし、マーガレットさんは綺麗な笑みを浮かべていった。

「セツナ様に、累《るい》が及ぶようなことにはなりません。その点はご安心くださいませ」

（全く安心できないんだけど……）

こうして話していても、きっと埒《らち》があかないだろう。彼女は、王妃様のお使いでここにきただけなのだから。

「日時は、いつでしょうか？」

「できましたら、サルキス4の月の7日、午後1時頃《ごろ》でお願いしたいのです」

「では、その時間はあけておくようにします。どちらに伺えばよろしいですか？」

「こちらの店の個室を、予約しておきます。招待制のお店ですので、その手紙をお持ちください」

そういって、一枚の封筒《ふうとう》を差し出される。

「承知いたしました」

僕が封筒を鞄《かばん》にしまうのを確認して、マーガレットさんがほっとしたように息をついた。

「王妃様によいご報告ができます。ありがとうございました」

彼女は上品に笑ったあと、ドラムさんを呼んできて欲しいと頼んできた。どうやら違う出口に案内してもらうようだ。挨拶をして部屋をでると、彼女にいわれたとおり、ドラムさんに声をかけた。

「おれが戻ってくるまで、待っててくれ」

そういわれて、依頼掲示板を見ながら暇《ひま》をつぶしていた。

「おう、待たせたな」

戻ってきたドラムさんは、挨拶もそこそこに、話を続けた。

「あの女性からの依頼は、個人依頼となるが受けるのか？」

「4の月の7日に詳しい話を聞いてから、決めることにします」

「まぁ、個人依頼についての詮索《せんさく》はしないがよ。よく考えて決めるんだぞ」

「はい、ありがとうございます」

「それでだ、今日の依頼はどうするよ?」

胸元から懐中時計《かいちゅうどけい》を取り出して、時間を確認する。今から依頼を受けると、帰宅時間が遅《おそ》くなってしまいそうだった。

「今日は、もう戻ります」

「もう帰るのか?」

「はい。ここ数日はアルトが心配なので、半日ほどで帰るようにしているんです」

「そうか。だから、半日程度で終わる依頼という条件だったんだな」

「4の月からはノリスさんの依頼と掛け持ちで、活動しようと思っているので、そのときにまた聞きにきます」

「わかった。気を付けて帰れや」

軽く頷いてギルドをでる。昼食の時間は過ぎているので、ラギさん達はもう食べ終えた頃だろう。どこかの店に入って適当に食べて帰ろうか悩《なや》んでいたが、偶然《ぐうぜん》サイラスが勧めていた屋台の前を通りかかったので、買って帰ることにした。かなりの人気らしく、売り切れたらすぐに屋台を閉めるため「見つけたときが買い時だ!」と力説していた。

この前はギルドに向かう途中だったので買うことができず、帰る頃にはもうその屋台が消えていたため、アルトが意気消沈《しょうちん》していたのだ。昼食は終わっていると思うが、アルトなら食べたがるに違いない。そう思って4人分購入することにした。

窓から僕を見つけたのか、家にたどりつく前に、扉を勢いよく開けアルトが飛びだしてきて僕を出迎《でむか》えてくれた。

「ししょう、おかえりなさい！」

「ただいま」

ラギさんがゆっくりと玄関《げんかん》から現れて、微笑《ほほえ》みながら僕達を見ている。

「いらい、うけなかったの？」

「僕に個人依頼が入っていたから、話を聞くだけで終わったんだよ。ご飯を食べて討伐《とうばつ》依頼を受けようかなと思ったんだけど……」

「おもったんだけど？」

「これを見つけたから、一緒に食べようと思って帰ってきたんだ」

鞄から屋台で買った物を取り出すと、アルトの目がキラキラと輝きだした。

「さいらすさんが、はなしてたやつ⁉」

「うん。『見つけたときが買い時だ！』といっていたからね。買ってきたよ」

「やったぁ！」

アルトは嬉しそうにお土産《みやげ》を抱え込むと、僕を急《せ》かして家の中へ入っていく。玄関で待っていたラギさんに帰宅の挨拶をすると、ラギさんも穏《おだ》やかな表情で「お帰りなさい」といってくれた。

それだけのことなのに、ほっとするのはどうしてだろう。まるでずっと前から、彼のことを知っていると錯覚《さっかく》してしまいそうになる。ラギさんと会う前は、警戒していたはずなのに、会って話をしてからは、その警戒心がスッと消えてしまった。

どうしてなのか考えてもみたが、結局わからずじまいだった。多分、相性《あいしょう》がよかったのだろうと思い、気にすることをやめた。

「ラギさんも、一緒に食べませんか?」

「ついさっき、私もアルトも昼食を食べたばかり……」

「ししょう、じいちゃん、はやくたべよう!」

「……」

嬉しそうなアルトの声に、ラギさんが苦笑しため息をつく。

「ご相伴《しょうばん》に、あずかろうかの」

「食べきれない分は、アルトにあげてください。喜びますから」

「……アルトは、食べた物をどこに入れているのかの?」

大真面目《おおまじめ》にそう呟《つぶや》きながら嘆《なげ》くラギさんを見て、思わず笑ってしまう。彼は、もう本当にお腹《なか》いっぱいなのだろう。笑い事ではないという風に、睨《にら》まれてしまった。だけどそれさえもおかしく、しばらく僕は笑うのをやめられなかったのだった。


屋台で買ってきた物を食べながら、僕がいない間のことをアルトが話してくれる。ラギさんがせっせと自分の分の食べ物を、アルトのお皿に移しているのを見て笑いをこらえる。

「ししょう」

「うん?」

「じいちゃんが、おれと、ししょうのへやの、かべがみを、かえてくれるって」

「壁紙《かべがみ》？」

「そう、いろあせてたり、はがれかけている、ところが、あるからって」

「……」

この世界の壁紙の張り替えは、高い買い物になると思う。ずっとこの家に住み続ける人がいるのなら、傷《いた》んだ場所の修理を施《ほどこ》すのはいいと思う。だけど、僕もアルトもずっとこの家にいるわけではない。そして、僕達がこの家からでていくということは……それ以上は考えたくなくなった。

(今のままで、いいと思うよ)

そんなことは、いえない。それを説明することなど、僕にはできない。

「しょう？」

黙《だま》り込んだことでアルトが不思議そうに僕を見るが、すぐに言葉がでてこなかった。

「そうか。なら、壁紙の張り替えの資金は僕がだすよ」

僕からでた言葉は、壁紙の張り替えを反対するものではなくなっていた。

「セツナさん。ここは私の持ち家です。ですからその費用は、私が支払うべきものです」

間髪《かんはつ》を入れずラギさんが、僕の提案を否定する。

「しかし、壁紙の張り替えは、かなり高くなりますよ。その部屋を使うのは僕達ですし」

「この家すべての壁紙を張り替えたとしても、私の蓄《たくわ》えは十分ありますから、心配無用というものですな。この際、すべての壁紙を張り替えてしまっても、いいかもしれないの」

「じいちゃん、おかねもち？」

「そうだの、アルトよりはお金持ちだの。だから、報酬は期待しておくといい」

「ほうしゅう……」

今、思い出しましたというように「そうだ、いらいだった」と呟いている姿が切ない。ラギさんは笑いをこらえているのか、咳払《せきばら》いをしている。

「何か希望は、あるかの？」

「きぼう？」

「欲しい物は、あるかの？」

突然《とつぜん》始まった報酬の話に、かなり戸惑《とまど》った。その話は、二人で決めると思っていたからだ。それを今ここで話を切り出したということは、僕はラギさんにアルトの師として認められたと思っていいのかもしれない。そう考えると、少し嬉しい。でも、その話は聞きたくなかったというのも、僕の中にはあった。報酬は、終わるときを受け入れることだから。

ラギさんが、じっと返事を待っている。アルトは困惑したように僕を見上げるが、口を挟《はさ》まない。口を挟めない。

「なんでも、いいの？」

「好きな物をいうといい」

「おかねじゃなくても、いい？」

優しく頷くラギさんに、アルトが耳を忙《せわ》しなく動かし思案しながら、自分の望みを口にした。

「いらいが、おわっても、りぺいどにいるあいだ、ここに、あそびにきたい」

「……」

この部屋のときが、止まった気がした。ラギさんが、息を呑む。その音が、聞こえる。僕は思わずアルトを凝視するが、すぐに視線を逸《そ》らし、取り繕《つくろ》って机の上のカップに手を伸ばす。アルトに動揺《どうよう》を見せられない。

「じいちゃん？」

ラギさんは、まだ動けないでいる。不安そうに呼ぶアルトに、彼が持ち直して、数回瞬きをする。僕から願っておきながら、深い後悔《こうかい》が胸に迫《せま》る。今更《いまさら》だけど、アルトに本当のことを伝えるべきじゃないかと、そう思いアルトを呼ぶ。

「アルト」

「セツナさん」

僕の考えたことが、わからないはずもない。ラギさんが真剣《しんけん》に僕を見て、微《かす》かに首を横に振った。僕が願ったことだけど、受け入れたのは、ラギさんだ。この話の主導権は、もう、僕にはない。

「だめだった？」

僕達の雰囲気《ふんいき》がアルトに誤解を与え、彼はしょんぼりと肩を落とし、耳をぺたりと寝《ね》かした。

「考えていた報酬と違っていたから、かなり驚いてしまったの。アルト、それは報酬ではないな」

ラギさんが困ったように笑い、アルトの頭を何度も何度も優しく撫《な》でる。

「好きなときに帰ってくるといい。この家は、アルトとセツナさんをいつでも受け入れるから」

アルトに笑いかけながら、ラギさんは静かな深い声でそういった。

「うん！」

「報酬のことは、また別の日に話そうか。アルトが決められそうにないからの……。さて、何の話をしていたか……」

「かべがみ、どうする？」

「ああ、そうだった、そうだった。壁紙の代金は、私が支払うからの。セツナさんは旅の資金を貯めなければいけないのだから、余計な物にお金を使うべきではない」

「わかりました」

そこまでいわれてしまえば、頷くしかない。

「なに、資金は壁紙の代金だけだ。壁紙の張り替えは、私とアルトでする予定なのだから」

「おれ？　かべがみ、はりかえたこと、ないよ？」

「私が教えるから、大丈夫。楽しいと思うがの」

「そっかー」

「……」

壁紙の張り替えなど、僕もしたことがない。「そっか！」の一言で済む単純な話なんだろうか？　想像でしかないが、大人でも大変な作業だろうに、アルトが戦力になるとは思えない。下手をすると、そのほとんどをラギさんがすることになるのではないだろうか？

「何事も経験。失敗してもいいのだよ」

「おれ、がんばるから！」

楽しそうに笑う二人に、水を差すべきではないだろう。そう思い、心の中で手伝えるときに手伝おうと決め、二人の話に交ざったのだった。

「セツナさんは明日も、依頼へいくつもりかの？」

「まだ決めていませんが、何か手伝うことがありますか？」

「雑貨店に壁紙を見にいくついでに、町の案内でもと思ったのだが、どうしますかな？」

「おれも、いきたい！」

「知らない場所が多いので、案内していただけると嬉しいです」

「では、決まりだ。明日は、皆《みな》ででかけようかの」

「やったー！」

喜びで尻尾《しっぽ》をくるくると回しているアルトを、ラギさんが目を細めて慈《いつく》しむように見つめていた。

それが、僕の目には本当に優しく映っていたのだった。


明日の計画を立てながら夕食を終え、アルトは限界に達し寝てしまった。多分、はしゃぎ疲れたのだと思う。アルトのために用意された部屋へと運び、ベッドに寝かせる。一人で寝ることを寂しがっていたが、今日はそんな寂しさなど感じることなく、朝までぐっすり眠《ねむ》れることだろう。

そっと部屋からでて、居間へ戻るとラギさんにお酒を勧められた。断る理由もないので頷くと、彼が笑みを深くする。お酒を飲みながら、今日のことをお互《たが》いに話していく。依頼を掛け持ちすることになりそうだと伝えると「体を壊《こわ》さないようにの」と心配してくれた。

それからしばらく話していたのだが、そろそろ寝るために片付け始めた頃に、ラギさんが呟くように僕に謝った。

「私はアルトとの関係を、このまま継続《けいぞく》したいと思っています」

「僕が願ったことですが、辛くはありませんか」

ラギさんが苦く笑いながら、自分の胸に手を置いた。

「ああ、幸せとはこういうことをいうのだと、思い出させてくれました。ずっと私と繋《つな》がりを持ちたいと思ってくれたことが、心の底から嬉しかった」

そういって彼は、ここ数日で一番幸せそうな顔で笑った。その顔に嘘はない。そうか、あのとき僕は彼が辛くて返答できないのだと思っていたが、違ったのか。アルトが報酬に望んだものが金銭ではなく、ラギさんと一緒にいることだった。それは、彼が心の底から望んだ『最後の願い』と一致《いっち》するのだと思い至った。

「ありがとうございます。僕もラギさんと同じ想いです」

「セツナさん、私は……」

「アルトとラギさんが笑ってくれていると、僕は嬉しい」

彼の言葉をさえぎった僕に、ラギさんがそのしわだらけの手で、僕の腕を軽く数回叩いた。

「そこにセツナさんが加わっていただければ、アルトの笑顔もそして私の笑顔も増えることになるでしょう。アルトと同じように遠慮することなく、貴方もここで貴方らしくいてください。アルトを育てる、その責任と幸せを一時、私にも預けてもらえると嬉しいの」

「っ……」

言葉が詰《つ》まった。彼が僕に向けるその瞳が、先ほど見たものと同じだったから。慈しみと優しさを込めた眼差《まなざ》しを、彼は僕にも向けてくれていた。

「はい。改めて、よろしくお願いいたします」

「やはり、真面目な性分ですな。アルトと同じように『くそじじい』と一度呼んでみてください。その硬《かた》さも薄《うす》れるかもしれん」

「……まだ、諦めていなかったんですか？」

『自分らしくいろ』、『遠慮するな』、『硬い』と、ラギさんがいうから、肩から力を抜く。言葉遣いも丁寧《ていねい》なものから少し崩《くず》す。彼は満足げに笑い、片付け始めていたグラスに新たにお酒を注《つ》いで、僕に渡《わた》してくれた。

「これからのアルトの子育てに、乾杯《かんぱい》しましょうか」

「……明日でかけるから、もう寝ようと話していましたよね？」

「そのようなことを気にするとは、まだ、遠慮しているとみえる」

「……」

そんな軽口を叩きながら、僕とラギさんは夜が更《ふ》けるまで飲んで語り合ったのだった。自分の部屋に戻り、トゥーリへ手紙を書こうと考えていたことを思い出した。アルトがいないのは残念だったけど、穏やかな気持ちのまま、手紙を書き始めた。


次の日、ラギさんとでかけるために、アルトと一緒に身支度《みじたく》をする。リペイドでは『能ある鷹《たか》は爪《つめ》を隠す』といった感じで、背中に隠すように短剣を身につけるのが流行《はや》っていると、ラギさんから聞いたらしく、アルトは双剣《そうけん》を背中に装着していた。

短剣を持っていないように見えるのは利点だけど、抜刀《ばっとう》するのは大変そうだなと思う。そんなことを考えているうちに、ラギさんに呼ばれたので、家をでた。

彼の家からギルドに向かう道にある店は把握《はあく》しているため、その他の場所を3人で歩く。洋服店や精肉店や青果店など、ラギさんが買い物をする場所も教えてくれる。時々、休憩《きゅうけい》がてら屋台で何かを買って食べ歩く。

はぐれないようにラギさんと手を繋ぐアルトは、立ち寄る店のほとんどで『祖父と孫』という目で見られていた。

「つぎは、ざっかやさん？」

「そうだの。今日の目的地だが、疲れてないかの？」

「つかれてない！　おれ、たいりょくあるから、だいじょうぶ」

ラギさんが心配して事あるごとに「疲れてないか」と聞いていたが、アルトはそのたびに元気に「疲れていない」と答えている。まぁ、ずっと歩いて旅していたのだから、これぐらいで疲れることはない。それはラギさんも気が付いているが、聞かずにはいられないのだと思う。その姿はまさに、孫を心配する祖父そのものだった。

雑貨屋にたどりつき、一通り売られている物を見てから壁紙の見本が置かれている場所へと移動した。壁紙は注文制ということで、2日ほどかかるといわれる。ラギさんが大丈夫と答えると、店主に案内され、本みたいにまとめられた壁紙の束を渡してくれた。

ラギさんに気に入った物を選ぶといいといわれたので、落ち着いた色の物を遠慮なく選ばせてもらった。アルトも同じように、自分の部屋の壁紙を選びだしたのだが、いまだに決まっていない。もうかなり長い時間、色々と見比べ吟味《ぎんみ》していた。

「アルト。どれにするか決まったかの？」

「まだ」

ラギさんの何度目かの問いに、アルトは全く同じ返事をしていた。

「アルト、何をそんなに悩んでいるのかの？　じいちゃんに教えてくれるかの」

「じいちゃんが、いちばん、おきにいりのものって、いったから、さがしてる」

それは、長くなりそうだと、僕は絶望する。クットでお気に入りのコップを探すときも、かなり力を入れていた。トゥーリにお気に入りを見つける方法を聞いて感化され、何か選ぶときに『お気に入り』とつけると、延々と悩みだすようになったからだ。それ以来『お気に入り』は僕の中で禁止用語になった。今日中に壁紙が見つかることを、祈《いの》ろう。ちなみにトゥーリはお気に入りの鞄を見つけるのに、半年かけて探したといっていた……。

「……そうか」

ラギさんは諦めたのか、それ以上は何もいわず黙ってしまった。店主も時間がかかると思ったのだろう、肩を震わせながら僕達から離《はな》れていった。笑いをこらえるのが辛くなったからではないはずだ、多分……。

「おれ、これにきめた！」

「おお、どれかの？」

もっと時間がかかると思われたのだが、嬉々《きき》としてアルトが見本の壁紙を掲《かか》げて見せてくれる。その色は淡《あわ》い紫と白色の壁紙で、とても落ち着いた色合いの物だった。

「本当にこれでいいのかの？　こういった物も明るくていいと思うのだがの」

アルトは店主やラギさんが薦《すす》めてくれた物や、今まで自分が候補に入れていた物に、見向きもせず「これがいい」と言い切った。僕には、なぜその壁紙を選んだのかが想像できた。

「ししょうの、めのいろと、じいちゃんの、かみのいろ！」

そういって、アルトが本当に嬉しそうに笑い、ラギさんはそっと自分の髪を整えるように撫でてから僕と視線を合わせ、幸せそうに笑ったのだった。

店主に壁紙を頼み、出来上がったら自宅まで届けてもらえるように、ラギさんが手配していた。そのときに、壁紙を張り替えるための道具も届けてくれるらしい。

雑貨店での買い物も終わり、アルトがお腹を押さえながら、お腹がすいたと訴《うった》えたことで近くの店に入る。昼時を過ぎていたこともあって、のんびりと食べることができた。

「さて、壁紙も買えた。町の案内もほぼ終わったが、他にいきたいところはあるかの？」

特に希望はなかったので、ないと答えアルトに話をふる。

「おれは」

ラギさんに聞かれているのに、アルトはなぜか僕を見る。

「おれは、ししょうの、はたらく、ばしょが、みてみたい」

「ああ。それは、私も見てみたいの」

アルトの希望にラギさんも同意し、今度は僕が案内することになった。案内するといっても僕もまだいったことがないので、３人で探しながらになりそうだったが。

珍《めずら》しい屋台や露店などをひやかしながら目的地へたどりつくと、ノリスさんが汗《あせ》を流しながら店の中で働いていた。

「ししょう、もう、おみせやってるの？」

「店は４の月２日目からだから、今はその準備をしているんだと思うよ」

「そっかー、たいへんだ」

汗を服の袖で拭いながら真剣に仕事をしているノリスさんを、アルトがじっと見つめていた。そんな僕達の視線に、気付いたのだろう。ノリスさんが、こちらへと顔を向けて驚いた。

「挨拶してくるよ。ここで待っててくれる？」

「おれもいく」

にこりともせずにそういったアルトに、ラギさんが横で軽く息を呑んでいた。自分に対する態度との違いに、驚いているのかもしれない。基本アルトは、初対面の人に笑いかけることはほとんどない。

どうして、ラギさんのときに警戒心が薄れていたのかと考え、そんな余裕《よゆう》はなかったのだろうと結論づけた。あのときのアルトは初めてのことばかりで、一杯一杯だったに違いない。警戒よりも、一人で依頼をしなければならないことのほうに、心が傾《かたむ》いていたのだろう。

「セツナさん！」

ノリスさんの元へいこうと歩きかけるが、彼がこちらにくるほうが早かった。

「どうされたんですか？」

挨拶もなく、不安そうに僕を見るノリスさんに、笑って答える。

「こんにちは、ノリスさん。お世話になっている大家さんに、町を案内してもらっていたんです。その帰りに、僕が働く場所を見にきました」

「ああ、なるほど、よかった……。やっぱり、依頼は受けないといわれるのかと不安になりました」

「ギルドに正式に受理されたので、依頼を断ってしまうと違約金《いやくきん》が発生してしまいます」

その返事で、心底ほっとしたようにノリスさんは笑う。そして僕の周りを見て、ラギさんとアルトの存在に初めて気が付いたのか、驚いていた。

「紹介しておきますね、こちらの方がラギさん。そして、この子が弟子のアルトです。アルトは、ラギさんの手伝いのために住み込みの依頼を受けています」

「はじめまして、ラギさん、アルト君」

「ラギさん、アルト、こちらの方が僕の依頼主《いらいぬし》であるノリスさん」

ラギさんが軽く頷き「はじめまして」といい、アルトも「はじめまして」といったきり何もいわず、じっとノリスさんを見つめるだけだった。彼はそんなアルトの態度に気を悪くすることなく「よろしくね」と優しく接してくれていた。

「ノリスさんは、開店準備ですか？」

「そうです。3日後にはお店を開けなければいけませんから」

疲れているのか、彼は何回も大きく息をついていた。

「かなり無理をしているように見えますが？」

「大丈夫ですよ」

「ノリスさん、ご飯は食べることができていますか？　夜眠れていますか？」

「食べていますし、眠れていますよ。どうしてですか？」

突然の質問に驚きながらも、微かに目を逸らしたことから、それが嘘だとわかる。その表情に嫌な予感が脳裏をよぎり、僕は彼を観察するように見つめた。何かで隠しているようだが、目の下のクマがうっすらと見えるし、この前会ったときよりも頬《ほお》がこけているような気がする。

「花の世話も、開店準備も、奥さんの介助《かいじょ》も、家のことも全部、ノリスさんが一人でやってるなんて、ことはないですよね？」

「大丈夫ですよ」

僕の問いに、ノリスさんは同じ返事をしていた。

「ノリスさん。少し話をしましょう」

「大丈夫ですよ」

先ほどから変わらず笑ってはいるが、やせ我慢《がまん》をしているようにしか見えなかった。僕の後ろでアルトが息を呑んだ音が聞こえる。

「ノリスさん。僕は貴方を助けるために、依頼を受けたんですよ。依頼が始まる前に、倒れてしまわれたら、困ります」

そういってから、ラギさんに時間をもらおうと振り返ると、ラギさんも察してくれたのか、アルトの肩に手を乗せながら頷いてくれる。そして、何か手伝えることがあるかもしれないといって、全員で店の中に移動することになった。

お店の奥の控《ひか》え室と思われる場所には、机と椅子が置かれていて、そこに各々《おのおの》が座《すわ》る。簡易な台所があったので断りを入れてから、気持ちが落ち着く効果のある薬草茶をいれた。

アルトに心話で『静かにしていてね』とお願いしてから、ノリスさんにどうなっているのかと話を聞いていく。ノリスさんは「動いてないと、怖《こわ》くて仕方がないんです」と俯きながら話しだした。

ノリスさんの奥さんは、エリーさんという。いまだに熱が下がらず、一人で動くことも難しいようだ。このまま彼女が治らなかったらとか、自分が離れている間に水辺にいってしまうかもしれないと考え、大切な人を失いかけた恐怖《きょうふ》が蘇り、怖いらしい。

治療を受けたと聞いたのに、動くことが難しいとはどういうことなんだろうと、僕は思いながらも、そういったことは後回しにして、一心に耳を傾けた。

ノリスさんは彼女を心配しながらも、自分が働かなければ終わってしまうという一念で頑張っていた。だけど毎日が不安で怖くて仕方がないと、声を詰まらせ話してくれた。

「でも、そんなことを怪我で弱っている彼女に話せません。ただでさえ、自分のせいだと泣いている彼女に、僕の弱音など聞かせるわけにはいきません。友人に相談することも考えたのですが、彼らも自分達の生活で精一杯なので、迷惑をかけるわけにはいきませんでした」

「……」

「エリーを失ったらとか、借金が返せなかったらとか、独りで生きていくことになるんだろうかとか、お店をちゃんと回せるだろうかとか、失敗したらどうしたらいいのかとか、考えだすと、食べることも、寝ることもできなかった」

この世界には、僕が住んでいた国のように手を差し伸べてくれる制度もない。だから自分だけの力で、生きていかなければいけない。それができなくなれば、死ぬだけだった。

「さっき、セツナさんを見て僕はとっさに、見捨てられると思ってしまいました。依頼を断りにきたのだと。あの日、親身になって話を聞いてもらいながら、そんなことを考えてしまった。申し訳ありません」

「ノリスさん……」

今の彼は、肉体的にも精神的にも疲弊《ひへい》していると感じた。彼を癒《い》やすためには、根本的に色々と解決していく必要があった。どうしたものかと考えていると、今まで静かに話を聞いていたラギさんが口を開いた。

「初対面の私が口を挟むのはどうかと思いましたが、いいですかの？」

その問いに、ノリスさんが頷く。

「貴方は貴方の手から、いくつかの役割を誰かに託《たく》すべきです。それが難しいのだということは、お話を聞いていていて理解していますが、それでも、今の状況が続けば貴方は壊れてしまいます」

「……」

「今、一番考えなければならないことは、貴方が壊れることなく立ち回れる状態にして、それを維《い》持《じ》することができる環境《かんきょう》を、作り上げることです。貴方が自分の心と体を大切にしなければ、守りたいものを守り通すことなど、できはしないでしょう」

静かに諭《さと》すように語られるその内容で、ノリスさんの顔色は、さらに悪くなった。

「でも、僕には……」

「なに、そう深く考えることはないでしょう。貴方が少し勇気をだせばよい」

「勇気……ですか？」

「そうだの。助けを求める勇気を。貴方と貴方の大切な人のために」

「……助けを求めても、差し出した手を振り払われたら同じじゃないですか」

ノリスさんが、暗い顔で視線を落とした。手を振り払われた経験があるのかもしれない。それに、僕もそう思う。助けを願うだけ無駄だと、助けてくれる人などにそう簡単に出会いはしない……。そんなことを考え始めたところで視線を感じ、そちらを見るとラギさんと目が合ったが、彼はすぐにノリスさんへと視線を戻した。

（なんだったのだろう？）

ふと、そう思ったが、今はノリスさんとラギさんのやりとりが大事だと、その想いを振り払う。

「確かに、手を振り払われるときもあるでしょう。しかし、そんな人ばかりではないことを、貴方は知っていると思いますがの。今、ここには、貴方に手を差し伸べようとしている人がいる」

ラギさんの言葉で、ノリスさんは顔を上げる。

「セツナさんに、そして私に『助けて欲しい』と一言いえばいいのです。こうして巡《めぐ》り合ったのも何かの縁《えん》なのでしょう。セツナさんは『貴方を助けたい』と告げています。私は獣人《じゅうじん》だが、それでもよいと思われるのなら、私も貴方のために手を差し伸べましょう」

ラギさんが語る内容に、内心で驚きを隠せないでいた。彼は色々あって人間が好きではないと、僕に話してくれていたから。それなのに、ノリスさんに手を貸してもいいと話している。どうしてだろうと疑問に思っていると、ラギさんがノリスさんと僕を交互《こうご》に見る。

「自分よりも先に、相手のことを考えてしまうセツナさんや貴方のような人は、助けを求めるのにとても勇気を必要とされることでしょう。それでも、貴方達を助けてくれるという人が一人でも声をかけてくれたのなら、相手に迷惑をかけるかもしれないという気持ちを抑《おさ》えてでも、助けを求めることです。取り返しがつかなくなってからでは、誰も助けられないのだから」

ノリスさんはラギさんに諭《さと》されたことで、思うところがあったのだろう。黙り込んでしまった。

しばらく沈黙《ちんもく》が続いたあと、ノリスさんはようやく口を開いた。

「どうか、僕を助けてください」

絞《しぼ》り出すように求められた助けに、僕とラギさんは同時に応えた。

「はい」

「承知しました」

その応えで、今までこらえていたであろう涙を、ノリスさんはこぼし、深く頭を下げたのだった。

それから、ノリスさんと一緒にどうすればよいかを考えていく。アルトは、そんな僕達を黙って見つめていた。僕が静かにといったことで黙っているのかと思ったのだが違ったようで、アルトはアルトなりに何かを考えているようだった。

僕達が手伝ったことで、開店準備は夕方までに終わった。ノリスさんの今日の夕食も気になり、一緒に食べようと誘《さそ》ったが、エリーさんが待っているというので、屋台で買った食事をいくつか持たせて、別れることにした。「時間ができたので、エリーとゆっくりするつもりです」と話して去っていくノリスさんに、体調がよくなるようにと、こっそりと回復魔法をかけておいたのだった。

薄暮《はくぼ》の道を、ラギさんと二人並んで歩く。朝から全開で行動していたアルトは、疲れてラギさんに背負われて眠っている。半分寝ながら歩いていたアルトに『じいちゃんが背負ってやろうかの』といってくれたのだ。

最初は遠慮していたけれど睡魔《すいま》に負けたのだろう、吸い込まれるようにアルトはラギさんの背中にくっついた。彼の背でしばらく嬉しそうに話していたが、限界だったのだろう、すぐに寝息を立て始める。僕はその光景を見て、アルトを初めて背負ったときのことを思い出していた。

背負われることの意味を知らなかったアルトに、首に手を回せと伝えたら首を絞《し》められる形になったのだ。アルトが寝てからラギさんにそのことを話すと、小さな声で笑い、そして、やるせないというようにため息をついた。

ラギさんと他愛《たわい》ない話をしながら、ゆっくりと家路をたどる。ふと、会話が切れた瞬間にさっき疑問に思ったことを聞いてみようと思った。

「ラギさん」

「どうしたのかの？」

「どうして、ノリスさんを助けようと思われたんですか？」

ラギさんはアルトの位置を調整するように体をゆすってから、僕の質問に答えてくれた。

「大人の態度を見て、子供は様々なことを学んでいく。それが良いことであれ悪いことであれ、大人がしていることは、正しいと認識してしまうことがある。特に、アルトは私やセツナさんのことをよく見ていますからな。下手な言動は、アルトの教育に悪影響《あくえいきょう》を及《およ》ぼすことでしょう」

「……」

「アルトが人間を憎《にく》んでいることを承知の上で、それでも人間の中で生きていけるように、セツナさんは腐心《ふしん》している。『人間が嫌《きら》いだ』という私の思想や言動が、その邪魔をしてはいけないと、考えたのです」

ラギさんが、顔を薄光《うすあかり》の空へ向けた。僕に人間が好きではないとあえて伝えたということは、彼が生きてきた中でそれほどの経験をしたからだろうと、想像がついていた。なのに、そんな感情を己《おのれ》の中に、沈《しず》めてまでも行動してくれていた。アルトのために、そして僕のために。

「それに……年若い者が、助けを求めることもできずもがいている様は、あまりにも不憫《ふびん》だと思ったのですよ。一昔前の私なら、きっと見て見ぬ振りをしたでしょうが……」

ラギさんは苦く笑ってから、穏やかな眼差しを僕に向けた。

「今、私は貴方とアルトとの生活を、楽しいと思っている。人間である貴方との暮らしを、悪くないと思ってしまったのです。だから、この年になって少し勇気をだしてみようと、私も思いました。あの青年は悪い人間ではない。私とアルトを見ても驚いただけで、態度が変わることはなかった。まぁ、私ができる手助けなど些細《ささい》なものですが、アルトと一緒に頑張ってみようかの」

ノリスさんを助けるために、ラギさんが申し出たことは、彼の家で療養しているエリーさんの様子を伺いにいくことと、その日の昼食を届けることだ。目を離すのが怖いという不安の解消と、生きていく上で欠かせない食事の手伝い、とりあえずこの二つからということだった。

ノリスさんは、食事の準備と片付けがなくなるだけでも、かなり楽になると恐縮しつつも感謝していた。それでも、何も返せないことが心苦しかったのだろう。お金は無理だが何か自分にできることはないかと、ラギさんに聞いていた。

ラギさんは「それでは、いつかは未定だがいずれ行うことになる、我《わ》が家の壁紙の張り替えをお願いしようかの」というと、ノリスさんは「壁紙の張り替えは得意で、この店の壁紙は自分とエリーとで張り替えたんです」と、喜んで手伝わせてもらいますと答えていた。

「しかしエリーさんという方は、私やアルトが訪ねても本当に大丈夫なのだろうか……」

心配そうに、ラギさんがぽつりと呟く。彼が気にする理由は、ノリスさんがエリーさんに相談する前に決めてしまったからだ。彼は自信満々に断ることはないと話していた。きっと、二人に会えると教えたらものすごく喜ぶと楽しそうに笑っていた。

ノリスさんがそういうのなら、大丈夫だろう。一応、明後日《あさって》、花の積み込みなどを手伝う際に、アルト達よりも前にエリーさんと会う予定だから、そこで念のため確認をして、問題がないようなら予定どおりということにしてあった。

「うわー、それ、おれのー」

「……」

「……」

突然、響いたアルトの寝言に一瞬足が止まる。ラギさんは、肩を震わせ声をだして笑った。

「どんな夢を見ているんだろうかの？」

アルトの夢を推測するために、僕は顔を覗《のぞ》き込むと、眉間《みけん》に深いしわを寄せ、ギリギリと歯を鳴らしていることから、楽しい夢ではなさそうだ。

「……眉間にしわができているので、誰かに食べ物をとられている夢かもしれません」

もしかすると、サイラスに最後の楽しみを食べられたのかもしれない。僕が想像したことをラギさんに伝えると、彼はまた笑いだす。

「お腹をすかしているのかもしれませんな、帰ったら食事の用意をしなければの」

そう独りごちると、ラギさんが柔らかな笑みを僕に向けて「家に帰りましょう、セツナさん」といってくれた。

彼の台詞《せりふ》と声の優しい響きになぜか、急に胸が詰まるような感覚に襲われた。だけど、それはすぐに通り過ぎていく。今の感情は何だったのかと深く考えることなく、気のせいだろうと結論づけ、ラギさんの後ろをついていったのだった。

4の月2日の早朝、人がほとんどいない冒険者ギルドの前でノリスさんがくるのを待ちながら、昨日の夜のことを思い返していた。昨日はトゥーリと別れてから、2度目の新月だった。

初めての新月のときには、サイラスの問題で立て込んでいたので、ゆっくり話をする時間がとれず、すぐに通話を打ち切らざるを得なかった。

今回は、時間を気にすることなく話ができる。そう思うと、1度目には感じなかった緊張《きんちょう》が、僕の中で湧き起こった。初めて恋人《こいびと》に電話する気持ちというものが、わかった。心話が繋がるまでの想いは、一生忘れないと思う。

「トゥーリ……」

魔力を込めて僕が呼ぶと、しばらくして少し緊張気味の声が僕の耳に返ってくる。

「セツ……?」

僕を呼ぶトゥーリの声に、心が震えた気がした。そんな緊張を乗り越《こ》えた先での彼女との会話は、お互いの近況報告で終わってしまった。僕からの話は数日前に送った手紙の内容をなぞるものだったけど、トゥーリからの話はクッカとの生活や会話が中心に語られた。

僕達が旅立ったあと、クッカに贈《おく》った馬のぬいぐるみが歩きだし、最終的には走りだしたことに驚いたのだと、軽く笑いながらも半分呆れたような感情が届いていた。最後までどこかぎこちない雰囲気は消えなかったけれど、トゥーリが笑ってくれたから、僕はそれだけで嬉しかった。

「セツナさん」

近づいてくる気配と声をかけられたことで、声の主へと顔を向ける。

「おはようございます、ノリスさん」

「おはようございます。今日からよろしくお願いします」

荷馬車から降りて丁寧に頭を下げてくれるノリスさんに、僕も頭を下げ返した。

「一昨日は、本当にありがとうございました。あの日、セツナさん達にお目にかかれていなかったら、準備が間に合わず、今日開店することができなかったかもしれません」

僕を真《ま》っ直《す》ぐに見てそういったノリスさんの顔色は、一昨日よりかなりよくなっていた。

「僕というよりも、ラギさんの力が大きいような気がします。彼の言葉に心動かされたから、ノリスさんは決断されたんでしょう?」

「ラギさんとセツナさん、お二人がいてくれたから僕は勇気をだせたのだと思います」

「ラギさんにも、伝えておきますね」

「はい、よろしくお願いします。では、さっそくですが僕の家にいきましょう」

店に向かわず、ギルドの前で待ち合わせたのには理由があった。一つはノリスさんの自宅と花畑の場所を確認するため、もう一つはラギさん達が自宅を訪《おとず》れることを、エリーさんに最終確認するため。もし可能であれば、まだ熱が下がらないと話していた彼女の症状《しょうじょう》も見ておきたい。そして、最後の一つは僕の希望で花畑を見たことがなかったので、見せて欲しいと頼んだことにあった。

ノリスさんの荷馬車に乗せてもらって、彼の家まで移動する。ちなみに僕は、初めて荷馬車に乗ったのだが、道が舗装《ほそう》されているわけでもないので、ガタガタとした揺れに襲われたこともあり、印象はよくなかった。そんな揺れと闘《たたか》いながらしばらくすると、ノリスさんが「もうすぐつきますよ」と教えてくれる。

少し先に家らしきものが見えてきたので、あれが彼の家なのかもしれない。荷馬車と一緒にガタガタ揺れていると、馬車の速度が上がり、さらに揺れが酷《ひど》くなった。何かあったのだろうかと身を乗り出して見てみると、門扉《もんぴ》の所で人がうずくまっているのが見えた。

「エリー！」

ノリスさんが叫び、門の前につくなり荷馬車を飛び降り、うずくまっている女性に声をかけた。呼びかけられ顔を上げた女性が、ほっとしたように息をついた。顔が赤いところを見ると、かなり熱があるようだ。

「あ、ノリス……」

「どうしてこんなところに！　まだ寝ていなければ駄目だろう！」

「ごめんね、でも、心配で」

「大丈夫だよ。昨日も話しただろう？　僕一人でお店をするわけじゃないんだ」

そんなやりとりを聞きながら、僕は静かに荷台から降りた。荷台が微かにきしみ、その音で二人がこちらを向いた。ノリスさんが慌てて、怪我がなかったか聞いて謝ってくれた。

「セツナさん、彼女が妻のエリーです」

紹介された女性が、僕を見て頭を下げた。エリーさんはノリスさんと同じぐらいの身長で、髪と目の色もノリスさんと同じく金色と青色だった。熱で呼吸が苦しいのか、二つに分けて編まれた三つ編みが、息をするたびに肩先で揺れていた。

「エリー、彼が僕達の仕事を手伝ってくれるセツナさんだよ」

「初めましてエリーさん。しばらくの間、ノリスさんと仕事をさせてもらうことになりました。よろしくお願いします」

簡単に挨拶したあと、エリーさんが何かをいいかけるが、先に僕がノリスさんに話しかける。

「ノリスさん、まずはエリーさんをベッドへ。これ以上、外にいるのはよくないと思います」

「そうですね。エリー、続きは部屋で話そう」

ノリスさんがそう告げ、エリーさんをそっと抱《だ》き上げた。

「歩けるよ」

「うずくまっていただろう?」

「でも……」

「セツナさん、すみません。僕についてきてもらっていいですか?」

「わかりました」

エリーさんの言葉に耳を傾けることなく、ノリスさんが家の中に入っていく。とりあえず僕は応接間のような部屋に案内され、そこで待つことになった。ノリスさんがエリーさんを部屋に運び、荷馬車を移動させてから、バタバタと小走りでこの部屋へと戻ってきた。

「本当にすみません」

「気にしないでください。エリーさんは大丈夫ですか? お話を聞くことはできますか?」

「はい。大丈夫です」

エリーさんがいる部屋へと移動すると、彼女はベッドの上で座って待っていた。当初の予定どおり、僕からラギさんとアルトの説明をして、エリーさんの様子を見にきても大丈夫かと質問する。

彼女は恐縮しながらも「獣人族の人に会えるのが楽しみ」だと赤い顔でそういった。どうやら、彼らの耳や尻尾がとても素敵《すてき》に見えるらしい。「大丈夫、勝手に触《さわ》らないから」と苦しそうに息を弾《はず》ませていた。

エリーさんが苦しそうにしていたので、ノリスさんは水をとりに部屋をでていった。

しばらくすると、息を整えた彼女は真剣な顔で僕を見た。

「夫と私を助けてくださって、ありがとうございます。一昨日まですごく不安で、仕方なかったんです。ノリスが無理しているってわかっていても、何もできなかった。私がこんな状態だから、彼は弱音さえ私に聞かせてくれなかった。……無理しすぎて、ノリスが……」

呼吸が速くなったエリーさんを落ち着かせるために名前を呼んだが、彼女は話し続ける。

「ノリスの顔色が少しよくなっていて、食事も睡眠《すいみん》もとれるようになって嬉しかった。でも、その反面、騙《だま》されているんじゃないかって思えてきて、そうだったらどうしようって。どうして、貴方達は、私達にそこまでしてくださるんですか?」

彼女は早口で一気にそこまで話すと、僕の返事を待っていた。

「『僕が依頼を断ったら、どうするつもりなのですか?』という問いに、彼の決意を見たからです。『僕達の夢と将来を守れるのは、僕しかいない』という言葉を聞いて、依頼を受けることを決めました」

「……」

大粒《おおつぶ》の涙を、瞳からボタボタと落とす。

「心の強い人だと感じました。何かや誰かを守るために立とうとする人は、強くて優しい人だ。もし彼が、少しでも諦めるような言葉をいっていたら、僕はこの依頼を受けなかったかもしれません」

「……」

「彼の覚悟《かくご》の在り方が、僕の心を決めさせたのだと思います」

「そうなんですね……」

「しかしエリーさんが警戒されるのも、当然のことです。依頼のことはノリスさんと相談していただいて、この家の手伝いに関しては貴方の一存で断っていただいて構いません。信じる信じない以前に、知らない男性が訪ねてくることに、恐怖を感じることもあるでしょう。ラギさんは、その辺りを心配されていました。そういった理由で無理ならば、別の方法を考えてみます。だから、今は貴方の気持ちを優先して返答してください。僕達の手助けが必要ですか？」

彼女はその問いに、苦しそうな気配を殺して、笑って答える。

「はい。よろしくお願いします。大丈夫です。怖くありません。時々、初老の獣人族の方がお買い物をしている姿を見かけたりしていたので。それに、助けてもらったこともあるんです」

「そうなんですか？」

「子供の頃の話なんですが、落とした林檎《りんご》を一緒に拾ってくださったんです。そのときに優しそうな人だなって思って、尻尾がふさふさで、お話ししてみたいなって思っていたので、よく覚えているんです」

尻尾がふさふさ……。話したいと思った理由は、そこなのか?

「ああ、だからノリスさんは断らないと、断言していたんですね」

「はい。ただ、ちょっとセツナさんに対して、疑心暗鬼《ぎしんあんき》になってました」

「警戒するのは、悪いことではないですよ」

「ごめんなさい」

そこまで話して、彼女の顔がまた苦痛で歪《ゆが》んだ。


そこにノリスさんが戻ってきて、エリーさんに薬を飲ませて寝かせる。

「よろしければ、少し怪我の状態を診《み》せてもらってもいいですか? 僕は風使いなので、ある程度の病気、および怪我の治療ができます。安く済ませたいなら、薬草の調合も得意なので、薬を処方することもできるかもしれません」

「でもご存じのように、僕達は治療費や薬代を支払えません」

さらなる借金は控えたいところだろうし、これ以上の手助けは彼らの負担になりかねない。しかし、ずっと熱が続けば命に関わる可能性もある。魔法での治療はともかく、薬だけでも変えて飲んで欲しいところだ。エリーさんが飲んでいた薬は、弱い痛み止めだったから。

「このまま熱が続くと、取り返しのつかないことになってしまいます」

僕の忠告に、ノリスさんの顔が青ざめる。

「ノリスさん。とりあえず、診療《しんりょう》するのは僕の経験を積むということで、お金は頂きません。なので、まず診させてください。その後どうするかは、病状と相談しましょう」

「あの……セツナさん、エリーの傷を診ていただいてもいいですか？」

「ノリス！」

「エリー、命のほうが大切だよ。セツナさんがここまで忠告してくれるということは、それだけエリーの状態が悪いからだと思う」

「うん。ありがとう、ごめんね。本当は、すごく辛い……」

エリーさんが涙ぐみながら、本音をこぼした。

「では、僕は部屋の外にいますので、準備ができたら呼んでください」

「はい」

いったん部屋からでて廊下で待つ、そこここに飾《かざ》られている花に思わず視線を奪《うば》われた。ノリスさんが、エリーさんのために飾ったのだろうか。綺麗な花は、心を慰《なぐさ》めてくれるから。

（僕の病室にも、いつも花が飾ってあった……）

「セツナさん、包帯をとりました。何かありましたか？」

部屋からでてきたノリスさんが、僕の視線の先に顔を向ける。

「花が綺麗で、目を奪われていました」

「僕とエリーが、育てていますから」

ノリスさんが、少しの間だけ誇《ほこ》らしげに笑い、すぐに部屋に戻る。彼に続いて僕も部屋に戻ると、エリーさんが恥《は》ずかしそうにうつ伏《ぶ》せになっていた。一言声をかけて、背中を見せてもらう。逃げるところを背中から斬《き》り付けられたようで、肩の辺りから腰《こし》の辺りまで傷痕《きずあと》が残っていた。とても痛々しい。その具合から見て、よく生きていたなと思う。

（しかし、それにしても傷の治し方が酷い）

「ノリスさん。医療院で怪我を治す魔法を、かけてもらったんじゃないんですか？」

「かけてもらいました」

耳を疑った。現状、止血以外のことはほとんどされていない。治癒《ちゆりょく》力を高める魔法がかかっていれば、こんな状態のままではないはずだ。これでは、自然に傷口が塞《ふさ》がるのを待っているのと変わらないし、背中に傷痕が残ってしまうだろう。最悪、傷口が閉じなくて亡《な》くなってしまうこともある。とてもじゃないが、ノリスさんの言葉が、信じられなかった。

「まだきちんと、傷が塞がってないようですが……」

僕の言葉にノリスさんが俯き、エリーさんが代わりに答えた。

「お金がもったいないから、最低限の治療を頼んだの。傷痕を綺麗に消すにはさらに高い治療費を払わなきゃいけないから」

最低限の治療というのは、その場での命を取り留めるためのものなのだろう。痛みは相当あるはずだし、熱が高い理由も理解できる。傷口が化膿《かのう》しないように、やっぱり薬を変えることは必須《ひっす》だ。

僕なら簡単にこの傷を治すことができるけど、彼らの心情を無視して治すのは、きっと僕の自己満足でしかないのだろう。だから、この傷をどうやって治すかの選択を彼らに委《ゆだ》ねた。

「このままだと、かなり危険な状況です。でも、僕なら魔法で今すぐこの傷を治すことができますし、塗《ぬ》り薬なら傷痕は残るかもしれませんが、1カ月ほどで治すことができます。どちらを選ぶにしても、解熱剤《げねつざい》と化膿止めと痛み止めは飲んでもらったほうがいいと思います」

僕の問いかけに、ノリスさんが悔《くや》しそうに顔を歪めた。

「僕の腕に不安があるかもしれませんが、薬に関してならランクが上がるくらいの腕を持っているのは、ノリスさんもご存じでしょう」

そんな彼の手を、エリーさんがとっていった。

「治療代は、それぞれどれくらいですか？」

「国の医療院よりは安くなりますが……」

ギルドや医療院では、医療行為《こうい》での収入を保証するために最低額が設定されている。それには、肉親は無料、友人は半額までの割引となっており、普通の金額では最初から無理と思っていたので、僕の友人価格として、その半額を提示する。なお、冒険者同士が依頼をこなしているときの医療行為は、相互《そうご》間の命の保証ということで、この規定に縛《しば》られることはない。

「セツナさん、魔法での治療はお断りします。できれば、飲み薬だけで治したいけど、塗り薬も使わないと駄目ですか？」

「傷口が完全に塞がっていない状態なので、このまま放置しておくとほぼ悪くなると思います。酷くなったら、さらに治療費がかかりますよ。何事も、早めの治療を心がけたほうが安く済みます」

「……花の病気も、早く気付けば対処方法がある。それと同じだよね」

ノリスさんとエリーさんが顔を見合わせて、小さく頷いた。

「セツナさん。塗り薬と飲み薬を、お願いします」

「はい。承《うけたまわ》りました」

ノリスさんにそう答えてから、鞄から飲み薬と塗り薬を取り出す。塗り薬は色々試《ため》しに作ってみたときのもので、その効果は検証済みだ。使い方を教えるため、エリーさんの傷口へノリスさんに塗ってもらい、併《あわ》せて薬も飲んでもらった。

「薬がなくなる頃に、もう一度診せてもらえるといいのですが、大丈夫ですか？」

「大丈夫です」

「何か気になることがあったり、薬が合わなかったりしたらすぐに教えてください」

「わかりました。ありがとうございます」

「あとは、そうだ。薬代の支払いについてなんですが……」

すぐに、お金で貰うことは無理だろう。僕にしても、お金がないから今すぐ困るというわけではないから、返済期限を長めにとる解決方法でもいいけど、どんなに時間が経《た》っても、店の経営にお金はあったほうがいいだろうし……。お金でないほうがいいのだろうかと、そこまで考えて思い浮かんだのは、しょんぼりと耳を寝かせたアルトの顔……。

「セツナさん？」

「ノリスさんとエリーさんは、料理は得意ですか？」

突然の話題の転換《てんかん》に二人が目を丸くするが、律儀《りちぎ》に答えてくれる。

「僕はそこそこといった感じでしょうか。エリーは料理上手なんですよ」

「薬の対価として、僕にリペイドの料理を教えてもらえませんか？」

「それが、薬の対価になるようなものだとは思えませんが……」

ノリスさんが、戸惑い気味に話す。

「対価をどうするかはお互いが納得《なっとく》いく形のものであれば、何でもいいのではないかと考えています。まぁ、金銭のやりとりが一番わかりやすく、楽だとは思いますが」

「セツナさんは、お金以外でもいいんですか？」

「いいですよ。旅の資金も必要ですが、せっかくリペイドにきたので、その土地の特別な物を知りたいと思っていますから。なので、ふと思ったんです。薬代を、リペイドの料理を教わることで支払ってもらう方法もいいかもしれないと。これは僕からの提案なので、好きなほうを選んでもらって構いません」

二人が一度顔を見合わせ、エリーさんが頷いたことでノリスさんが話を進めた。

「リペイドのどんな料理を覚えたいんですか？」

「できれば、祝いの席などで食べられる伝統料理などがあれば、教えてもらいたいです」

「伝統料理……」

「お祝いの席？　どなたかにおめでたいことが、あったんでしょうか？」

「そういうわけではないんですけどね。僕の弟子は各国の料理を食べることを楽しみにしているんですが、最近、特別な日にだされる料理があるということに、気付いてしまったんです」

そこから、ラギさん達とのやりとりを簡単に話していくと、二人が柔らかい表情で笑った。

「ですが、そういった料理は各家庭で作られるものだったり、お祭りのときにしか食べることができないものだったりで、弟子のアルトはかなり落ち込んでしまって……」

「その気持ちはわかるかも。私も特別な料理がでる日は嬉しかったし」

「僕もわかる。美味《おい》しいと思わないのに食べようって思ったりするよね」

「あと、縁起物《えんぎもの》だからって、お皿に入れられたりね」

二人にも何かしらの思い出があるようで、アルトに同意するように声を弾ませていた。

「僕もアルトも帰る国を持たないので、そのような料理は縁遠いものになります。アルトには、そういった思い出すらありません」

僕にはまだ、日本にいた頃の思い出があるけど、アルトにはない。ラギさんが作ってくれたサガーナの伝統料理が、アルトにとって初めての特別な日にだされる料理だったんだなと、あとになって気付いた。

「それに、僕達は冒険者なので、ほとんどが空の下での自炊《じすい》になります。町にいるときは宿屋や料理店で食べますが、この一月《ひとつき》で町や村に滞在した日数は片手で足りるんです。時期が合えばお祭りなどで食べることができるかもしれませんが、なかなかそういった機会は訪れない」

お祭りなどがある期間を調べて、その国にいくという方法もあるけれど、移動手段が限られているから、間に合わないことも多そうだ。

「……」

「……」

「『料理は対価にならない』と仰いましたが、僕はそう思いません。その国の文化に触《ふ》れることができ、学ぶことができる。そして、何よりアルトを喜ばせることができる。なので、僕は薬と同等の価値があると思っていますよ」

アルトに、多くの楽しいと思える体験を、させてあげたい。豊かな子供時代を、取り戻してあげたい。辛い記憶が消えることはなくても、それ以上に幸せな経験を沢山《たくさん》して欲しいと思っている。

「セツナさん……」

「作る、私が料理を作るよ！　怪我が治ったら、アルト君のために私が作る！　セツナさんは料理を一から覚えて、自分で作りたいわけじゃないんでしょう？」

「そうですね。作り方は、知りたいとは思いますが」

「作り方は、紙に書いて渡してあげるよ。心を込めて、腕によりをかけて、美味しく食べてもらえる物を作るよ！」

エリーさんは、そういってしっかりと頷いてくれた。

「あ……ごめんなさい。アルト君のためにこの国の料理を作らせてもらいます」

「丁寧に話していただかなくても、大丈夫ですよ」

「……じゃあ、セツナさんも、言葉遣いを崩してくれる？」

「わかりました」

エリーさんに、そういって笑いかけた。

「セツナ君、薬の対価を料理にしてくれてありがとう。私にもできることがあって、嬉しい。お店のこととか色々ご迷惑をかけてしまうけれど、よろしくお願いします」

「はい、任されました」

「僕からも。セツナさん、改めてよろしくお願いします」

なんとか落ち着くところに落ち着き、二人が安堵《あんど》したように息をついたあと、顔を見合わせて笑っていた。

「あ、そうだ。私は別の国の特別料理も作れるよ。どちらかといえば、こっちの料理のほうが得意なんだ。それも作ってみる？」

「負担になりませんか？」

「ならないよ！」

「よろしくお願いします」

「任せて！」

「セツナさん！」

ノリスさんに呼ばれそちらを向くと、彼は昨日以上に真っ青になり、首を横にプルプルと振っていた。エリーさんに視線を向けると、すごく嬉しそうに満面の笑みを浮かべ、「どれを作ろう」と料理を吟味しているようだ。二人のこの差は、いったいなんだろうか？

ノリスさんは、必死に首を横に振り続けている。その顔色から察するに、別の国の料理というのが問題なのかもしれない。でも、もう頼んでしまったものは仕方がない。どこの国の料理か聞いてみようと思ったのだが、涙目になっているノリスさんを見て、先延ばしにすることを決めた。


僕達を見送るためにエリーさんが起きようとするのを止め、安静にしているように告げる。ラギさんとアルトがくる時間に、ノリスさんが一度家に戻ることを伝えてから、僕達は花畑へ移動する。そこには、色とりどりの花が咲《さ》いて……いなかった。

花畑には様々な種類の花が育てられていたが、一輪も咲いていない。そのほとんどがつぼみの状態で植えられている。そこに広がる光景は、僕がテレビなどで見た花畑とは、全く違うものだった。

確かにつぼみのまま摘《つ》み取られて、売りにだされる花もあるらしいが、すべてがつぼみというのは不思議で仕方がなかった。なので、花畑を見ての僕の第一声が「わー……？」と疑問形になったのは僕のせいではないと思うんだ。

「セツナさん、何か気になることがありましたか？」

僕の言動があまりにも不自然だったせいか、ノリスさんが不思議そうに首をかしげる。

「花畑に植えられている花が、全部つぼみだったので驚いてしまって」

「普通、切り花で売られるものは、すべてつぼみですよ？」

「そうなんですか？」

驚きを隠せない僕を見て、ノリスさんが苦笑した。

「もしかしてセツナさんは、花屋を利用したことがないのでは？」

確かにない。元の世界では闘病《とうびょう》生活だったので、花を贈るのではなく貰うほうだった。この世界でも特に花を贈るような出来事がなかったので、立ち入ったことはない。

「僕は販売《はんばい》関係の仕事に就《つ》いたことがないのですが、依頼に差し障《さわ》りはないでしょうか？」

今更ながら心配になって尋《たず》ねる僕に、ノリスさんが首を縦に振った。

「販売については、文字の読み書きと計算ができれば大丈夫です」

僕にできないことなら、ドラムさんが依頼を回すわけがないか。

「売る花を育てるためには技能が必要になってくるので、その技術を習得している人にしか行えません。ですからセツナさんにしてもらうことはないですよ」

「花を育てるのに、どのような技能が必要なんですか？」

「色々ありますが、一番重要なのは魔法による植物の育成管理だと思います」

考えてもみなかった返事がきた。この世界は、売り物の花を育てるのに魔法が必須なのか。確かにこの場所は、地の魔法が張り巡らされている。ここが異世界であるということに慣れてきていると思っていたのだが、まだまだ甘《あま》かったようだ。

「時間が押しているので、仕事をしながら説明していきますね。それと、申し訳ありませんが、セツナさんは花に触れないようにしてください」

彼の注意に頷き、仕事の邪魔にならない位置で見学させてもらいながら、ノリスさんの説明を興味深く聞いていた。

「全部つぼみなのは、つぼみが開いてしまえば花屋では売り物にならないからです」

ノリスさんが手袋《てぶくろ》をつけ、つぼみのままの花をはさみで丁寧に摘み、余分だと思われる葉を落としてから木で作られた花桶《はなおけ》に入れた。

「つぼみの状態の花を買って、開くのを家で楽しむためですか？」

つぼみのままで売る意味がわからなくて、思ったことをそのまま聞くと、ノリスさんが「違います」といってから笑った。彼は腰につけてある小さな道具鞄にはさみをいったんしまい、手袋を外してから花桶の中の花を取り出した。すると、つぼみだったものが……目の前でふわりと花開く。

「……」

その幻想《げんそう》的な様に言葉を失い、ただただ、その咲いた花を見つめる。つぼみが花開く瞬間を初めて見た感動と、その咲き誇る花の美しさに言葉よりも先にため息がこぼれ落ち、そして自然に心の声が言葉となる。

「綺麗ですね……」

食い入るように花を見つめる僕の耳に、ノリスさんの笑う声が届く。

「セツナさん、本当に初めて見るんですね」

そういいながら、ノリスさんが手の中にあった花を、僕に渡してくれる。

「はい。感動しました」

僕の言葉にノリスさんが嬉しそうに微笑み、道具鞄からはさみを取り出し手袋をつけてから、また一つ一つ摘んでいく。

「僕も子供の頃に、セツナさんと同じように『どうしてつぼみのまま売るのか』と質問をしたことがあるんです。そのときに、今と同じことをしてもらいました。そして、こう教えてもらったのです。花屋は、花が持つ役割を最大限に引き出す仕事なのだと」

「花が、持つ役割ですか？」

「はい。花を手にする人の数だけ、伝えたい気持ちや託したい想いがあり、その想いに合った花を上手に提供するのが、花屋の真髄《しんずい》なのだと教わりました。つぼみの状態の花は、まだ想いを託されていない状態で、お客様の目の前で花開くことで、その人の想いが花に宿る、そういわれているんです。そして咲いた花は、その想いをそのまま相手に届けてくれるのだと」

「……」

花に想いを託すか。ユージンさんとキースさんも、紫色のアネモネに彼らの想いを託していた。

「そこから、花の栽培《さいばい》に興味を持つようになって、僕はこの道を目指しました」

「そうなんですね。素敵な仕事だと思います」

「ありがとうございます」

「しかし、本当に僕でもできるのか不安なのですが」

「大丈夫ですよ。大体はお客様の選んだ花を、見栄《みば》えよく整えてお渡しするだけなので」

「え……？」

「花桶に見本になるように、咲いた花と花の名前と花言葉を記した物を一緒に飾るので、お客様がそれを参考にしながら選ばれることが多いんです。それでも、時々、本気で相談されることもあるので、そういったときはとても心躍《おど》ります」

「なるほど」

なんと答えていいかわからず、平凡《へいぼん》な言葉しか返せなかったことがおかしかったのか、ノリスさんが声を上げて笑った。

「どのような形であっても、僕達が育てた花を喜んでもらえたのなら、それが一番嬉しい」

ノリスさんは小さな声でそう呟き、愛《いと》おしそうに花を見つめていた。


ノリスさんに何か手伝うことはないかと聞くと、少し躊躇《ちゅうちょ》してから「花桶を荷馬車に載《の》せてください」といわれたので、台車に載せて畑と荷馬車を往復する。その際に受けた注意は、花桶から花を出さないことの一つだけだった。

「この畑には、つぼみのままの状態に保つ魔法が施されています。魔導具であるはさみと手袋を使い花を摘み花桶に入れると、魔法が保たれた状態で運ぶことができます。この花桶から取り出してしまうと魔法が解除されるので、気を付けてくださいね」

「はい」

花桶を運びながら、僕はこの場所に刻まれている魔法を読み取っていく。ここには土の魔法が刻まれており、それは開花する寸前になると、極端《きょくたん》に生長速度を鈍《にぶ》らせる魔法だった。時を止める魔法の使い手が少ないから、土の魔法で植物の生長を制御《せいぎょ》しているようだ。

土の魔法にはこういった使い方もあるのかと、とても興味を引かれた。逆に時の魔法を使えば、この畑一面の花だけでなく、そこら辺の木の花さえ同時に開花させることができるのだなとも思い、少し胸が躍った。

草を食《は》んでいる馬を一撫でしてから、彼の元へ戻る。指示された花桶をすべて運び終わり、ノリスさんの仕事を眺《なが》めていると、彼が摘む花と摘まない花があることに気付く。

「ノリスさん、どうして右側の花は摘まないんですか？」

「これは、まだ早いんです。摘んだとしても咲くまでに時間がかかってしまうつぼみです」

僕は花桶の中に入っているつぼみと、摘まれることのなかったつぼみを見比べてみるが、違いがよくわからなかった。

「僕には、同じに見えます」

正直な感想を、彼に伝える。そんな僕にノリスさんが「その見極《みきわ》めが、植物の育成管理技能の一つになるんです」と教えてくれた。

「土の魔法でつぼみが維持されているのか、まだ生長段階なのかを見極めるのが難しいんです。開花前のつぼみを摘んで花桶に入れてしまうと、売るときに花が咲かない。そのような花を売ると、未熟者として笑われてしまうんですよ」

（なるほど。かなり奥の深い職業なんだな）

敬意を込めて、尋ねる。

「そういうのを見極める目を持つのは、時間がかかるんじゃないんですか?」

少し寂しそうな表情を、彼は浮かべた。

「ええ。普通なら成人してから弟子入りし、技術を学び技能を習得するまで、その人に師事します」

淡々《たんたん》と手を動かしながら、ノリスさんが言葉を紡いでいく。

「でも、僕達はちょっと事情が違うんです。この花畑の持ち主だった老夫婦《ろうふうふ》は、花専門の農家でした。僕とエリーは、子供の頃からその二人にとても可愛がってもらっていたんです。なので二人に会いたくて、僕達は頻繁《ひんぱん》に手伝いにきていました。成人してから仕事を選ぶときにも迷いなく、花を育てる道を選びました。僕達は、この仕事が好きだったから」

ノリスさんが、はさみを持った手を一度下ろす。

「成人すると同時に、老夫婦が僕達の後見人になってくれました。20歳になり孤児院をでることになったとき、その老夫婦がここの土地と家をくれたんです。自分達は娘《むすめ》のところで暮らすことになったからといって。僕達は沢山の恩を受けたのに、恩返しができなかった。嬉しそうに娘さんと暮らすといわれたら、何もいえなくて……」

きっとノリスさんとエリーさんにとって、その老夫婦は家族だったんだろう。

「本当は、花屋を開く予定だと話すつもりでした。驚かせたくて、隠していたのですが。時宜《じぎ》を得ず、水泡《すいほう》に帰してしまいました。僕達の夢は、老夫婦が育てた花を売ることだったんです。丹精《たんせい》込めて育てられた花を、僕とエリーで売る。そのために一所懸命《いっしょけんめい》に働いて、お金を貯めました」

ノリスさんは苦笑しながら、どこか遠くを見つめていた。そして、彼は目配せをすると歩きだす。

僕はかける言葉が見つからず、黙ってついていった。

そこは、薔薇《ばら》園だった。

まだ咲いてもいないのに、大粒の薔薇のつぼみがその存在感を誇っていた。とても綺麗な花が咲くのではないかと、僕は目を奪われていた。

「夢が叶《かな》うことなく終わり、残念でなりません。しかし、僕達はとても恵《めぐ》まれている。僕もエリーも両親は知らないけれど、それと同じぐらい可愛がってくれる人がいた。こうして生活するための基盤《きばん》を、譲《ゆず》ってくれた人がいたんだから」

「……」

「恩返しが直接できなかったから、決めたんです。僕とエリーで新しい花を作って、敬愛する老夫婦の名前をつけようと」

ノリスさんの顔はとても穏やかで、薔薇を幸せそうに見つめている。きっと、この薔薇が彼らの守りたいものだ。ノリスさんの想いの源だ。

「この赤い薔薇がシンディーローズ、白い薔薇がラグルートローズといいます」

薔薇に目を奪われたまま、僕はノリスさんの話を聞いていた。

「僕とエリーの夢は、変わりました。この薔薇が、娘さんと暮らす二人の元に届くことへ。自分達と同じ名前の薔薇があると笑ってくれたら……」

ノリスさんの視線が僕に向いたことに気付き、彼を見た。

「僕達は、幸せです」

この一面の薔薇を育てるのに、どれだけの労苦があったのか、花を育てたことがない僕には想像もつかない。でも、大切な人の名前をつける薔薇だ。妥協《だきょう》など一切《いっさい》できなかったはずということだけは、わかった。

『お願いします。この店は僕達の夢だったんです。僕は、夢を失いたくないし、妻を路頭に迷わせたくもないんです。……彼女の笑顔を失いたくないんです』

彼の言葉を、思い出した。

(そうか。だからあんなにも必死になって、ドラムさんに頼んでいたのか。想いが詰まった場所を守るために、この薔薇を届けるために、恩返しするために、二人は頑張ってきたんだ……)

「ノリスさんとエリーさんの夢が、叶うことを僕も願っています」

心からそう思った。彼らが大切なものを手放さないでいられるように、僕も頑張ろう。

「ありがとうございます」

彼から視線を外し、僕はまだ咲かない夢のつぼみを、もう一度だけゆっくりと眺めた。

薔薇園から移動し、ノリスさんはまた違う種類の花を摘む。あの薔薇は生長するまでに、まだ数日かかるようだ。「薔薇が花開く日が楽しみです」と伝えるとノリスさんも同じ気持ちだと笑う。

「もう少し花を摘んで、店に戻りましょう」

彼はそういいながら、慣れた手つきで花を摘み花桶に入れていく。しかし、花桶に入れる前に数本咲いてしまう花があった。彼は花開いたものを、別の花桶に一緒くたにして入れてしまう。咲いた花は売れないと話していたので、この花々がどうなるのかと気になった。

「ノリスさん。咲いてしまった花は、どうするんですか？」

「咲いてしまった花は、数本見本として店に飾ります。それでも余った物は、押し花細工になったり花の壁飾《かべかざ》りに加工されたりするので、雑貨屋さんに引き取ってもらうんです」

「なるほど。咲いてしまっても、ちゃんと行き場があるんですね」

僕の言い回しがおかしかったのか、ノリスさんが肩を振るわせた。そして手を止めて咲いた花へと顔を向けた。

「僕が見落としてしまった花が、こうやって咲いてしまうんです。まだまだ、精進《しょうじん》がたりないってことですね」

あくまでも生長を遅《おく》らせているだけだから、限界まできていた花が開いてしまうんだろう。そうはいっても、一種類に数本あるかないかだ。ノリスさんは悔しそうだが、これはとてもすごいことなのではないだろうか……。

「セツナさんは、花がお好きなんですね」

僕が返答に困っていると思ったのか、彼が話題を変えてきた。

「好きです」

僕は、花が好きだ。祖父が好きだったから……。子供の頃、病気で外にでられない僕に、祖父は本物の花をできるだけ持ってきてもくれた。椿《つばき》を部屋に持ってきたときは、母にすごく怒《おこ》られていた。椿の花はガクを残して、ポトリと落ちる。そのため縁起が悪いとされて、お見舞《みま》いでは敬遠されていた。だけど、祖父の一番好きなその花が、僕も一番好きだった。

祖父のことを思い出し、左の手の甲《こう》を撫でた。

「欲しい花があったら、いってくださいね。食卓に花が一本あるだけでも、その部屋の雰囲気が変わりますから。日々の癒やしに、ラギさんとアルト君にも持って帰ってあげて欲しいです」

「はい。ありがとうございます」

「セツナさんが、花を愛しく想ってくれる人でよかった」

目を細めて本当に嬉しそうな声で、ノリスさんはそういって、残りの仕事にとりかかった。

僕は手伝うことがなくなったので、邪魔にならないように、花畑を散歩させてもらうことにした。

花を咲かすことなく摘み取ることは、僕にもできる。しかし、どのつぼみが開く前なのかの判断は、僕には無理だ。その見極めは、彼が子供の頃から積み重ねてきた技能があってのことだから。

ノリスさんはすごいなと、改めて思わされる。

「そろそろ、店にいこうと思います」

準備を終えたノリスさんが僕を捜《さが》しにきたので、僕はもう一度花畑をざっと見渡してから、二人でお店へと向かった。


僕は荷馬車から降り、お店の周りを眺める。この前はそんな余裕がなかったため、こうしてしっかり見るのは今回が初めてだ。こぢんまりとしたお店だが、外観に汚《よご》れはなく内装も明るく店内に入りやすい雰囲気になっている。ここにつぼみとはいえ、色とりどりの花が並べばとても目を惹《ひ》く店になるのではないだろうか。

「そういえば、どうしてこの場所に店をだしたんです？」

「人通りも多いし、騎士《きし》の巡回路《じゅんかいろ》に当たるので、治安もいいからです」

馬を繋ぎ終えたノリスさんは、そう説明してくれたあと、言葉を続けた。

「セツナさん、花桶を降ろしてもらってもいいですか？」

「はい。わかりました」

「一番奥にある花桶は、降ろさなくていいですよ」

「どうしてです？」

「エリーへのお土産にしようと思って。これからエリーが治るまで花を持って帰ろうかなと」

「それは、いいですね。エリーさんも喜ばれると思います」

そんなやりとりをしながら、僕が荷馬車から花桶を降ろし、ノリスさんが店の中に見栄えよく並べていく。見本の花が綺麗に見えるように位置を整え、花の名前と花言葉、そして値段が書かれた札をつけていった。その札はエリーさんの手書きらしく、可愛らしい文字で丁寧に綴《つづ》られていた。

「セツナさんは午前中、僕の仕事を見ていてくださいね」

販売経験もなく花屋で花を買ったこともない僕が、一人で店番ができるわけもないので、午前中はノリスさんに教えてもらいながら、流れを覚えていくことになった。

すべての花桶を並べ終え、準備が整う。そろそろお店を開ける時間だ。ノリスさんは一度深呼吸をし、真剣な表情で店内をゆっくりと見渡しながら「頑張ろう」と小さな声で呟いた。そして、拳を握りしめると静かに顔を上げた。その瞳に迷いはなかった。

「セツナさん、よろしくお願いします」

「よろしくお願いします」

頷き合ったあと、ノリスさんが店を開けた。新しい店に興味を持ってくれていた人がいたのか、開店と同時に花を購入していく。ノリスさんは花桶から花を取り出し、お客さんに花開く様が一番綺麗に見えるだろう位置で止める。それを求められた花の数だけ繰り返し、すべての花が開くと、テキパキと葉や茎《くき》を整え見栄えよく麻紐《あさひも》で縛り、お客さんに手渡した。

花を買いにくる人は、僕が想像していた以上に多かった。リペイドでは花を飾ることを好んでいる人が多いのかもしれない。買い求めた花に愛《め》でるような眼差しを向けながら、店をでていくお客さんは、皆一様に嬉しそうだった。彼らのその想いが込められた花の行方《ゆくえ》が、少し気になった。

「セツナさん。今のお客さんはラベンダー3本でいいですか？　それと前の人はユリ1本で、その前もユリ1本？」

立て続けに来店したお客さんの対応が済み、一息ついていた僕にノリスさんが問いかけてきた。

「はい、そうです」

僕は、思い出しながら頷いた。するとノリスさんが帳簿《ちょうぼ》に、筆を走らせる。本来、僕がしなければいけないことだったのだが、お金のやりとりが済んで気が緩んでしまっていた。

「申し訳ありません」

「大丈夫ですよ。手が空いたので、忘れる前にと思っただけですから。慣れないうちはひっきりなしに接客すると疲れてしまいますよね」

僕を労《いたわ》りながらノリスさんが笑ってくれたが、彼も同じように働いていたのにと思い、そっとため息をつく。物を売るときはその内容を帳簿に記載《きさい》するまでが仕事だと、わかっていたのにこなせなかったことを不甲斐《ふがい》なく感じた。

僕がそれを知ったのは、最初にこの世界で買い物をしたときだ。薬草図鑑《ずかん》と依頼に必要な簡易地図を冒険者ギルドで買ったときで、ギルドマスターはノリスさんと同じように帳簿をつけていた。

元の世界で買い物をしていたときには、そんなことをする店員さんはいなかったから、不思議に思ってカイルの記憶を調べたのだ。ギルドに登録したときに訝《いぶか》しがられてしまったので、慎重《しんちょう》を期してマスターには聞かなかった。

『帳簿は品物の売り買いのたびにつけるのが原則。そうしないと、いつ誰に何をいくらで売ったかわからなくなる』と検索《けんさく》結果がでてくる。そして、カイルの付け足した注釈《ちゅうしゃく》みたいな愚痴《ぐち》が続く。

『元の世界のように、レジを通せば自動で記録を取ってくれることなどない。そんな魔導具を作れば売れると思うが、貧乏人《びんぼうにん》には到底《とうてい》手が出ないので、金持ちを富ますだけの道具になり果てそうだ。だからやめる。考えてみたら、俺《おれ》には儲《もう》けとかどうでもいいことだし、面倒《めんどう》だから帳簿はつけないことにする』とあった。

カイルは物を売るのが楽しかったみたいで、お金には興味がなかったのだろう。このように、カイルや花井《はない》さんに興味がなかったことは、自分で身につけて経験を積んでいくことになり、それが新しい経験となって、充実《じゅうじつ》したときを過ごせる理由にもなっている。薬の調合のように。

ただ、今回のように失敗に繋がることもあるので、気を付けなければならないと反省をする。帳簿をつける重要性は前もって理解はしていたのに、ノリスさんには迷惑をかけてしまい、申し訳なかった。

お昼前にお客さんの流れが一段落し、床《ゆか》に落ちた葉や茎を掃除《そうじ》する。それから、ノリスさんの手が空いたのを見計らって、見栄えよく花を縛る方法を教わった。ちょっとした花のアレンジなどは、得意なほうだったので、ノリスさんに筋がいいと褒《ほ》められ嬉しかった。

そういったことを覚えるようになったきっかけは、鏡花が幼い頃に、蒲公英《たんぽぽ》、白詰草《しろつめくさ》、蓮華草《れんげそう》などの花を摘んできては『おにいたん、かわいくしてっ』といって持ってきたからだ。僕に渡されたお見舞いの花を見て、花を装飾《そうしょく》するということに、興味を持ったのだろう。

そして重要なのは、その目的が僕のためにではないということだ。花束を作ってあげると、喜んでそのまま持って帰ってしまう。お礼として余った花は、僕にくれたけれど。……見舞いの花ではなかったのかと、当初は疑問符《ぎもんふ》だらけになったものだ。

それでも、そんな些細なことで妹が大喜びするので、もっと笑顔になってもらいたいと思うようになり、最初はリボンで括《くく》ってあげることしかできなかったのが、色々なリボンの結び方や綺麗な花束の作り方などを調べ、できるようになった。

両親が医師として忙《いそが》しく働いていたため、幼いときの鏡花は、僕と一緒にいることが多かった。僕にできることは限られていたけれど、妹の笑う顔が可愛くて、喜んでくれると嬉しくて、鏡花のお願いを、僕はできる限り叶えたいと思っていたんだ。それでも、叶えてあげられないことのほうが多かったけれど。

『おにいたん！』

記憶の中の鏡花が僕を呼んだ気がし……。

「し……よう……」

「……」

「ししょう!!」

「え?」

僕のすぐそばでアルトの声が聞こえ、記憶の中から意識が一気に戻された。

「アルト?」

「ししょう、なんかいも、よんだのに!」

自分の存在に気付かなかったことが不満だというように、僕を見上げる。そのアルトを見て、なぜか僕はほっとした。周りを見ると、ノリスさんが微笑ましげにアルトを見ていたが、ラギさんはどこか心配そうに僕を見ていた。どうして心配されたのかわからずに首をかしげると、彼は苦笑して「気にするな」というように首を横に振った。

「ししょう、なにをしてたの?」

「ノリスさんに、花を綺麗にまとめる方法を教わっていたんだよ」

「おれも、みてもいい?」

「お客さんもいないから、いいですよ」

ノリスさんが快諾《かいだく》してくれ、僕は見やすいように体を少しずらした。机の上に置かれた花束にアルトが「すごく、きれい……」と呟いた。ごくごく自然にでた心からの言葉に、ノリスさんが顔をほころばせる。アルトが花束に見惚《みと》れているあいだに、ラギさん達がここにきた理由を聞いた。

「直接ノリスさん宅にいく予定だったのだが、一言伝えて伺うほうが安心されるかと思いましての」

彼の気遣いに、ノリスさんが恐縮して頭を下げている。

「エリーさんは、ラギさんとアルトがくることを楽しみにしていましたよ」

僕の言葉に、ラギさんは片方の眉《まゆ》を器用に上げる。その表情は、半分本気にしていないように思える。なので、エリーさんから聞いた話をすると、意表を突《つ》かれたのか困ったように眉根を下げた。

「私は覚えておりませんが、大丈夫ですかな?」

「大丈夫じゃないですか? エリーさんはラギさんが覚えてなくても、落胆《らくたん》するような方には見えませんでしたよ」

「それなら、よいですがの……」

ラギさんが何度か頷き納得したのと同じぐらいに、アルトが僕の服を軽く引っ張った。

「どうしたの?」

「おれ、このはな、ほしい」

その声が聞こえたようで、ノリスさんが「アルト君」と呼びかける。アルトは少し警戒しながらノリスさんに顔を向けた。

「その花だけだと少し寂しいから、この中からアルト君の好きな花を一つ選んでくれるかな。よければラギさんも。セツナさんは一度、麻紐をほどいておいてくれますか?」

ノリスさんが売り物の花の前に二人を連れていった。ラギさんは遠慮しているようだったが、アルトは真剣に一つ一つを吟味しながら、花を見ていた。

「おれ、これにする」

しばらくして、向日葵《ひまわり》によく似た黄色《シーラル》の花を指差した。ノリスさんはアルトに花のつぼみを見ているようにいって、花桶からそれを取り出す。その瞬間に花が開き始め、アルトの目が釘付《くぎづ》けになった。その目は、キラキラと輝いていた。

「すごい……。おれ、はなが、さくの、はじめてみた……」

ノリスさんから咲いたばかりのシーラルを手渡され、喜びに尻尾をパタパタと揺らしながらお礼をいっている。かなり嬉しかったのか、アルトの尻尾は機嫌《きげん》よく揺れたままだ。

「じいちゃんは、どれをえらぶの?」

花開くところをもう一度見たいのか、アルトがラギさんを急かした。

「どうぞお好きなのを、選んでください」

ノリスさんとアルトに見つめられ、ラギさんは苦笑を浮かべる。そして悩み抜いて彼が選んだのは、白色のリシアンサスだった。

「では、これをお願いします」

「はい!」

アルトはノリスさんの横にピタリとついて、彼が花桶から取り出すのを、今か今かと待っていた。その姿が、幼い頃の鏡花を彷彿《ほうふつ》とさせる。鏡花も僕の手元を楽しそうに、じっと眺めていた。

「アルト君もラギさんも、その花をセツナさんに渡してくださいね」

そういわれて受け取った花を、二人は僕へ手渡した。その花の葉や茎を整えて、練習として使っていた花と合わせて新しい花束を作る。アルトが選んだシーラルがかなり存在感を放っているが、上手に纏《まと》まったのではないだろうか。

「これはもう、セツナさんに任せても大丈夫ですね」

その証拠《しょうこ》に、ノリスさんは合格点を僕にくれた。そして「アルトさんに、あげてください」と僕の耳元で囁《ささや》く。それで、机の上の花束をアルトに渡す。アルトは花を潰《つぶ》さないように、そっと受け取り、満足そうに笑っていたのだった。

ノリスさん達がエリーさんの元に向かい、僕は一人で留守番をすることになった。お客さんがいない間に簡単に食事をとり、花の名前や値段、花言葉などを暗記していると、夕食の買い出しのついでに寄ってくれているのだろうか、女性のお客さんが増えだした。

その大半は、花束ではなく一輪だけを求めにきていた。お金を貰ってからノリスさんがしていたように、花が開く向きに注意しつつ花桶からだす。そして、お客さんの目の前で花を咲かせ、咲いた花をお客さんに渡す。花開く瞬間に頬を染め、幸せそうに花を受け取る女性客を見て、この国の人達にとって、花は身近なものなのだなと感じた。

そうこうしている間に、花束の注文もちらほら入るようになった。お客さんと会話をしながら花々を麻紐で縛っていたのだが、次第《しだい》に少し物足りないなと思うようになってきた。麻紐で縛った花束は、素朴《そぼく》で可愛らしいとも思うのだけど……。色とりどりの花々の魅力《みりょく》を、さらに引き立てられたらと残念な気持ちが消えない。もう少し、華《はな》やかにしてもいいのではないだろうか……。

では、どうしようかと考え、その答えを思いついてしまったので、試してみたくて仕方なくなった。それには薄手の紙が必要だったが、どこかで手に入れられないかと考え、雑貨屋の壁紙を思い出して、もしかしたらと思い、帰りに寄ることを決めた。上手《うま》くいかない可能性もあるから、形になるまでは、秘密にしておこうと考え、そんな秘密を持ったことが、少し楽しかった。

しばらくして店に戻ってきたノリスさんが、ざっと店内の花桶を見渡して驚く。

「どうして、花がこんなにも少なくなっているんですか？」

僕は帳簿を見せながら、売れた花の種類と数を説明する。

「こんなに売れるなんて、思ってもみませんでした。嬉しいかぎりです。明日は、採取する花を増やしたほうがよさそうです」

ノリスさんは、希望に満ちた顔になっていた。僕も幸先《さいさき》がいいなと思いながら、アルト達の顔合わせが上手くいったのかを尋ねる。

「エリーがすごく喜んでいました。早くアルト君と仲良くなりたいといってました。ラギさんと話すときは緊張していたみたいですが、すぐにいつものエリーに戻っていました」

「そうですか。もしかすると、アルトは慣れるまで少し時間がかかるかもしれませんが、よろしくお伝えください」

「その辺りは、エリーも慣れているので大丈夫です。物心ついて孤児院にくる子供達は、最初はどうしても、警戒心が強くなるので」

ノリスさんの声音《こわね》から、あまり話題にしたくはないのだろうと感じ、頷くだけに留《とど》める。

「それと、薬が効いているのか背中の痛みがほとんどないといって、喜んでいました」

「それはよかった。ですが、痛みがないからといって動くと治りが遅くなるので、安静にしているように伝えてくださいね」

「はい。それは、何度も言い聞かせてきました！」

ちょっと怒り気味に彼が笑ったので、エリーさんが元気を取り戻していることがわかる。僕は胸を撫で下ろすのと同時に、無理だけはしないで欲しいと、祈らずにはいられなかった。

「すみません。建国祭の花を予約したいんですが……」

建国祭の花って何だろうと思っていると、ノリスさんが僕のそばに移動してきて、お客さんの応対を代わってくれた。お客さんが帰ってから、建国祭のことをノリスさんが話してくれる。

「建国祭は、圧政を敷《し》いていた先王を今の国王様が討《う》ち、王位を継《つ》いだ日なんですよ。リペイドの民《たみ》のために、国王様が立ち上がってくれたのだと教わっています。だから、その日は国民である僕達が、国王様に感謝を伝える日なんです」

「そうなんですね」

先王はかなりの浪費家《ろうひか》だったため、この国の財政は逼迫《ひっぱく》していたようだ。税金も過重で国民は生きていくだけで、精一杯の状態だったらしい。

「子供の頃、お年寄りから何度も同じ話を聞かされました。自分達の生活がどれほど辛いものだったのか、どれほど苦しかったのかを。国王様が血を流し勝ち取ってくれたから、今の穏やかな暮しがあるのだということです」

「……」

「だから、そんな日々から救い出してくれた国王様に、感謝の気持ちを捧《ささ》げるのだと語ってくれました」

リペイドの民が王族に好意的な理由、特に国王と王妃への支持が高い理由がわかる。

「その感謝の形の一つが、花なんです。建国祭当日には、女性は髪に、男性は胸ポケットに、ジェルリートの花を飾ります」

ジェルリートは、ガーベラを一回り小さくしたような花だ。花言葉は『感謝』『幸せ』だ。花桶の中に咲いている一輪に視線を向けると、ノリスさんも同じ場所を見た。

「この日のために自分で育てる人もいますし、花屋で購入される方もいます。あとは大商会が、無料で配っていたりします」

「ジェルリートの予約が入るということは、建国祭当日もお店を開けるんですか？」

「いえ、この花は花が開いてから10日ほど元気でいてくれるので、建国祭の7日ぐらい前から花屋にくる人が多くなると思います。当日は僕達も建国祭を楽しみたいので、その日はお休みにします。できるなら、お城で挨拶に立たれる国王様と王妃様を拝見したいんです。去年はお忙しかったのか、中止になってしまったので」

ノリスさんが軽くため息をついて「国王様がご病気だと噂《うわさ》が流れたときがあって、もしかしたら今年も中止になるのかな」と気落ちしたように呟いた。僕はお二人が元気なことを知っているが、知っていても教えてあげることができないので、話題を変えることにした。

「建国祭は、かなり賑《にぎ》やかなものになるんですか？」

「そうですね……」

僕の質問にノリスさんが答えようとしてくれたのだが、途中で口を閉じた。

「ノリスさん？」

「当日を楽しみにしていてください。祭りについて僕が詳しく話してしまうと、セツナさんの楽しみを奪ってしまうような気がするので。ただ、建国祭当日にしか食べることができない料理があるから、アルト君に教えてあげてください」

「それは、きっと、大喜びです」

「美味しいので、セツナさんも食べてみてくださいね。あと、もう一つ。建国祭当日は、日が落ちてからが本番です。日が落ちる少し前から、大通り辺りにいるといいかもしれません」

ノリスさんは建国祭に関してそれだけを口にすると、この話題を変えてしまった。


ようやく、初日が終わろうとしていた。店を閉め控え室に戻ると、ノリスさんがほっと息をついて椅子に座った。そして、空中を見つめて動かなくなった。

「ノリスさん、大丈夫ですか？」

心配になって声をかけてみるが反応がない。どうしたものかと思いながら、僕も慣れないことをしたせいか、疲れを感じていた。簡易の台所でお湯を沸《わ》かしお茶をいれる。ノリスさんの前にカップを置いた。その音で彼が頭を動かし、僕を見た。

「セツナさん」

「お茶をいれたので、飲んでください」

「ありがとうございます」

緩慢《かんまん》な動きでカップを持ち、ぽつりぽつりとノリスさんが胸の内を話し始めてくれた。

「全部夢かもしれないと、僕にとって都合のいい夢なんじゃないかと思ってました。店を開けることができて、思った以上に花が売れて、ずっと泣いていたエリーも笑ってくれて、これは本当に現実なのかなって。このまま家に帰ったところで目が覚めて、あの絶望の中に戻るんじゃないかと」

今日を乗り越えられたことで、気持ちが緩んだのだと思い、僕は言葉をかける。

「きっと、エリーさんが首を長くして待っていますよ。僕の予想では、夕食を食べながら今日のことを根掘《ねほ》り葉掘り聞かれるに違いありません」

具体的な想像になったのか、ノリスさんが小さく笑う。

「そして、僕達の仕事ぶりに、喜んでくれるかもしれませんね。ノリスさんが用意した花のほとんどが売れましたから」

花桶に残った花は、ほんの数本だった。ノリスさんが何かいいたそうに僕を見るが、気にすることなく思ったことを話していく。

「夢は夢でも、今日はノリスさんとエリーさんの夢の一つが叶った日でしょう？　覚めるには早すぎると思います」

ノリスさんがクシャリと顔を歪め、泣き笑いのような表情を浮かべたまま、僕に応える。

「そうですね。僕とエリーの夢は、覚めることはないのだから。そうとわかれば、セツナさん。帰る準備をしましょう。エリーと夢の続きを見ないといけませんので。アルト君もセツナさんを待っていると思いますよ」

「そうですね」

ノリスさんがお茶を一気に飲み干した。そして掃除をしだして、ふと何かに気付いたらしく、僕に話しかけてきた。

「……セツナさん、一つ聞いてもいいですか？」

「なんでしょうか？」

「魔法なら、エリーの傷痕は、綺麗に消えますか？」

「治ります。大丈夫ですよ。僕は、リペイドにいつまで滞在するかは未定ですが、その間に依頼していただければいつでも応じますよ」

ノリスさんが、僕に視線を合わせてしっかりと頷いた。

「今の話は、エリーにはいわないでくれますか？」

「はい。誰にもいいません」

エリーさんの傷を癒やすことになるのは、借金の返済の算段がついた頃だろう。今はまだ不確かな未来だけど、ノリスさんはその未来をたぐり寄せるため、覚悟を決めたのかもしれない。

「エリーは何もいわないけれど、背中の傷を気にしていると思うから、治してあげたいんです」

「わかりました。そのときがきたら、任せてください」

僕の言葉にノリスさんが嬉しそうに微笑んでから「頑張ろう」と小さな声で自分を鼓舞《こぶ》していた。


そのあと、ノリスさんより先に店をでて、僕は雑貨屋へと急ぐ。店主は僕のことを覚えていてくれたようで、真面目に話を聞いてくれた。結果からいえばかなり薄い紙を作ることができるようだ。ただ壁紙と同じように注文制となるということだった。それで問題ないので、壁紙のときのように見本を見せてもらい依頼をしてきた。紙が完成したら、ラギさんの家に届けてくれるということなので、ついでに、目に付いたリボンも購入し、お金を支払って店をでた。

アルトに色々と花屋であったことを話してあげようと家の中に入ると、すでにソファーで寝てしまっていた。ラギさんはその向かいで、笑いながらアルトの書いている日記を読んでいた。

「つい先ほどまで、日記の内容を説明してくれていたんだがの。睡魔には勝てなかったようだ」

そういって、アルトの日記を開いたまま渡してくれた。その頁《ページ》には今日の出来事が書かれており、エリーさんが花輪を作って手首に巻いてくれたことが書かれていた。とても美味しそうな匂《にお》いがしたと書かれていて、笑うしかなかった。

その間に、ラギさんがアルトを部屋まで運んでくれていて、僕が日記を読み終える頃には、ラギさんがお酒と肴《さかな》を手に戻ってきていた。呑むかどうかを話すこともなく自然と向かい合わせに座り、今日一日のことを、僕達はお互いに話しだした。

彼から見たエリーさんはノリスさんと同じで、アルトに害意を持つような人間ではなかったようだ。その辺りは、僕もそう思ったので同意する。

花輪に関しては実のところ、もう少し複雑な話のようだ。

エリーさんは、野盗に襲われる前日から花輪を作り始めたのだけど、怪我をしたため花輪を完成できずにいた。そのため花が駄目になりそうだと嘆き、不憫に思ったラギさんは、小さい輪にすればいいのではと提案した。それを聞いてエリーさんは元気を取り戻し、花輪を完成させ、アルトと仲良くなるために、それを贈ってくれたということだ。

そんなこともあって、3人はだいぶ打ち解けたと、ラギさんは話してくれた。

「あの娘さんは、体調が悪いというのに、私達の昼食を用意しようとしたのだよ……」

ラギさんが疲れたように深くため息をつき、お酒の入ったグラスを手にとる。

「ノリスさんが疲れたように笑っていたのは、それが理由だったんですね」

「彼は必死に止めていたからの。何のために、昼食を持ってきてくれたのかを考えてといわれて、やっと諦めていましたな」

ラギさんは、ゆっくりとお酒を飲みながら苦笑した。

「あの夫婦は、とても真面目なんでしょうな」

「僕も、そう思います」

そんなことをぽつりぽつりと話す。時折、静寂《せいじゃく》が訪れるが、それもまた楽しい。そうして、ゆっくりと穏やかに時間が過ぎていったのだった。


花屋の仕事も3日目を迎えた。僕はお客さんからお金を受け取り、お釣《つ》りを渡そうとして手元に十分銅貨がないことに気付く。ノリスさんがそれを見て、僕達の所にきた。

「お客様、申し訳ありません。お釣りのでないように、お手持ちの金額と丁度になるように買っていただけませんか？」

僕は内心で「え？」と思うが、ノリスさんとお客さんのやりとりを見つめる。そういわれたお客さんは困った顔をしてから「それなら、いいわ。また寄らせてもらうわね」といって、去ってしまった。僕は申し訳なさそうにそれを見送ると、ノリスさんは僕の方に向き直った。

「セツナさん。十分銅貨がもう切れそうだから、お釣りがでないようにお客様にいってもらっていいですか？　この調子だと、両替商《りょうがえしょう》にいくまで、もちそうもないので」

「それなら、今からいってきますか？　僕が店番をしていますから」

「あっ、いえ。できればまとまった額でやりたいんです。午後の売り上げ分も含《ふく》めて」

その都度いったほうがお釣りに困らないのでいいのではないかと思ったが、ノリスさんは僕の心を読んだかのように教えてくれた。

「セツナさんは、両替をしたことがないんですね。両替はその金額によって手数料が決まっているんですよ。ただ、上限金額を超えると手数料が一定になるので、なるべくまとめてやりたいのです」

「そうなんですね。知りませんでした」

「まぁ、両替商なんて、商売でも始めないと使いませんしね」

そう微笑を浮かべ、手持ちの十分銅貨の半分を僕に渡してくれた。両替のことは聞いてなかったから仕方がないけれど、手元にお釣りを用意していなかったのは完全に僕の失敗だったというのに、ノリスさんがそれを咎《とが》めることはしなかった。

こうして振り返ってみると、この3日間は失敗したり戸惑ったりすることも多かったけれど、それでも楽しかったのは気持ちがずっと高揚《こうよう》していたからだと思う。元の世界にいたとき僕は働くことに憧《あこが》れていた。この花屋の仕事で初めてそれを叶えられたと心のどこかで感じていたのかもしれない。だから、ずっとやる気が続いていたのだろう。

思えば、この世界にきて薬剤師のように薬を作っていても、自分とは違う誰かの力が働いて薬剤師にさせてもらっているという気持ちが拭いきれなかった。なぜかといえば、元の世界では薬剤師になれるはずもなかったので、この世界での薬剤師としての自分がどこか信じ難《がた》かったのだと思う。

また学者として翻訳《ほんやく》の仕事をしていても、自分の努力で言語を習得したわけではなかったので、自分の力で成し得たのだとはいい難かった。

つまり、元の世界での僕の延長線上には、学者も薬剤師も存在しなかった。だから、働いている充実感はあっても、夢を叶えたとはいい難かったのだ。

しかし、病院内にあった花屋は、そこで働いている人達と同じように働けるのではないかと、僕に錯覚させてくれるくらい身近だったから、今ノリスさんの花屋で働いていることが、あの当時の延長のように思えて、浮かれていたのだろう。

もっとも、そのことに気が付いたのは、ノリスさんと働きだしてからだったけれど。

ただ、それだけで働くのが楽しかったといえばそうでもなく、ノリスさんの人柄《ひとがら》のおかげというのも多分にあると思う。だから2連休に入る前日くらいは、残業を始めたノリスさんを手伝えることはないかと、お礼のつもりで話しかけた。

「大丈夫です。きっとアルト君が待ってるでしょうから、早く帰ってあげてください」

帳簿から目を離して、ノリスさんは笑う。

「少しくらいなら大丈夫です。ノリスさんは何をされているんですか?」

「これは、明明後日《しあさって》の花の調達に向けて、売れた花の集計をしているんです」

そういって、帳簿を見せてくれる。そこには、花の名前を縦に並べ、横に男、女、性別不明、50から50ごとに区切られた列、営業時間を1時間ごとに区切った列の表が作られていた。そして、縦横が重なった区画に黒字と赤字で数が記載されている。黒字は数の多さから昨日までの累計《るいけい》、赤字は今日の分の数だと思われる。

この世界の数字に関しては、全言語同じ字と発音が使われており、獣人語も例外ではない。これは三大神が人に数を教えたためといわれている。元の世界でのアラビア数字、漢数字といった言語で異なる数字が使われていないことで、どれだけ経済成長に影響があったのかなと興味が尽《つ》きない。

そんなことを考え、散漫《さんまん》になってしまった意識を帳簿へと戻す。

一見すると50ごとの不明な横列は、年齢《ねんれい》を表しているのだと思う。毎日記載している帳簿に、年齢を記入して欲しいと頼まれており、数の大きさからそれ以外に該当項目《がいとうこうもく》が考えられないからだ。もっとも、僕にはお客さんの年齢を判断するのが難しく、彼に相談してこれは免除《めんじよ》してもらったが。

多分、元の世界の感覚でしか年齢が感じられないのが原因だろう。例えば20代に見えても70代だったり、人間でさえわからないのに、獣人になるともっとわからない。竜族《りゆうぞく》などは考えるだけ無駄だろうなと思う。リヴァイルは20代後半に見えたけど、１０００年は軽く生きていそうだし。そういえば、カイルの年齢もさっぱりわからなかった。

魔法で対処しようと思えばできるけれど、年齢を調べるためだけにそんなことをするのは、何か違うと感じたので、魔法の使用はやめた。普通に考えて、見ず知らずの人に『何歳ですか?』と聞かないのと同じように、黙って調べるなんてことはしたくなかったのだ。

「この集計は、毎日しているんですか?」

几帳面《きちようめん》に綴られた帳簿を見て、僕はノリスさんに問いかけた。

「はい。次営業日のために、何の花がどれだけ必要か確認しないといけないから」

「そうだったんですね。僕が帰るときには掃除をされていたから、気付きませんでした」

「今日の分の掃除は、明日に回すことにしたんです。連休前なのでエリーのために早く帰ろうと思って。でも売り上げだけは気になってしまって、把握しておきたかったので、こうして集計しています。なので、セツナさんは気にせず先に帰ってください」

明日の朝に掃除を回すということは、休日出勤をするつもりなのだろう。リペイドの国は、一桁《けた》目が1、5、6の日は大体の店が休みになっている。ノリスさんのお店も例外ではなく、明日は5日なので、サルキス4の月に入って初めての連休日だった。ずっと無理をしているのに、休日まで働くのは、大丈夫なのか心配になる。

「それなら、掃除は僕がしますよ」

ノリスさんの負担を減らさなければと思い、僕は掃除道具をとりにいこうとした。そのとき、ノリスさんの少し暗い表情に気付く。

「どうかしましたか？」

「集計した数が、どこか間違っているようなんです」

帳簿を前後にめくりながら、ノリスさんは渋《しぶ》い顔をしている。どうやら各々の花がどれだけ売れたかを数え直して、その数が表の数と一致しているか確認しているようだ。集計が合わないのがどんな問題に結びつくかはわからないので、何も助言はできないけれど、原因はおそらく数の数え方に違いないから、そこは手伝えるのではないかと考えた。

今までこの世界の数え方に慣れようと、僕は何度かそれを試みたけれど、数え間違いが起こりやすい気がしたので諦めていた。その数え方は横棒を一つ書くことで1を数え、5段まで積み上げて5を数えるというものだ。なので3までは漢数字と同じように見える。

問題は5まで横棒を連ねていくだけなので、勢い余って6本の横棒を引いてしまったり、逆に足りずに4本の横棒で引き終えて、5と誤認する場合が稀《まれ》にあることだ。まぁアルトに教えるとするなら別の話で、この世界の常識に沿った数え方に慣れるように教えるのだけど。

「それなら、僕が集計しましょうか？　こういうのは思い込みが働くので、違う人がやったほうが早かったりしますよ」

ノリスさんはためらっていたが、僕が近づくと申し訳なさそうに頭を下げて、集計方法を教えてくれた。男、女、不明の縦列の合計がその花の売れた本数で、年齢の列は参考情報にするということで、数字が売れた数とは一致しなくてもよいそうだ。

問題は細かく区切られた時間の縦列で、この列の合計した数字が先ほどの性別関連の合計列の数字と一致しなければならないのだけど、薔薇とリシアンサスの欄《らん》が一致していないとのことだった。

見間違えによる集計間違えも一応疑って表の再集計をしてみるが、集計自体は合っていた。

そうなると表に起こす際の集計を誤ったとしか考えられないので、許可をもらってから最後の頁を半分だけ破いて、薔薇とリシアンサスだけの表を作る。そして今日の売り上げの頁に戻って、集計を始める。売った順番で帳簿をつけているのだから、当然、花は飛び飛びに記載されているので、見落とさないように注意し、性別関連と時間関連の欄に正の字を使って数をまとめていく。

しばらくして再集計が終わり、ノリスさんに声をかけた。僕がだしてきた掃除用具で掃除を始めていたが、手を止めて僕の作った表を見た。

「おかしかったのは午後2時の集計が一つ足りませんでした。リシアンサスのほうは午後4時の男性が集計漏れしていました」

そういいながら、ノリスさんの集計した表と僕の表を指し示しながら説明する。

「なるほど、ありがとうございました」

間違った箇所《かしょ》がわかり、ノリスさんは安堵した表情でほっと息をついた。

「セツナさん、この記号はなんですか？」

集計が済んだことで心にゆとりができ、僕の書いた記号が気になったのだろう、正の字を指差して尋ねる。

「これは僕が集計するときに、便利だと思って考えた記号なんです。3から5までの形を独特にして見間違えないようにしてみました」

さすがに元の世界の漢字ですとはいえないので、僕が考えたと誤魔化《ごまか》しつつ、1から5まで順に書いてみせる。

「わかりやすいですね、これなら見た目で間違えることが減りそうです」

「よければ使ってみてください」

漢字がないこの世界で、見慣れないただの記号になった『正』の文字が、使われることはないだろうなと思って話していたが、意外にもノリスさんはすごく乗り気になっていた。何度も正の字を書き続け、頷いて納得している。

「そんな、たいしたものではないと思うんですが」

僕は、少し意外に感じながらそういうと、ノリスさんが首を横に振った。

「僕達のような小さい店は、少しでも改良できる点があるならば、それを取り入れるべきなんです」

そういって、嬉々として話すノリスさんの姿は、どことなく最初の依頼で出会ったジゲルさんに通じるものを感じ、しっかりとしているなと思わずにはいられなかった。

「お役に立てたならよかったです。集計も終わりましたし、そろそろ帰りますか?」

「いえ、掃除がまだ途中なんです。やり始めると最後までしないと気持ちが悪いので、終わらせてから帰ります。セツナさんは、気にしないであがってください」

その気持ちはわかる。しかし、そうすると掃除をするきっかけを作ったのは掃除用具を持ち出してきた僕なので、さすがにそうですかといって帰るわけにもいかない。

「それなら、二人で片付けてしまいましょう。そのほうが早く終わります」

僕達は手分けをして、掃除を済ませることにした。

◇2 【アルト】

師匠《ししょう》が連休だから、じいちゃんが1日休みをくれた。なので、二人で依頼を受けようということになって、冒険者ギルドの掲示板を眺めていたけれど、これだというものがなかなか見つからない。というのも、黄色のランクの掲示板には、薬草採取とか師匠から聞いたことのある依頼しかなかったからだ。

せっかく初めて師匠と二人で依頼を受けるのだから、よくある依頼ではなく、師匠が今までにやったことのない依頼があったらいいなと、そう思ったから。

それで考えついたのは、魚釣りの依頼だ。師匠と釣りをしたとき、師匠は本当に楽しそうだったし初めてだといっていたから、釣りの依頼を受けていないのは間違いないと思う。なのに、黄色のランクには釣りの依頼はなかった。そもそも釣りって依頼になることがあるのかな。今は師匠に聞けないけど、師匠に気付かれないようにこっそりギルドマスターに聞いてみようか。

その師匠は、俺の後ろの机で本を読んでいる。師匠を驚かせたいからこっちを見ないで欲しいとお願いしたんだ。

今なら、大丈夫かなと思ってギルドマスターを捜すと、カウンターで何かを整理していた。あそこまでいって話しかけたら、師匠に気付かれて聞き耳をたてられるかもしれない。そう思って諦めたときに、全然違うことを俺は閃《ひらめ》いた。

師匠は何でもできるし、知らないことはないと思っていたけれど、最近わからないことがあるといっていたから、ちょっとびっくりした。それを、急に思い出したんだ。魚釣りの依頼がなかったとしても、そのことに関する依頼だったら絶対あるのは知っている。それに関係する依頼なら、喜んでくれるに違いない。

黄色のランクにはその依頼がないことを、すでに俺は知っていた。緑のランクの依頼を眺めながら中身を確認していく。じいちゃんの依頼を探したときもそうだったけど、文字はだいぶ読めるようになった。だけど、言葉の意味がよくわからないことも多くて、悩んでしまう。黄色の依頼は、知っている言葉も多かったから、まだよかったんだけど。

『潜伏《せんぷく》』とか『駆逐《くちく》』とか『培養《ばいよう》』……師匠に意味を尋ねたくなるけど、ぐっと我慢する。言葉の意味を調べる辞書があるってダリアさんがいってたけれど、お金が貯まったら買ってみようかな。でもまだ俺は、依頼を達成して報酬を貰ったことがないから、まずはそこから頑張ろう。

そうすると師匠が一緒でも、俺が報酬を貰える依頼のほうがいいのかな。だけど俺のランクに合わせると、師匠の報酬が減るっていってた。師匠はそんなことを気にせず、俺がしたい依頼を受けてくるといいよっていってくれたけど。

「アルト、まだ決まらない？　依頼をする時間なくなっちゃうよ」

「まだ、いいのが、みつからない」

どんどん考えが流れていって、どんな依頼にするか、わからなくなってきた。どうしたらいいだろうと、頭を抱え込みたくなった。そのとき、その依頼は目の前に降って湧いてきたんだ。

◇3【セツナ】

朝早くにきたせいか冒険者ギルドの中には、冒険者は二人しかいなく閑散《かんさん》としていた。ドラムさんもカウンターで黙々《もくもく》と依頼書《いらいしょ》の整理をしている。これは朝の決められた仕事で、ガーディルのネストルさんも同じように仕事をしていた。

そして今し方それを終え、依頼書を抱えドラムさんが掲示板に近づき、貼《は》り出し始める。その途端、アルトが目を輝かせながら一枚の依頼書を剥《は》がして僕の方にやってきた。嬉しそうに渡してくるそれを確認して、僕は少し心が締《し》め付けられた。

「アルト、本当にこの依頼がいいの？」

大きく頷くアルトに、これはアルトの中ではもう受けるしかない依頼なのだなという強い意志を感じる。それだけに、さらに心が痛む。『依頼の内容：遺跡《いせき》の保全』と最初に書いてあった。

(僕が遺跡に興味があると、アルトは感じてたんだな)

せっかくのアルトの厚意《こうい》なだけに、この依頼を受けられないのは辛い。

「ししょう。このいらいは、だめ？」

不安そうな表情で、こちらを見てくる。

「アルト。この遺跡の場所にいくのには、馬に乗っていっても半日はかかるんだ」

「おれ、うまに、のったことないから、だめなの？　あるいていくから、だめかな？」

『馬に乗る』という言葉に反応して、少し残念そうになる。

「アルト、大事なのはそこじゃないよ。遺跡への往復で1日、遺跡の調査に半日はかかるんだ」

依頼書には、遺跡の風化具合の確認と保全のための結界の張り替えとあった。遺跡についての詳細も記載されてあって、それから想定すると作業に半日は必要だと計算した。

「……」

アルトが何をいわれたのかわからないといった風に僕を見ている。自分で気付いて欲しかったのだけど、仕方ないと諦めて諭すように話しかけた。

「アルト。アルトの今の仕事は何？」

「おれのしごと。……。じいちゃんのおせわ」

そこで、アルトの顔が苦悶《くもん》に歪む。どうやら問題点に気付いたようだけど、僕は質問を続ける。

「アルトの貰ったお休みは？」

「きょうだけ……」

「そうだね。アルトはここの場所がどこだかわからなかったし、仕事の詳細もわからなかっただろうから、この依頼を持ってくるのは仕方ないと思う。それに、僕のことを考えて持ってきてくれたのだと思うから、そのことはとても嬉しいよ」

ここまでいって、僕は言葉を切る。アルトはうなだれていて、これ以上いわなくても大丈夫だと思ったから。

「うまで、はんにちと、いわれたじてんで、このいらいは、だめだって、きづく、べきだった。うこのことに、きをとられて、しまって、まちがえた。ごめんなさい」

アルトは大きく頭を下げて謝ってくる。間違ってしまった自分が悔しいのだとわかるくらい、アルトらしいなと思う。この潔《いさぎよ》さが、アルトらしいなと思う。

「間違いに気が付いたのなら、大丈夫」

頭を撫でながら、僕はアルトに笑いかけた。

「それじゃあ、どうすればいいかわか……」

そう僕がいっているのをさえぎるように、ドラムさんが声をかけてきた。僕が注意しているのを気にして、そばまできたのだろう。

「さすがに、それは厳しすぎじゃないか?」

「うるさかったのでしたら申し訳ありません。場所を変えるべきでした。ですが、これは師弟《してい》の問題なので、内容については口を挟まないでもらいたいのですが」

「いや、それは問題ない。見てのとおり、今はおめぇさん方しかいなくなったからな。それを踏まえて、この場でこいつを注意したのだってことも、見当はついてるよ。だがな、これは依頼についてのことだ。なら、ギルドマスターのおれにも口を挟む余地はでてくるだろう?」

確かにギルドマスターの言い分にも一理あるので、僕は「そうですね」と頷いた。

「ギルドでランクの高低差がある冒険者を臨時パーティーで組むことを許しているのは、低ランク冒険者が、低ランクの状態で色々な仕事の経験を積めるようにするためだ。高ランクになったときにぶっつけ本番で依頼をされるのは、本人だけでなくギルドにとってもいいことではないからな」

話している最中に「おれが、わるかったから」と依頼書を返そうとするアルトのおでこを突っつきながら、ギルドマスターは続ける。僕も喧嘩《けんか》しているわけじゃないよと笑うと、アルトはほっとしたように僕とギルドマスターを見つめた。

「正直にいえば、かわいそうだという私情はある。だが、それだけじゃない。学者で魔導師のセツナがこの依頼を受けてくれるのはこちらとしては願ったりだし、半人前の教育にも役に立つんだから、ギルドとしては一石二鳥だ」

「しかし、今、アルトには依頼があります」

「ん？　なら、もう1日休みを貰えるように頼んでみればいいじゃないか。弟子のために頭を下げてやるのも師匠の務めだろう？　依頼を蔑《ないがし》ろにしろとはいってないぞ。一般的に、暦《こよみ》にしたがって休みをとるのは普通だ。住み込みの依頼でもそうやって休みをとっている冒険者はごまんといる。ラギじいさんにとっては、アルトが普通の権利として2日休むくらい、なんともないだろうよ」

「しかし依頼主が1日の休みといったのですから、それをこっちの都合で無理矢理《むりやり》延ばしてもらうのは、どうかと思うのですが」

「確かに、おめぇのいうことは正論だ……」

そういいながらギルドマスターは、僕の隣《となり》の席に腰を下ろした。

「いい機会だから、少し話をするか」

俺が悪かったともう一度いうアルトに苦笑しながら席につかせると、何の話があるのだろうと考えだした僕に「長くはならねぇ」と前置きをしてから続けた。

「改まってどうしたんですか？」

「いうまでもないと思うが、自分の管轄《かんかつ》に新しい冒険者がやってきた場合、その冒険者の素性《すじょう》を確認するのはギルドマスターの仕事の一つだ。犯罪者じゃないかとか、そういったことを確認するためにな。それで、おめぇの依頼履歴《りれき》を確認していたんだが、臨時パーティーが一回、それ以外はすべてソロの依頼だというのに驚いてな」

（なぜ、アルトの依頼の話から、僕の話になったんだろう？）

訝しがる僕を尻目《しりめ》に、ギルドマスターは話し続ける。

「それで本題だ。本来ならこういうことは口をださず、身をもって気が付いてもらうもんなんだが、ソロばかりでそういうことを学ぶ機会がなさそうだと思って、老婆心《ろうばしん》で伝えておく」

その言葉に、僕は頷く。

「『依頼主の要望を優先する』というのは正論だ。だが、それだけでは駄目だ。『冒険者が働くための環境を整える』という視点も、一方で持つようになっていかなければならない。それが、上に立つ者の役目だからだ。というのも、下の者がいくら声高《こわだか》に叫んでも、働く環境は変わらないことが多い。だからこそ、意見がとおりやすい立場になった者が環境を改善してやる必要がある」

（上の者の役目……）

その言葉で、唯一《ゆいいつ》、臨時パーティーを組んだ数カ月前の記憶が、僕の脳裏に蘇ってきた。あのときアギトさんとビートは、僕のためにネストルさんに報酬をだすように働きかけてくれた。僕は報酬のことは気にしていなかったけど、冒険者は体が元手だから正当な報酬は貰うべきだと諭してくれた。

それを踏まえれば、アルトの休日は報酬と同じ意味合いのものだから、貰うのが正しいのだろう。

「おめぇは、なんでもできる優秀《ゆうしゅう》な人間だということを、もっと自覚したほうがいい。どんな劣悪《れつあく》な環境でもそつなくこなすため、苦痛に感じることがない。一方で、ソロでしか活動していないため、冒険者としての生活に関しての常識があまりない。だから、報酬に対して頓着《とんちゃく》がないのだろう」

「よく、わかりました」

「誤解しないで欲しいが、冒険者としての仕事の評価は問題がないどころか高い。ガーディルのギルドマスターがギルド本部へ仕事は丁寧で抜かりはないと、依頼達成のたびにそう報告している。おめぇの腕なら、早い段階でもっと上になるはずだともな」

話の途中だが、ネストルさんが僕の仕事を評価していてくれてたことを知って、少し嬉しくなる。

「だからこそ、もったいなくてな。原則として、上に立つ者の役目を果たせそうにない者を、ギルドは昇格《しょうかく》させない。つまり役割を意識することは、おめぇにとって大事なことだ。本当はさっきもいったが、自身で気が付くべきことで口頭で伝えるのを控える事項なんだが、おめぇさんにはその機会がなさそうなので、忠告させてもらった」

その言葉に礼を述べると、アルトが嬉しそうにこちらを見つめてくる。

「ありがとうございます。それでは、いったん家に戻って許しを得てきますので、失礼します」

「おう、いってこい」

ドラムさんの温かい言葉に送られて、僕達は急いでラギさんの元に向かったのだった。

◇4 【ラギ】

目的の場所にたどり着いたのは、夕方にはまだまだ時間がある頃だった。

「思ったより早くつきましたな」

私は岩でできた桟道《さんどう》を渡りきり、断崖絶壁《だんがいぜっぺき》の中腹にある小屋の前に立った。その小屋と私達を支える足下《あしもと》の岩は、棚《たな》のように不自然に崖《がけ》からせりだしたものだ。桟道もこの岩も人工的な感じからして、おそらく土の魔法で作られたものだろう。

「お疲れ様でした。ラギさんが一緒にいくと話されたときは驚きましたが、無用な心配でしたね」

最後に到着《とうちゃく》したセツナさんが、そういって笑っているが、その瞳は笑っていなかった。彼は私の寿命《じゅみょう》のことを知っている。私が無理をして寿命を削《けず》ることにならないかと、心配してくれているのだろう……。

「私を年寄り扱《あつか》いするのは、今すぐやめるべきだの」

彼の心配を取り払うように、軽口で返答するが、それよりも今は、しょんぼりしているアルトを慰めたほうがいいと軽く目配せをする。セツナさんはそうですねといった感じで頷くと、アルトの頭を軽く撫でた。

「アルトも、お疲れ様」

「おれ、うまに、のれなかった。あしでまとい、だった。ごめんなさい」

どうやらアルトは馬に乗ったことがなかったらしく、冒険者ギルドで馬と一緒に二人用の鞍《くら》を借りたときから落ち込んでいた。セツナさんによれば、彼自身は冒険者になってから練習したといっていたが、アルトが馬に乗って依頼を受けるのは先だと思って、あえて教えてなかったということだった。

「謝《あやま》ることはないよ。教えていないことなんだから」

セツナさんはそういって慰めるが、アルトは納得しかねているようだ。

「それより、この長時間、馬の上でよく我慢したね。立派だよ。大丈夫」

褒めてもらったことでアルトは陽気さを取り戻したのか、尻尾がふるふると揺れていた。心温まる二人のやりとりを見ていて、無理をいってついてきたのは、やはり正解だったと思う。

ギルドからセツナさん達が帰ってきて、休みを2日に延ばしてくれといわれたとき、私はすぐにでも「構わない」といおうと思った。

しかしアルトの神妙な顔がおかしく、少し悪戯心《いたずらごころ》を刺激《しげき》され「どうしてですかな？」と聞いてみた。すると「遺跡保全の依頼をするために2日間必要で、アルトの今後のためにも経験を積ませたいのです」と真剣な顔でセツナさんがいった。

その様子を見て、今まさに二人を見て感じた、この師弟のために何かしてあげたいという気持ちが湧いてきたのだ。それと同時に朝の訓練を思い出し、いつかアルトの役に立ちそうなことがあったと考え、自分も遺跡に連れていくことを条件に、休みを2日に延ばしたのだ。

それ以外にも、2日間もこの愛すべき師弟から離れなければならないという寂しさが、大いに働いたのではあるが。冒険者ギルドのマスターにも了承《りょうしょう》をいただき、二人と共にここにくることになった。

一瞬、午前のことを思い出してぼんやりしていた私だったが、セツナさんの言葉で我に返る。

「依頼書によると、この小屋から遺跡に入っていくようです」

確かに小屋は、崖の側面を取り込んで建てられていた。セツナさんは持ってきた鍵《かぎ》で扉を開けると、中に入っていく。続いてアルトが入り、私もあとを追う。

まず目に飛び込んできたのは、部屋の中で一際《ひときわ》存在感を放つ岩壁に、ぽかりと空いた人工的な空洞《くうどう》だった。私は少し驚いてから、周りに視線を巡らせる。中は、意外に広かった。暖炉《だんろ》や机に椅子、それに簡易ベッドが4つ。遺跡保全のために建てられた宿泊施設《しせつ》として、申し分ないものだといえよう。

「あの杭《くい》に命綱《いのちづな》を張って、中に入っていくみたいですね」

気になっている空洞、つまり遺跡の入り口の前に、4本の杭が打ち込まれてある。入り口の奥の通路は、急な傾斜《けいしゃ》となっていて、意識をしていても、人間なら転げ落ちてしまいそうだ。これは、ついてきた甲斐《かい》があったというものだの。

セツナさんに危険だからやめたほうがいいと、説得されたときのことを思い出す。遠い昔に、半分がなくなり半分が崖となってしまうほど山が傾いた。だから中にあった遺跡も傾いていて、歩けるような構造になっておらず、落下して怪我をすることもあるからということだった。聞いたときは突拍子《とっぴょうし》もない話に耳を疑ったが、納得せざるを得ない光景だった。

なくなった側に、入り口周辺の遺跡があったのだろう。崩れ落ち分断された通路が露出《ろしゅつ》し、ここにさらされているのだから、扉がないのも頷ける。この遺跡の入り口となった通路を囲んで、小屋が建てられたのは、遺跡内部が簡単に風雨にさらされて風化してしまうから、それを防ぐためだろう。

「どうしますか？　予定としては明日は帰るだけにしたいので、一休みしてから保全調査を始めたいのですが、ラギさんが疲れているようでしたら、もう休みにして明日からにしましょうか？」

「それだと、セツナさんの明後日の仕事に間に合わなくなるのではないかな？」

「いざとなれば、風の魔法で転移しながら帰れるので、それは気にしないでください」

さらっと、とんでもないことをいう。馬できた道を全部転移するといっているわけではないだろうが、転移魔法は運ぶ量や距離《きより》によって消費する魔力の量が変わるというし、明後日の仕事に間に合わせるためだけに無理をさせるのは、申し訳ない。

「年寄り扱いしてくれるな。馬での移動で疲れるほど、まだ老いてはおらんよ」

どの口がいうのかと自分でもおかしく思うのだが、不思議と本当に疲れてはいなかった。

「それでは、少し休憩してから遺跡に入りましょうか。アルトが甘い物を食べたがっていますし」

そう水を向けられ、ちょっと疲れた表情をしていたアルトが、勢いよく耳を立てて鞄からお菓子《かし》を取り出して聞いてくる。

「じいちゃん、どれすき？」

セツナさんが作ってくれた時間に感謝しながら、私はアルトのお勧めのお菓子を選ぶのだった。


しばらく英気を養ったあと、私達は遺跡の保全調査のために準備を始めた。セツナさんは、杭に縛り付けたロープをアルトに巻きつけつつ、その仕方と重要性を教える。アルトは難しい顔をしながら話を聞き、セツナさんの手元を食い入るように眺めていた。

一通り説明が終わると、今度はアルトの実践《じっせん》のため、セツナさんの命綱を張るようにとロープをアルトに手渡す。教わったことを反芻《はんすう》しながら懸命に準備していくアルトを、聡《さと》い子だと感心する。しかし、それでも上手くいかないところもある。初めてですべて上手くいくほうが珍しいのだから、当然といえば当然だ。セツナさんも、そう思っているのだろう。「少し、ここは難しいよね」と微笑みながら、優しく手ほどきを続けていた。

ようやく自分達の命綱の準備が終わると、セツナさんは私が命綱の準備をしてないのを見て、声をかけてくる。

「ラギさんも、やり方がわかりませんか？」

私は、意味深に笑い、靴《くつ》を脱《ぬ》ぐ。

「私ほどになれば、足下に意識を集中させるだけで、崖すら登ることができる。まして傾斜がついている坂など目をつむっていても、楽勝ですな」

冗談ではなく、成人した獣人の筋力と平衡《へいこう》感覚を研《と》ぎ澄《す》ませれば、必ずできることだ。人間と獣人の体は、根本的に違うのだから。その違いをアルトに伝えようと思い、こんな所までついてきたのだ。

（ようやくだ）

自分の気持ちが、昂《たか》ぶってきていた。だが、あまり華麗《かれい》にふるまってもいけないと、自戒《じかい》の念を込めて軽く拳を握る。あまりの鮮烈《せんれつ》さに、アルトが真似《まね》をしたら困る。『獣人』といわずに『私』といったのも、アルトが自分にもできるのではないかと、意識を向けすぎないようにするためだ。

体のできていない子供には早すぎる芸当だし、ましてやアルトは発育が十分ではない。今、真似をされては危険すぎる。だから、いつか体が成長したときに私がやっていたことを思い出してくれる程度に、印象に残ればいいのだ。

それに、今教わっているロープの結び方も大事だ。いずれ冒険者として人間と一緒に依頼を受けるときに、アルトの役に立つのは間違いない。むしろ幼いアルトにとって、大事なのはそちらのほうなのは間違いない。だから私のすることは、いつか何かの役に立ってくれればというだけのものだ。

「わかりました。それでは、無理だけはしないでくださいね」

セツナさんには、私の考えを伝えてはいなかったが、私のしようとしていることを察してくれたみたいで、それ以上、何もいってこなかった。代わりに、アルトにこう伝えた。「これからラギさんがすることは危ないから、子供のアルトは真似しないように」と。

アルトはピンときていない様子だったが、言い換《か》えれば子供ではないアルトなら真似をしてよいとも受け取れる。やはりセツナさんはわかっているのだなと、その洞察力《どうさつりょく》に感心する。

「だいじょうぶ。ぼうけんしゃのきほんは、あぶないことを、さける。だから、まねしない」

「よく、覚えていたね、アルトは。じゃあ、追加でおさらいの問題。遺跡や洞窟《どうくつ》に入るときに最後に用意するものは何だった？」

問題が、簡単だったのか意識に強く残っていたからなのかわからないが、アルトは即答《そくとう》した。

「こうげん」

「正解」

そういって、セツナさんは一枚の小さい正方形の紙を鞄から取り出し、アルトに手渡した。それは、使い捨ての火の魔導具だ。アルトが楽しそうにその紙を破くとそこから火が燃え上がり、瞬《また》く間にその紙を燃やしながら拳ほどの火の玉になって、頭上に浮き上がる。

物を燃やすことのできない魔法の火の玉で、10時間ほどで燃え尽きる。洞窟などの暗い場所を冒険するには定番の魔導具ではあるが、アルトはそれがとても好きらしい。火の玉を見る目が輝いているように見えるのは、その明かりを映しているからだけではないだろう。

「それじゃあ、いきましょうか」

そんなアルトをしばらく見守っていたが、少し名残惜《なごりお》しそうに私にいった。その気持ちに共感しながら、私は頷いた。


遺跡の傾斜は崖というほどではないが、石を置けば転がるのではなく、飛び跳《は》ねて落ちていくと形容できるほどには、傾いていた。だからセツナさんは進行方向に背を向け命綱を掴みながら、ゆっくりと下りていく。その隣で師を手本にして、アルトも足を動かし下りていく。

アルトにとって災難だと思ったのは、最初に命綱を使う体験が、下りだったことだ。上りだったら隣から上へ移動しているセツナさんを見ていれば済むところを、下りのため下へと目線を移さなければならないからだ。

アルトの頭上にある火の玉に照らされて見える通路の側壁、つまり底まで、およそ75メルほどだろうか。建物内の通路だと思えば大した距離ではないのだろうが、それが高さになるとしたら話は変わってくる。

しかし予想に反してアルトは、怯《おび》えている風ではない。どうやら、高所でも竦《すく》んだりせず、ちゃんと足に力が入っている。私の取り越し苦労だったみたいだ。

「そんなしせいで、だいじょうぶなんて、じいちゃん、すごい」

私の視線に気付いて、アルトが声をかけてきた。

「それほどでもないの。アルトも大人になればわかる」

私といえば、アルトの顔を見ながらゆっくりと坂を歩いて下っている。足の裏で床を掴み体を支えているのだが、壊さないように意識しながら歩かないといけないのが、少しばかり厄介《やっかい》だった。

山などではなんの遠慮もせずに地面をえぐっていくのだが、貴重な遺跡ともなると、そうはいかない。そんなことをしたら、セツナさんから大目玉を食らってしまうだろう。今、まさに、丹念《たんねん》に壁などにひび割れがないかを真摯《しんし》に点検している彼のことだ、間違いない。

「ほら、アルト。ラギさんばかりに意識を向けない。僕がしているように、遺跡が劣化《れっか》していないか確認すること。1年間放置したら、大変なことになるかもしれないからね」

「はい、ししょう」

注意されて、アルトは同じように真剣な目で通路を見つめだす。

(似た者同士だの)

吹《ふ》き出しそうになるのを我慢しながら、私は二人の仕事を見守った。1年間というのは、リペイドの大学が、冒険者ギルドに遺跡保全のための依頼をだしているのが1年に1回だからだろう。セツナさんが依頼の説明をしてくれたときに、そんなことをいっていた。

「アルト、これを見てごらん」

通路を半分ほど下りてきた辺りで、セツナさんが壁を指差す。そこには酷いひび割れがあった。

「すごいね、これ」

「前の報告書には、遺跡の修繕《しゅうぜん》は全部終わったと書いてあったから、この1年でできたんだろうね。少し原因を探《さぐ》ってみようか」

そういって、スプーンのような形をしたものを鞄から取り出す。

「セツナさん、それは何かの？」

初めて見る道具に、少し興味が湧いて私は質問した。

「依頼主から渡されたんですが、土の魔導具です。これで気になる場所を叩くと、反響音でその周りの地質がどうなっているか知らせてくれるんだそうです」

そういいながら、魔導具で壁を軽く叩くとズーンという重低音が返ってきた。

「どうやら、強い力がこの壁にかかっているみたいですが、問題はないようです。問題があると続いて、警告音がすると書いてありましたが、今回はしていませんので」

「なるほど。他にはどんな音が鳴るのかの？」

私はさらに興味をかられ、質問してしまう。アルトも目を輝かせながら、セツナさんを見ていた。

「僕も説明書を読んだだけなので実際の音はわかりませんが、叩いた奥が空洞だと乾《かわ》いた音が、水源がある場合は水滴《すいてき》の音が鳴るみたいですよ」

「それは、ぜひ聞いてみたいですな」

私の返事に苦笑しながら、セツナさんは筆くらいの大きさの羽箒《はぼうき》を取り出していた。

「それは？」

「これも土の魔導具です。修繕用の魔導具で……説明より、見せたほうが早いですね」

そういって、羽根の部分でひび割れた箇所を掃《は》いていく。すると、ひび割れが跡形《あとかた》もなくなってしまった。

「説明書によると、誤って壁画とか模様などに使わないよう、細心の注意を払ってくださいと書いてあったんですが、確かに間違って使ってしまうと取り返しがつかないですね、これは」

セツナさんも驚いたようで、魔導具をまじまじと見つめている。

「ししょう、こんどは、おれに、やらせて」

アルトは面白《おもしろ》がってそう頼むと「次に、修復箇所が見つかったらね」とセツナさんは返していた。

そうこうしているうちに、保全調査は順調に進む。通路の両側にある部屋などもすべて確認しながら、私達はようやく、通路の一番下までたどり着いた。

「ようやく、したまで、これた」

アルトが、やりきったという風に叫んだが、セツナさんが首を振り側面にある扉を指し示す。その扉を開けると螺旋《らせん》階段があり、まだ調査が続くことを物語った。アルトの肩ががくりとなる。苦笑しながらアルトの腰の縄《なわ》を、セツナさんは外していった。途中で何回か命綱を替えてきたが、今回の命綱はここまでの役割のようだ。

「この階段は、命綱は必要ないようです」

下の階へ向かう螺旋階段も、当然ながら傾斜していて、螺旋の途中が天井《てんじょう》のようになっている。本来、階段部分の床は1メル弱、空洞の直径も1メルなので、見た目上の高さは3メルないくらいだ。もちろん、階段として使うことはできない。ただ幸いにも中央部分の空洞のおかげで、目の前にはだかる階段の床を跨《また》ぐことで、前に進むことはできる。

「それでは、いきましょうか」

セツナさんは、軽く跳《と》んで階段の向こうに着地する。アルトが後ろにいるため明かりが届いていなかったのか、魔導具をもう一枚取り出し破いて、自分の頭の上にも火の玉を浮かした。「これで調査しやすくなったな」と呟いて、四方八方を見渡す。

次にアルトが後ろを追いかけ自分の背丈《せたけ》ほどにそびえる床の上に片手を置くと、それを支点に体を持ち上げ華麗に飛び越えてみせた。

(私の出る幕は、なさそうだ)

少し残念に思いながらも、最後に私も続く。距離にして7メルくらいを同じように進むとようやく階段が終わり、また扉が現れた。

「この階が最後なんですが……」

屈《かが》みながら、扉の前の杭に目線を向ける。

「また、長い通路と部屋がまっているというわけですかの?」

また何の代わり映《ば》えもしない光景が続くのかと思い、セツナさんに問いかける。私は、石でできた通路と部屋があるだけで、価値のある物がすでに持ち出されているこの遺跡に、若干《じゃっかん》、食傷気味になっていた。

「部屋は通路の先に一つしかないのですが、通路の長さが今までより長いみたいです」

それならば残りの時間はそんなにかかるまいと思い、二人が準備し終わるのを待って扉を開けた。

「ししょう、これ、どれくらい、ふかいの⁉」

後ろから覗くアルトが、驚きの声を上げた。思っていたより深かったからだろう。私の目測では220メルほどだが、セツナさんは回答せずに、また、鞄から小石のような物を取り出す。

「じゃあ、実際に測ってみようか」

「ししょう、それは、なんですか？」

「使い捨ての魔導具だよ。これを両の手で30回こすって」

　セツナさんがアルトに手渡したのは、遺跡の調査などではよく使われる土の魔導具だ。アルトの手の中でこすられ、ちょうど30回に達したとき、淡く青い光を放ち始める。それをセツナさんの指示で放り投げた。そのまま魔導具は、通路を転げ落ちていく。

「１８０……２００……２２０……２３２める。ししょう、あっちの、ほうこう、２３２めるで、うごくのとまった」

　おそらくアルトの頭の中では、魔導具が移動した距離が数値で、方向が矢印で示されているに違いない。私も数百年前に初めてあの魔導具を使ったときは、急に浮かぶ頭の中の数字や矢印に驚き、不思議に感じたものだ。今のアルトのような顔になっていたのは、間違いないだろう。

「本当は、底の見えない穴とかを測量するのに使うんだけど、今回は使う機会がなさそうだったから、特別に使ってみたよ。アルトが将来何かの調査にいくときにも、忘れずに用意してね」

「はい、ししょう」

　そのやりとりを聞いて、つい苦笑してしまう。使う機会がなかったのなら、次に使う機会があったときに教えればいい。それなのに、無理にでも使って教える機会を作るとは、セツナさんは教えることに貪欲《どんよく》だなと。

「どうかしましたか？」

　私の反応に気付いて、セツナさんが話しかけてくる。

「いや、セツナさんは頑張り屋だなと、思いましてな」

「じいちゃん。なんで、ししょう、がんばりや？」

私の言葉に即座に反応したのは、アルトだった。その真剣な眼差しに私は笑いをこらえきれず、吹き出してしまった。セツナさんは困ったような表情を一瞬浮かべ、私を見てくる。

おそらく私に指摘《してき》されたことで、自分が少し詰め込みすぎたことに気付いたのだろう。人に物を教える際の加減というのはなかなか難しく、若いセツナさんならなおさら手探り状態なのだなと、思わずにはいられない。

「アルトの学ぶ姿が、セツナさんは大好きだから、頑張って色々と教えているのだなと思ったのだよ」

それを聞いたアルトは嬉しそうに「おれ、もっと、がんばる」と叫ぶと、セツナさんは少しばつが悪そうに頷いてから「それじゃあ帰ったら、今日のおさらいするからね」と頭を撫で笑った。そんな二人を見て、私は彼らをますます気に入ってしまった。


それから少しして、私達は通路の一番奥、最後の部屋の扉の前へ下り立った。足下に扉があり、通路の床にはまた杭が打ち込んである。

「次の部屋は、そんなに大きくはないのですが、この遺跡の重要な遺物をしまってある部屋です。部屋の中をくまなく調べるためにも、ここで命綱を交換《こうかん》するようにと書いてありました」

そういわれ、まだ持ち出していない遺物があるのかと興味津々《しんしん》となって、二人の準備が終わるのを待つ。アルトとセツナさんがお互いに腰に巻いた命綱のしまり具合を確認し終わると、満を持して扉が開かれた。

目の前の部屋の光景は、今まで見てきた部屋となんの代わり映えもしない、一室だった。ただ一つ床に接合して蒼銀《あおがね》製の演台のような物が立てられている。

「セツナさん、あれはなんですかな？」

「内緒《ないしょ》です。まずは、部屋の状況を確認してからにしましょうか」

もったいぶるセツナさんに、アルトと同時に抗議《こうぎ》の声を上げるが、セツナさんは澄ました顔で部屋を見て回り始めた。私達も仕方なく後ろに続くと、調査を早く終わらせるために頑張った。そのためか、あっという間に作業が終わる。

「しょう、へやのちょうさ、おわったから、はやく、おしえて」

セツナさんをここぞとばかり急き立てるアルトに、私も内心で賛成していた。

「そこまで期待されると、少しいいだしづらいかな」

ひょいっと2メルほど上にある演台のような物に跳び乗ると、足を床に移して斜《なな》めになりながらもその場に起立する。アルトも真似をしようと床を登り、体が落ちないように維持しようとするが、ずるずると滑《すべ》ってしまう。

「アルトにはまだ難しいかもしれないから、今回は特別だからね」

そういって何やら魔法の詠唱《えいしょう》を行うと、アルトの体が宙に浮く。

「風の魔導師はこういう魔法も使えるけど、誰かが崖から落ちたときなど、救助に急を要する場合に使うものだから、風の魔導師とパーティーを組むことになっても、安易に求めてはいけないよ」

アルトはセツナさんの言葉を聞いて頷くが、興味はそこにはなかったらしく、全く別のことを質問していた。

「ししょう、そらとぶまほう、つかえるの？」

私にはどうしてそんなことを聞くのかわからなかったが、セツナさんはすぐに思い当たることがあったのか、困ったように笑った。

「そうなんだよね。咄嗟《とっさ》のときは、普段使っていない魔法の場合、使う選択肢《せんたくし》に入れるのを忘れてしまうことがある。僕もアルトを見習って、もっと訓練しないと駄目だね」

セツナさんが申し訳なさそうに話すと、アルトは頭を横に振る。

「おれは、ししょう、すごくがんばってると、おもう」

なんの話をしているのかはわからないが、断片《だんぺん》的な言葉で連想すると、どうやら二人は崖から落ちたことがあるらしい。そのときに今の魔法を使えば、難を逃《のが》れられたということなのだろう。

「崖から落ちて、怪我は大丈夫だったのかの？」

私は床を登りながら、セツナさんに尋ねる。

「あの時、アルトが落ちていくのを見て焦ってしまって、転移魔法で追いついたあと、地面に叩きつけられる衝撃《しょうげき》をなんとかしなければという一心で、結界を張って耐《た》えたんですよ。それで怪我をすることはなかったんですが、もう少し、柔軟《じゅうなん》に魔法を使えるようにならないといけないなと思いました」

「おれは、きぜつしてたんだけど、どうして、けがしなかったのか、あとで、ししょうが、おしえてくれたんだ。でも、とべるんだったら、おれ、あのやまで、そらから、けしきを、ながめて、みたかったたな」

結界で衝撃を凌《しの》ぐという、これまで見てきた用意周到なセツナさんらしからぬ話に、そうとう差し迫っていたのだろうなと気の毒に思っていたところ、アルトの言葉で緊張感が吹き飛んでしまい、私は豪快《ごうかい》に笑ってしまった。

「アルト。僕にはいいけど、他の魔導師に安易に求めては駄目だからね」

そういって諭すセツナさんに「ごめんなさい、ししょう」とアルトは潔く頭を下げ、真面目な顔で「ししょうにしか、いわない」と頷いた。自分に求めるのはいいのかと、セツナさんの言い分にひっそりと笑う。厳しいようで甘い彼らしい。

「わかってくれれば、いいよ。それより、アルトとラギさんのお待ちかねのこの魔導具の正体のお披露目《ひろめ》をしようかな?」

つい二人に意識を持っていかれていたが、そうそうと私も演台のような物を眺めた。

私が魔導具に目を向けたのを確認してから、セツナさんはそれの右側面にある5つの穴に指を入れた。すると、魔導具の上面から光が照射され、セツナさんの顔の正面に何か文字らしきものが投影される。

「ししょう、おれ、このもじ、しらない。おしえて」

「これは古代文字だよ。内容は『転移先の設定が間違ってます』と書いてあるね」

「そうか。これが噂に聞く、転移魔法陣《じん》の装置なのだな」

つい興奮して応えてしまった私を、突然の大声に驚いたという顔で、アルトが睨んでくる。「申し訳なかったの」と謝り、「私も転移魔法陣の装置を見たのは、初めてだったから、つい声がでてしまった」と弁明した。

「じいちゃんも、みたことが、なかったの？」

アルトは目の前の物の希少性に気付きだして、目を輝かせ始めている。転移魔法陣は各国で見つかってはいるが、その価値から誰かが必ず管理しているため、こういった機会でもなければ拝むことはない。

「1年に1回でも、転移魔法陣の装置を見る機会があったというのは、驚きですな」

素直《すなお》に感想を述べると、申し訳なさそうにセツナさんが話す。

「壊れているので、転移魔法陣を作りだすことはできないんです。だからこそ、僕達のような冒険者に依頼がきているんですよ。壊れていなければ、もっと上のランクの、それこそ白とか黒ランクの冒険者に依頼がいくか、国の宮廷《きゅうてい》魔導師が保全しているかと思います」

「なるほどの」

壊れているから価値が落ちていて、セツナさん達が受けられるような仕事になったのだなと理解する。しかしそれでも、転移魔法陣の装置がこの目で見られたことは嬉しかった。これの存在を知らない者はいないのに、実物を見た者は少ないのだから、よい経験になったというべきだろう。

「ししょうでも、なおせないの？」

「さすがに、無理かな」

セツナさんの右手が装置の中で微かに動いていて、そのためか表示されている古代文字が色々と変わっていく。

「壊れてはいても、この宙に文字が浮きでる魔法だけでも価値があって、この技術を解析《かいせき》できたことで、今作られている魔導具にこういった機能をつけることができるんだよ。そうはいっても、とても高価になるけどね」

そういいながら、セツナさんは操作を続ける。

「それで、セツナさんは何をしているのですかな？」

壊れているといっているのにもかかわらず、表示が変わっていく様を見れば、私の興味が尽きないのは当然だろう。

「壊れていても転移魔法陣を作れないだけで、各機能の表示は生きているので、その確認をすることも依頼に含まれているんです」

「なるほど。学者が望まれたのも、そういうわけだったんですな」

「そうですね。正確には、古代文字が読めるのが依頼を受ける条件だったんです」

そんなことをしばらくしていたが、セツナさんが軽く息を吐き出してから、話しかけてきた。

「お待たせしました。点検作業が終わりました」

「お疲れ様でしたな。ところで、この表示されている古代文字はなんと記されているのですかの？」

装置から指を抜こうとしていたセツナさんに、私は問いかけた。魔導具が停止するのが、少し名残惜しかったのだ。

「これは『転移先を再設定してください』という文言に、東西南北にそれぞれ何メル移動させるかの入力が求められているんです」

「ほう。それならその設定を入力しさえすれば、先ほどの問題も解決するのではないだろうか？」

「残念ながら、その入力する機能が壊れていて、数値を入力できないんです。本来、この辺りに数値入力用の表示がされると思われるんですが……」

そういいながら、何もない宙の箇所を左手で指差しながら続ける。

「ご覧のように何も表示されていなくて、なので転移先を直すことができないんですよ」

「なるほど、残念ですな」

当然、そんな簡単に直るものなら直しているのだろうし、口ではそういったものの、本当のことをいえば、それほど残念ではなかった。


そんなやりとりをしていたときに、アルトが唐突《とうとつ》に声を上げた。

「そうだ。ずっと、ひっかかっていたことが、あったんだ！」

「どうしたの、アルト。急に大声を上げて？」

私もセツナさんも驚いて、アルトを見つめる。

「ししょうに、てんいまほうじんのことを、おそわった。そのとき、ふしぎにおもってたけど、そのりゆうが、わからなくて、それが、いま、わかった！」

「そうなんだ、それで何が気になっていたの？」

セツナさんは、優しく問いかける。

「ししょう、きたあねたいりくにある、てんいまほうじんの、てんいさきは、すべて、まのくにに、むいている、といってた」

「そうだね」

「それとはべつに、まのくにには、きけんなところで、はいったら、まず、もどって、これないとも、まえ、おしえてくれた」

セツナさんは「何か、そこに問題があったかな？」と微笑みながら返す。

「もんだいは、ある。どうして、てんいまほうじんの、てんいさきが、すべて、まのくにって、わかったの？　まのくににてんいしていたら、もどってこれない。だから、いったひとが、かえってこれないなら、てんいしたさきが、どこかこたえて、もらえないよね？」

二人でそんな話をしていたのかと思い聞いていたが、アルトの洞察力に感心する。私なら不思議に思うこともなく、そういうものなのかと覚えるだけになるに違いない。そして情けないことに、私もその答えは知らない。今日まで疑問に感じたこともなかった。だからセツナさんがなんと答えるのだろうと思い眺めていると、これまた意外にもアルトに笑いながら、セツナさんは答えた。

「そこに気が付くなんて、すごいね。アルトなら気が付くだろうなと思っていたよ」

褒められてまんざらでもない表情で、アルトはうんうんと首を振る。

「だけど、もうアルトはその答えを知っているよ」

アルトの顔が、一気にわけがわからないといった感じできょとんとした。

「よく、今日のこと、思い出してみて」

セツナさんにいわれて、一所懸命に今日のことをアルトが振り返りだすのを見て、私も一緒に考えることにした。そして、すぐに一つのことに思い至った。

（なるほど。アルトが疑問に持つだろうことまで考えていて、あれをさせていたとは、セツナさんは相当な策士だな）

アルトの洞察力に驚かされたかと思えば、今度はセツナさんの抜け目のない教師ぶりに驚かされる。本当にこの師弟は見ていて飽《あ》きない。そんなことを考えていると、アルトが私と同じ答えを見いだして、セツナさんに答え始めた。

「わかった。ほうりなげた、つちのまどうぐだ」

「正解」

その言葉に、アルトは満面の笑みを浮かべる。

「もちろん、あの魔導具よりはもっと強力な魔導具を転移させているんだけど、原理は同じ。魔導具がある場所の距離と方角に向かって、それを探しにいこうとすると、すべての場合において、魔の国の中に入らなければいけない状況になったから、わかったんだよ」

「そうなんだ」

「まぁ実際は、魔の国の奥まで魔導具を探しにいっているわけじゃないから、魔の国が終わって未知の大地があり、そこをさしているのかもしれないけど。でも僕達がわかるのは、魔の国の奥の方ということだけで、魔の国っていっているんだよ」

「ししょう、なぞがとけた！　ありがとうございます」

問題が解けたことをアルトが喜び、アルトと同じようにセツナさんも喜んでいる。仲のよい師弟の姿に、私の心も温かくなる。私が静かにしていたからか、二人が同時に顔を向けて、心配そうに私を見た。そんな彼らに笑みを返すと、私の目を見て、笑い返してくれる。

その何気ない二人の行動に、私の目頭《めがしら》は少しばかり熱くなっていた。『独りではない』そう感じたからだ。ここに私がいるのが自然だと、いわんばかりの彼らの様子に、故郷の大樹の下で家族と笑い合った日々が蘇ってきた。「じいちゃん」と呼ぶ幼いアルトの声と「ラギさん」と呼ぶセツナさんの声、その声の響きに、私を厭《いと》うような響きは一欠片《ひとかけら》もない。

二人が心を寄せてくれるその有り様は、まるで、本当の「家族」になったかのようだと錯覚してしまう。だがたとえ、それが仮初《かりそ》めの家族であろうと、私はこの時が止まればいいと心の内で思う。そう思うのは、今、私が幸福であるからだ。

誰が想像できただろうか。私の人生の最後に、こんな穏やかなときが訪れようなどとは、想像できるはずがない。二人と出会えたことが、私にどれほど彩《いろど》りを与えてくれているのか、きっと私以外知ることはないだろう。

◇5　【セツナ】

アルトが僕のために選んでくれた遺跡調査の依頼は、何事もなく完了した。ラギさんが同行したいといったときには驚いたが、彼は獣人としての力の使い方を、アルトに実践して見せるために、一緒にきてくれたのだと思う。

一泊二日のこの依頼を通して、ラギさんがかなり行動的な人であること、好奇心旺盛《こうきしんおうせい》であること、多くの経験を積んできていること、そして彼が宣言していたとおり悪戯好きであることがわかった。様々なものに興味を引かれている姿はアルトと同じで、二人が魔導具などに目を輝かせている様は、実の祖父と孫のようだった。

アルトは今回の依頼で、ランクが1段階上がり黄の3の2になった。手の甲の紋様の色が少し変わったことが嬉しかったのか、何度も僕とラギさんに紋様を見せてくれていた。

そんな昨日までのことを思い出しながら歩いていたのだが、目的地へついてしまったので、思考を楽しい思い出から現実へと戻す。格式の高そうな建物の前で、ため息をついてから中に入った。

胸ポケットから、マーガレットさんから貰った封筒を取り出し、それを店主に差し出した。すると、店主は封筒を受け取り、僕の全身をざっと確認してから、部屋に案内してくれた。廊下を歩いている途中で人の声などなく、人の気配もほとんどない。

綺麗に整えられた部屋でしばらく待つようにいわれ、ソファーに腰を下ろす。店主がティーワゴンに用意されていた道具で紅茶をいれ、僕の前に置いてから静かに部屋をでていった。この部屋の隣から人の気配がするが、気付かない振りをする。

とりあえず、いれてもらった紅茶を飲もうと手を伸ばしたのだが、途中でやめた。その理由は、目の前に置かれたティーカップに視線を惹きつけられたからだ。

「飲まないの？」

僕が入ってきた扉とは、違う場所の扉が開く。聞き覚えのある声にソファーから立ち上がる。

「堅苦《かたくる》しい挨拶はなしにしましょう」

「承知しました」

「硬いわ！」

軽快に言葉を返しながら王妃が笑い、僕の前のソファーに座った。そして、マーガレットさんが王妃に紅茶をいれ、もう一人の女性が後ろに立った。名前は知らないけれど、この人も城で見たことがある。王妃を護衛していた、騎士の一人だったはずだ。

「セナ君、お久しぶり。前の姿と違うと聞いていたけれど、本当に違うのね。知らなければ町の中で会ったとしても、セナ君と気付かないわね」

それをいうなら、今の王妃も同じようなものだと思う。彼女はこの国でよく着られている服を身につけていて、化粧《けしょう》も控えめなものだったので、城で見た王妃とは別人のようだった。

「どうして、飲まないの？」

王妃は紅茶と僕を見て首をかしげながら、もう一度そう告げた。

「ティーカップが美しかったので、見惚れてしまったんです」

「あら、セナ君はこのカップの価値がわかるのね」

そういって王妃が、微笑んでカップに口をつける。つられて、僕もカップを運ぶ。

「美味しい……」

素直にそう感じ、もう一口飲む。

「そうでしょう？　きっと、セナ君が気に入ると思って、店主に紅茶をいれてもらえるように頼んでおいたの。私の知る中で、彼の紅茶をいれる技術はマーガレットと互角《ごかく》だから」

王妃の言葉に、マーガレットさんが嬉しそうに表情を緩めた。

「僕が紅茶好きなのを、ご存じだったんですか？」

「サイラスが話していたのよ。アリスちゃんは食べることが好きで、セナ君はお酒とお茶が好きだって。依頼の話をするのに、お酒はどうかと思ったから、お茶にしてみたの」

「ありがとうございます」

王妃は朗《ほが》らかに微笑み、マーガレットさんのいれたお茶を美味しそうに飲んだ。数口お茶を楽しんでから、王妃がカップを机に戻す。

「それじゃあ、時間が限られているから、単刀直入に話すわね」

「はい」

「建国祭当日、私と王様を監禁《かんきん》して欲しいの」

「……」

あり得ないことを、聞いた気がする……。

「依頼の内容を、もう一度伺っていいですか」

「建国祭当日、私と王様を監禁して欲しいの」

聞き間違いでは、なかった……。

「僕に死ねと仰る？」

「え？」

王妃が不思議そうに僕を見ているのが、不可解でならない。

「王妃様、単刀直入すぎますわ」

マーガレットさんが、コロコロと笑いながら王妃に意見しているが、僕には何がおかしいのか全くわからない。一国の王と王妃を監禁なんて、捕《つか》まったら間違いなく死刑になる案件だ。

「ああ、違うのよ！」

多分、目が点になっているだろう僕を見て、王妃があわあわと慌てだした。

「セナ君は、この国の建国祭のことを知っている？」

その問いに、ノリスさんとラギさんに聞いたことを簡単に話す。あと、秘密にされて教えてもらえないことも話した。

「そうね。その二人の配慮はとてもいいものだと思うわ！」

王妃が両手を軽くパチンと叩いて頷き、マーガレットさんともう一人の女性も同意するように軽く頷いていた。

「私はね、建国祭を皆で過ごしたいの」

「過ごされたらいいと思いますが。どうしてそれが監禁になるんですか？」

「そんな時間はないと、いわれたの」

まぁ、確かに……様々な後始末で、かなり忙しいのではないだろうか。

「毎日、毎日、何回も、何回も、話を聞いて欲しいとお願いしたのに、聞いてくれないのよ。キースには『私達は忙しいので、王妃様お一人で楽しんでください』といわれたのよ。それでも、話だけは聞いて欲しいといったら、ユージンに『時と場合を、考えて』といわれちゃった……」

王妃が、悲しそうに目を伏《ふ》せる。

「王様は？」

「『それどころではない』といわれたわ。最近は、執務室《しつむしつ》に出入り禁止になってしまって。私と口論する時間も惜《お》しいのか、食事も一人でとることになったし」

「正直、僕は王様達の言い分が正しいと思ってしまいますが」

「王様もユージン達も国を立て直すために必死に働いていることは知っているし、忙しくしているのも知っているわ。それが大切なこともわかっている。だけど去年はガイロンドのせいで、建国祭ができなかったのよ。だからこそ、ガイロンドの影響が薄れている今年は、建国祭をきちんと祝うべきだと思っているの」

「それは、リペイドの民の不安を払拭《ふっしょく》するためですか?」

王妃が、僕を凝視する。

「どうして……」

僕は、ノリスさんの言葉をそのまま彼女に伝える。

「そう……そうなのね。……すごく嬉しい」

王妃は、俯き肩を震わせた。そして、すぐに顔を上げて潤《うる》んだ瞳のまま綺麗に笑った……。

「セナ君」

「はい」

「建国祭はこの国にとって大切な日なの。リペイドの皆にとって特別な日なの……」

「……」

「本当は国民の不安を払拭するためという理由で、セナ君に依頼をするつもりだった。でも、私の本音はそれだけでもないの。セナ君に知って欲しくなったわ、聞いてくれる?」

そこから王妃は切々と自分の想いを聞かせてくれた。王様達がたどった紆余《うよ》曲折《きょくせつ》も少し話してくれた。どうして建国祭を皆で過ごしたいのかを、彼女はすべて語ってくれた。

「私の依頼を受けてくれる?」

「王様を監禁してどうされるんですか?」

「建国祭を皆で過ごせるように説得するの」

「……当日にですか?」

「建国祭は、夜からが本番なのよ。十分間に合うわ」

期待の目を向ける王妃に、今僕が思っていることを正直に伝える。

「申し訳ありませんが、現段階で王妃様のご依頼を承ることはできません」

「セナ君が罪に問われることはないと、約束するわ」

「確かに、それも理由の一つですが、建国祭までにまだ日にちがあるということが一つ。もしかすると当日までに仕事が落ち着き、話ができる機会があるかもしれません」

王妃は落胆したような表情を見せるが、すぐに笑みを浮かべた。その笑みがとても寂しそうに見えて、彼女が話す前に僕は続けて言葉を付け加えた。

「僕からも、サイラスにそれとなく建国祭の件を伝えてみます。もちろん、今日のことは他言しません。それでも……それでも、もし、何も変わらず、誰も王妃様の話に耳を傾けてくれないのであれば、そのときは、王妃様の想いを受け取らせていただきます」

「……本当に？　約束してくれる？」

「はい、お約束します。なので、強硬手段《きょうこう》にでる前に、もう少し頑張ってもらえませんか？」

「そうね。もう少し頑張ってみるわ」

王妃が深く頷いてから、真っ直ぐに僕を見た。

「ありがとう。セナ君」

「いえ。それと、僕の名前はセツナなので、これからはセツナと呼んでいただけると嬉しいです」

「わかったわ！　セツナ君」

そういって、王妃が煌《きら》めくように笑う。人の心を明るくする笑顔だった。そのあと少し近況を話し、後日の約束をして別れる。きっと、サイラスならユージンさん達に上手く伝えてくれるに違いないと考えながら、僕はノリスさんの店へと戻ったのだった。

家に帰り、皆で夕食を囲みながら、今日一日あったことをそれぞれが話していく。アルトはエリーさんからお菓子を貰ったらしく「おいしかった」と喜んでいた。ラギさんは、エリーさんの昼間の様子を教えてくれた。熱はまだ完全には下がっていないようだが、顔色は少しよくなっているらしい。ノリスさんからも同じことを聞いているので、順調に回復していると思っていいだろう。

僕からは、建国祭のことを話す。もっと早く話すつもりだったのだけど、色々あって忘れていたからだ。アルトは最初、建国祭といってもわからないようだったが、僕とラギさんの説明を聞いて、目を輝かせている。まぁ、アルトの興味の大半は建国祭でしか食べることができない料理に向いているのだけれど。

ちなみに、ラギさんもノリスさんと王妃と同じように、建国祭の催《もよお》し事について詳しくは教えてくれなかった。当日を楽しみにということだ。

多分この調子だと、サイラスも同じことをいうのかもしれない。昼間の王妃の話を思い出し、サイラスが、建国祭を楽しみにしていてくれるといいなと心の中で願い、手紙を書いた。明日これを城に届けてサイラスへ連絡《れんらく》をとろうと考えながら、僕は眠りにつくのだった。

翌々日、僕は昨日届いた紙を鞄に入れて、ノリスさんの店へいく。そして、雑貨屋などに売る花を数本売って欲しいとお願いする。お金はいらないといわれるが、商品なのだからといって受け取ってもらった。そんなやりとりをしたあと、準備を終え店を開ける。

それからしばらく、間隔《かんかく》があくことなく花を求めるお客さんが来店してくれる。お釣りがないように支払ってもらったり、帳面に記帳したり、掃除したりと忙しく働いていたが、昼前にようやく客足が落ち着いた。

「ノリスさん、少し席を外してもいいですか？」

「大丈夫ですよ」

彼に断りを入れてから、僕は持ってきた数種類の紙とリボンを取り出し、机の上に置いた。ノリスさんはそれを見て、首をかしげていたけれど、何もいわず黙ってくれていた。

購入した花を花桶から取り出して、花が美しく見えるように配置を考え整えていく。本来は保水をするべきだが、諦めて麻紐で簡単に縛り、机の上に広げた綺麗な紙の上に載せる。最初は1枚の紙でふんわりと包み、茎の辺りでリボンを結び、ワンサイドブーケと呼ばれる形の花束を作った。

上手にできたので、今度は色違いの2種類の紙を使って、同じようにワンサイドブーケを作る。1枚で包んだものよりもさらに華やかになり、とても目を惹く花束ができた。

我慢することができなくなったというように、ノリスさんが僕を呼んだ。

「セツナさん！」

「可愛くないですか？」

「可愛いです！　こんな、こんな装飾の方法を僕は初めて知りました！」

薄桃色《うすももいろ》と白色の紙で彩られた花束から、一瞬も目を離さずノリスさんがいった。

「僕にも、教えてください！」

花束から視線を外し、真っ直ぐに僕を見てそう告げる。

「はい、もちろんです」

もう一度最初から、ノリスさんと一緒に花束を作っていく。ノリスさんは僕の手元を見て花を整えていくのだが、二言三言注意点を教えただけで、僕と遜色《そんしょく》ない花束を作り上げた。

「印象が……花の印象がここまで変化するのか……」

自分で作った花束をしばらく眺め、そしてすぐに包装紙を取り外し、今度は2種類の紙を使って作り始める。それを数回繰り返しただけで、ノリスさんは手際《てぎわ》よく花束を作れるようになっていた。

印象が変わると呟いたきり、彼はここまで一言も話していない。ただただ、一心に花と向き合っていた。

「あ、すみません」

ハッとしたように我に返り、謝罪の言葉を口にする。

「夢中になってました。紙でここまで印象が変わるとは思っていなかったんです。というよりも、高価な紙をこんな風に使うことなど、思いつかなかったんです。……あっ、そういえば、セツナさんが用意された紙なのに、無遠慮に使ってしまって、ごめんなさい」

「このために持ってきたので、気にしないでください。ノリスさんとエリーさんの育てた花が本当に美しかったから、思いついたんです」

「そうなんですか？」

「はい。どうですか？　こんな感じで花束を売ってみませんか？　紙代……というより装飾代として別にお金をいただければ、贈り物として売れると思うのですが？」

もう、僕は鏡花に花束を作ってあげられないけど、この技術がノリスさんのお店に役立つなら、覚えた甲斐もあったと思う。

「……」

「花に想いを託しに訪れた人に、花の役割を最大限に引き出す一つの方法として、ノリスさんがお客さんに勧めてください。きっと、喜ばれますよ」

元の世界で、祖父が、両親が、鏡花が『元気になって欲しい』と想いを託して花を選んでくれていたように、彼らが育てた花はきっと誰かのためになる。

「ありがとうございます。これで、お店はさらに繁盛《はんじょう》すると思います」

「お礼はいいですよ。毎日、美しく花開く様子を眺めさせてもらってますし、これからはその咲いた花が、さらに綺麗に彩られるのを眺めることができるのですから」

僕の言葉にノリスさんが体を揺らし、そして次の瞬間お腹を抱えて笑いだした。それを見て、僕は面食らってしまう。

「もしかして、僕が接客しているときに、セツナさんがいつもこちらを見ていたのは、花が開くのを見たかったからですか？」

彼が接客しているときに、自分に仕事がなかった場合、僕はいつもその瞬間を目に映してた。

「そうです」

僕の返事にノリスさんが、また笑いだす。

「おかしいと思っていたんです。セツナさんは、もう仕事を完璧《かんぺき》に覚えているはずなのに、どうして、毎回僕の手元を見ているのか、不思議で不思議で仕方がなかったんです。はぁ、今、その意味がわかりました」

笑いすぎて苦しいといいながら、ノリスさんが目元の涙を軽く拭う。

「セツナさんは、本当に花が好きなんですね。でも、僕だけじゃ絶対に手が足りなくなるので、眺めてるだけでなく、セツナさんも手伝ってくださいね」

その日の営業が終わると、ノリスさんは紙とリボンをワクワクしたような表情で見つめ「エリーに持って帰ってあげよう」と呟き、嬉々として花束を作っていた。

◇6　【サイラス】

久しぶりにとることができた休暇《きゅうか》に少しの罪悪感を覚え、軽く息をつく。今頃、王宮ではユージンとキースが軍備予算の会議や報告書の作成、次にいくことになる視察の準備などで、忙しくしているはずだ。

あと2カ月もすれば収穫《しゅうかく》の時期を迎える。この時期よりもう少し前辺りから、毎年、各領地の視察を行っていたのだが、昨年はガイロンドの干渉《かんしょう》が酷く、自由に動くことができず腸《はらわた》が煮《に》えくり返る思いをしていた。今年はガイロンドの影響力を排除《はいじょ》できたので、視察がはかどりそうだ。

（釣りにいくといった俺に、ジョルジュとフレッドが殺気を飛ばしてきていたが……）

釣り竿《ざお》を片手に歩いていると、俺の事情に巻き込まれてリペイドまでくることになった二人のうちの一人が、俺を見つけて大きく手を振っていた。もう一人は、笑ってこちらを見ている。

「あ、さいらすさん！」

「よう、アルト、元気そうだな」

「さいらすさんは、つかれてそう?」

「昨日、視察から戻ってきたからな」

俺の言葉に「視察?」と首をかしげたアルトに、セツナが簡単に説明していた。

「疲れているなら、釣りはやめておく?」

セツナはそういうが、心配そうに俺を見ながらアルトの耳が微かに寝ている。洞窟の地底湖で飽きもせず魚を探していたぐらい、釣りが好きらしいから、きっと今日も楽しみにしていたはずだ。

「そんなやわじゃないから、大丈夫だ」

アルトを見ながらそういうと、セツナが苦笑しながら軽く頷いた。

「じゃあ、出発するか。俺の知っている場所でいいんだよな? 町に流れている川の上流になるんだが、少し歩くぞ?」

「うん!」

今から行く場所は、穴場中の穴場になるのだが、そう強くはないといっても魔物がでることもあるため、対処できる者しか連れていくことができない。ちなみに俺は、先輩《せんぱい》の付き合いで一度しかいったことがない。そんなことを話しながら、3人で目的地まで歩く。

道中、アルトに「さいらすさんの、とくいりょうりは、なに」と聞かれて「ない」と答えたら、悲しい顔をされたのはなぜなんだ。その理由を尋ねようにも、アルトの興味はそこから離れ、目的地だった場所についてしまい、聞くことができなかった。

「おー、きれい!」

澄んだ水の流れに、二人が目を細めて周りの風景を眺めていた。

「さかなはねてる！　たべられる、さかなかな？」

「どうだろうね。食べることができる魚が釣れたら、ラギさんに持って帰ろうか？」

「うん！　おれ、がんばる」

「ラギさんって、セツナとアルトに部屋を貸してくれている大家か？」

「そうなんだ。せっかく部屋を探してくれていたのに、相談することなく決めてごめん」

「いや、気にするな。お前達によくしてくれる人なんだろう？」

俺の問いに、アルトがラギさんのことを詳しく教えてくれた。その話しぶりから、アルトがかなりその大家に可愛がられていることを知った。人見知りが激しそうなのにここまで懐いているのは、同じ狼《おおかみ》の獣人族だからだろうか。まぁ、喜ばしいことだから、気にすることもないか。

「そういえば、さいらすさんは、どこにすんでいるの？　おしろ？」

アルトの問いに、どう答えるべきか悩み、隠す必要もないかと本当のことを話す。

「今は、城に部屋をもらって住んでいるな。俺が追放されている間に、俺の金が家族だった奴らに没収《ぼっしゅう》されて、家まで売り払われてしまったから、帰る場所がなくなったんだ」

「……」

「……」

「あれだ、内密の使命だっただろ？　ユージン達も何もいえなくてさ。かなり謝られた」

「かぞくに、うられたの？」

「ああ、そうだ」

アルトが不快そうな表情を作っているのを見て、苦笑する。

「元々、家族との折り合いが、悪かったんだ。だから、家族との決別を望んだ。あの家に戻っても、竜の加護を利用しようとするだろうからな」

「さびしくないの？」

「今は、もう寂しくはないな」

「そっかー。おれに、ししょうや、じいちゃんが、いるように、さいらすさんにも、ゆーじんさんたちが、いるもんね」

その言葉に、心の中にあった小さなわだかまりが薄れていく。

「そうだな」

アルトの頭に手を伸ばし乱雑に撫でると、眉間にしわを寄せて睨まれた。きっと文句をいわれるだろうと思っていたのだが、アルトが文句をいうよりも先にセツナが口を開いた。

「そろそろ魚を釣り始めないと、時間がなくなるよ」

アルトがハッとしたようにセツナを見て、次に、キョロキョロと周りを見渡し一点を見つめたと思ったら、自分の気配を薄くしてそちらへと歩きだす。

「おれ、あそこでつってくる！」

「魔物への警戒を、忘れないようにね」

「けっかいしんさすから、だいじょうぶ」

釣りをするためだけに高価な魔導具を使うのかと驚いたが、まだ子供のアルトが安全に釣りをするためには必要なのだろう。いや、あいつならこの辺りの魔物など苦もなく倒すだろうが。

「なぁ、アルトはなぜ気配を薄くしたんだ?」

「魚に逃げられないためかな」

「あー……。魚を釣るのにそこまでするのか」

「気配を消す訓練になるからね」

「……」

遊びにまで訓練を取り入れているのかよと思いながらも、確かに一理あると思ってしまった。

「だから魚釣りをしているアルトに近づくときは、気配を消していかないと怒られるよ。あと、そばで騒《さわ》ぐと眉間にしわを寄せられるので、注意してね」

セツナが小さく笑いながらそう俺に忠告してくれる。まぁ……あれだけ魚釣りに真剣に向き合っているアルトに、ちょっかいをだす気はない。


自分達の視界にアルトを入れながら、のんびりと釣り糸を垂らし、近況などをセツナと話す。俺からは、ユージンについて魔物を討伐しながら、各領地を巡っている話をした。一国の王子に同行する視察より、セツナ達との旅のほうが快適だったということを話す。

「アルトはまだ子供だし、食事や睡眠などの不足がないように気を付けているからかな」

「そうだろうとは、思っていたけどな。俺は、野営であんな美味《うま》いものを食ったことはなかったたし、凶暴《きょうぼう》な魔物がいる森の中で熟睡したこともなかった……」

正直、領地を巡る際の料理が不満で仕方がないが、これればかりはしょうがない。これ以上、俺のことを話すと愚痴になりそうだ。

「お前は、どうだ。リペイドでの暮らしには慣れたか？」

「かなり、充実した日々を送っているよ」

二人が世話になっているラギさんという人に、町案内をしてもらった話を聞き、俺の知らない店の情報なども聞いた。セツナの話と俺の記憶とを照らし合わせながら、お勧めの店を紹介しておくことも忘れない。

「そういえば、何か依頼は受けているのか？」

「長期の依頼が一つと、アルトと一緒に遺跡の保全依頼を受けたかな」

そういえば学者だと話していたことを思い出し、遺跡の保全とはどんなことをするのかを聞く。

俺には到底無理そうだ。細かい作業は好きじゃない。

「そうか、長期の依頼ってのは……」

「ししょう、おなかすいた！」

こいつが受けている依頼についてもう少し詳しく聞こうと思ったのだが、アルトが空腹にたえかねてこちらに走ってきたので、話を打ち切ることになった。昼食をとるために、ゆっくりと座れる開けた場所へ移動する。そこに薄手の敷物《しきもの》を敷《し》き、セツナが持ってきてくれた食事が所狭《ところせま》しと並んだ。自分達で作ってきた物、屋台で買ってきた物、本当に様々な料理が並ぶ。

旅の途中でも思っていたが、セツナが作る料理は俺が食べたことのないものも多く、食べることができる薬草や香辛料《こうしんりょう》なども惜しむことなく使われている。さらにこいつの腕がいいものだから、すこぶる美味いのだ。アルトが食べることに夢中になる理由の大半は、セツナが原因だと思われる。

美味そうな料理を目にすると現金なもので、途端に腹が減り始める。アルトと競《きそ》うように食べていると、呆れたような目を向けられたが、気が付いていない振りをした。あらかた平らげ、アルトは、また釣りへと戻っていった。本当に、釣りが好きなんだな。

俺はといえば、疲れと腹が膨《ふく》れたことで、強烈な睡魔に襲われかけている。

「結界も張ってあるし、僕が警戒しておくから、少し休んでも大丈夫だよ」

「大丈夫だ」

そういいながらも暖かい日差しと、穏やかに流れる風、水の流れる音が眠気《ねむけ》を増幅《ぞうふく》させていた。

セツナがいれてくれた薬草茶を懐かしく思って飲んでいると、セツナが話題を振ってきた。

「4の月に建国祭が催されると聞いたのだけど。残念ながら、僕の周りの人は詳しくは教えてくれなかったんだよね」

詳しく教えてくれなかったという理由を聞き、思わず笑う。それは俺も話すわけにはいかない。周りの人間が、こいつを楽しませようと思ってのことだろうから。

「サイラスは建国祭は、どう過ごすつもり？」

「建国祭か……。正直、それどころじゃないんだよな」

ここ最近の出来事を思い出して、思わず眉間にしわが寄る。

「城の人間は、誰も彼もが忙しい。俺は内政に口を出すことはできないが、リヴァイル様から加護をいただいただろ。今までなら国王様に同行することはなかったんだが、俺が護衛としてつくことも多くなったんだ」

「そうなんだ」

「国王様だけでなく、文武百官、とにかく大忙しだ。しなければならない仕事が、多すぎる」

「ずっと走り続けるのも、疲れるものだよ。建国祭の数時間、休息をとるのもいいと思うけど」

ユージンやキースの机の上に重ねられた書類が、脳裏に浮かぶ。確かに働きすぎだとは思うが。

「休息な……」

「せっかくの建国祭なのだから、気心の知れた人と楽しめばいいんじゃないのかな」

「お前も、王妃様と同じことをいうんだな」

セツナの言葉で、ここ最近の王妃様の言動を思い出し、苦々しい気持ちが湧き上がる。

「王妃様？」

「そう。ここ最近ずっとお前と同じことを、国王様やユージン達に話してる。そのたびに、ユージン達の仕事が中断されるから、二人はかなり迷惑をしている」

「王妃様にも、何かお考えがあるんじゃないの？」

「考え？　ないない。ただ、皆で遊んで、過ごしたいだけだろう。王妃様は楽しいことがお好きだからな。一緒に食事をとか、話をしようとか、この服を着てくれとか」

途中まで話して、ため息がでてきた。

「くそ忙しいときに、自分が遊びたいからと、人を巻き込むのはやめて欲しいんだよな」

「遊び？　王妃様がそういったの？」

「聞かなくても、わかるだろう？」

「それは、聞いてみなければわからないでしょう？　それだけ、一緒に過ごしたいとお願いしているなら、王妃様のお気持ちを、きちんと聞いてあげるといいんじゃないかな」

「そんな時間ねぇよ……」

ユージン達は、食事をとる時間さえ惜しいといって働いているんだ。座っているのが辛くなり、後ろへと倒れる。空の青さが目に滲《にじ》んだ。

「少し時間をとって話し合えば、お互い気持ちよく過ごせるようになるんじゃない？」

「お前は、王妃様の肩を持つんだな。余計なことに割《さ》く時間なんてねぇんだって」

寝転がったことで、本格的に睡魔が俺を襲う。

「建国祭は、大切な日なんじゃないの？」

やけに静かなセツナの声が、耳に届く。

「確かに、1年に一度の祭りだけどな。来年もあるだろう？　楽しめる奴だけ楽しんだらいいんだよ。だから、お前は楽しめよ。俺達の分までさ」

「サイラス。建国祭をリペイドの民は、とても大切にしているよ」

「そうだろうな。その日は……美味いものが食えるし……かなり賑やかな一日になる」

去年も城の外で、国民が沸いていた声を聞いている。俺達は、それどころじゃなかったが。国民のその笑顔を守りたくて、俺達は頑張っているんだ。

「……王妃様も、ユージン達に構わず……楽しめばいいんだ……」

そう呟いたあと、俺はそっと目を閉じる。

「王妃様にとって、建国祭は遊びではないよ、サイラス」

霞《かすみ》がかかったような意識の中、どこか遠くでセツナの声が聞こえたような気がした。

「リペイドの民にとって、建国祭は……」

セツナの言葉をすべて聞くことなく、俺の意識は眠りの中へ落ちていった。

目が覚めると、体の上に毛布がかけられていた。あいつが移動したことさえ、気が付かなかった。まぁ……共に旅をして、セツナの強さは身にしみて知っている。今更の話だろうと考え、二人を捜すと、少し離れた場所で相変わらずアルトが釣りをしていた。セツナはアルトより川下で、せっせと魚をさばいているようだ。

「アルト」

気配を消して、声量を落とし声をかける。

「あ、さいらすさん、おはよう」

「おはよう。釣れたか？」

「うん。じいちゃんに、おみやげできた」

嬉しそうに尻尾を振り、セツナの方を見た。すると、その視線に気が付いたセツナが「アルト、そろそろ片付けてね」と声を張る。

「はい」

素直に返事をして片付け始めたのだが、その目や耳と尻尾はアルトの感情を大いに反映していた。その姿があまりにもしょんぼりしていて、思わず声をかける。

「また、くればいいだろう？」

「でも、さいらすさん、いそがしいでしょう？」

「確かに忙しいが、頑張ってアルトと釣りにいく時間を作るさ」

「うん」

嬉しそうなアルトの表情に、胸の奥で何かが引っかかったような気がしたが、少し考えてもわからなかったので、諦めた。

町まで戻り、釣った魚を早くラギさんに届けたいというアルトの希望で、夕飯を食わずに別れることになった。一緒に釣りにいったにもかかわらずほとんど寝ていたことを謝罪すると、二人とも疲れていたんだから、気にしてないと笑ってくれる。

アルトに手を振り、また会う約束をしたところで、セツナが俺にジェルリートの花を1本、差し出してきた。

「知り合いに花を頂いたので、お裾分けです」

「男から花を貰ってもな、まぁ、ありがとな」

ジェルリートの花言葉は『感謝』だ。今日のお礼だろうと思い、ありがたく受け取った。貰った花を胸元のポケットにさし、城にある自分の部屋に戻る。侍女に花瓶《かびん》を用意してもらい、そこにジェルリートの花をいけた。穏やかに咲く花を眺めながら、何かを思い出さなければならないような気がしたのだが、思い出せなかった。

◇7　【セツナ】

サイラスとの釣りは、僕にとって苦い時間となってしまった。王妃と会う前は釣りを楽しむつもりだったが、依頼のこともありそちらを優先させた。彼女のことを秘密にし、かつ彼女の代弁者とならないように話すのはなかなかに骨が折れた。それにもかかわらず……。

「……」

朝食を作りながら、小さなため息がこぼれ落ちる。サイラスは、僕が渡したジェルリートの意味に気付いてくれるだろうか？　王妃と向き合うようにユージンさんに話してくれるだろうかと考えて、昨日の様子では無理だろうなと結論づける。

最初から否定していては、見えるものも見えなくなってしまう。それだけ忙しいというのはわかるけれど、それでもサイラスは、アルトと魚釣りにいく約束をしてくれた。その時間を少しだけ、王妃に回してくれたらいいのにと思う。

王妃の言い分もわかるし、サイラスの言い分もわかる。彼女の想いを忙しいという言葉で切り捨てるのではなく、もう少し王妃に歩み寄ってくれればと、なぜそこまで我を張るのかということに気付いてくれればと思うのだ。

僕の脳裏に寂しそうに笑う王妃の姿が蘇る。次に彼女と会う約束までは、まだ時間がある。彼女の想いがユージンさん達に届くようにと、僕は心の中で願った。


そんな気持ちを引きずりながらも、仕事は毎日やってくる。僕は、今、修羅場《しゅらば》の中にいた。その原因は、窓際《まどぎわ》に飾られた一つの花束だ。ノリスさんによって綺麗に包装された物が、美しく見えるように飾られている。そして、その花束の下に『花束の包装を、始めました』という文言を黒板に書いて、宣伝していた。

僕達の予想では、包装紙やリボンにもお金がかかることから、数人に一人ぐらいだろうと思っていたのだけど、ノリスさんが花の補充に向かい一人で店番を始めて少し経った頃から、ひっきりなしにお客さんが続いた。

手が足りなくて、外に人だかりができているのも知っている。その中には、人が集まっているから見にきている人もいるのだろうが、いかんせん一人で回しているものだから、説明しにいくこともできないでいた。

店外から聞こえてくる声に、お客さん以外は解散してもらうように話しにいくべきかと思ったとき「何の騒ぎだ」という声と同時に、ガヤガヤとしていた声がピタリと収まった。

「店主はいるか？」

その声と共に、店内に入ってきたのは一人の騎士だった。

「申し訳ありません。店主はただいま不在です」

「……セツナ殿《どの》？」

微かに目を見張り、僕の名前を呼んだのは、お城にいったときに紹介された、ユージンさんの第二騎士であるジョルジュ様だった。

「どうしてここに？　いや、その前に店の騒ぎの件を聞きたいのだが」

どうやら見回りの途中で、人だかりを見つけ何かあったのかと心配になってきてくれたようだ。

僕は、簡潔に理由を話していく。

「今日から、花の包装を始めたんですが、思いのほか、お客様の興味を引いたようなんです」

「花の包装？」

ジョルジュ様が不思議そうに軽く首をかしげたので、窓辺に飾られている花束に手を向けた。

「美しいな。あの花束を売っているのか？」

「はい。お好きな花で、花束をお作りいたします。その際、包装に使う紙とリボンの料金は、別途お支払いいただくことになりますが」

「そうか」

花束から目を離さずそう答える彼を見ていると、僕の視線に気付き、首を横に振った。

「いや、なんでもない。外にいる者達には、私から解散するように告げておこう」

「いえ、僕が……」

「貴殿《きでん》は、お客の相手をされるほうがいいだろう」

「ありがとうございます」

ジョルジュ様は軽く頷くと、店の外にでていった。それからは、ジョルジュ様の注意が効いたのか、購入の意思のある人だけが店の周りに残ることになった。

僕は彼に感謝しながら、せっせとお客さんの要望に応えていく。しばらくして、ノリスさんが慌てた様子で店に帰ってきてくれたので、巡回の騎士に助けてもらったことを伝えてから、二人で修羅場を乗り越えた。

「はぁ、セツナさんお疲れ様でした」

外にだしてあった空の花桶を手に、ノリスさんが疲れきった声をだす。

「大変でしたけど、楽しかったですね」

「あの忙しさを、楽しいといえるんですか？」

「思いついたことが上手くいくと、爽快《そうかい》じゃないですか？　こう……高笑いしたくなるぐらい？」

冗談でそういうと、ノリスさんが吹き出して笑う。そんな風に、ノリスさんと軽口の応酬《おうしゅう》をしながら店仕舞いを始めると、誰かが近づいてくる気配を感じる。

顔を上げてそちらの方を見ると、ジョルジュ様が軽く息を切らして僕達の前にくる。昼間と違い、今の彼はどうも顔色が悪いように感じられた。

「すまない。花を売ってもらいたいのだが」

「申し訳ありません、今日はもう閉店なんです」

ノリスさんが緊張しながらそう答えると、さらにジョルジュ様が顔色を悪くして、肩を落とした。その様子を気の毒に思ったのか、ノリスさんは彼に声をかける。

「とりあえず、中にお入りください」

これ以上、来客がないようにするため、ジョルジュ様を中に入れて扉を閉める。それが済むと、ノリスさんは微笑みながら話しかけた。

「どのような花がご入り用ですか？」

「今日から婚姻《こんいん》申し込みの儀が始まるんだが、そのための贈り物を探していた。昼にこの店の花束を見たときに、これだと感じたのだ。花には詳しくないので、選んでくれると助かる。欲をいえば、12日間、枯れずに咲き続けてくれる花がいいのだが」

僕は婚姻申し込みの儀というものがわからず、カイルの情報を検索してみると、リペイドの貴族の風習の一つだということがわかった。

女性に求婚し是《ぜ》の返事を貰った男性が、12日間、女性の元に通って贈り物を捧げ、毎日、この婚約に否がないかを問い続ける。そして最終日には、お互いの両親、親族、友人を招き、その前でもう一度女性に求婚を行い、互いに永遠の愛を誓《ちか》うというもののようだ。

その際に、今まで贈った物を集まった人にお披露目することになり、下手な物を渡していると、後々までの笑い者とされるらしい。そんな一生に一度のお祝い事を笑われるなんて、僕なら絶対にたえられない。

「申し訳ありません。花束に使う切り花は、今日は売り切れてしまいました。それに、私の店では12日間も咲き続けられる切り花は、扱っておりません」

「そうか……。きっと彼女は喜んでくれるだろうと思ったのだが、残念だ」

「それでしたら、7日後にいらしてください。婚姻申し込みの儀に相応《ふさわ》しい花を用意してお待ちしておりますから」

「ありがとう、そうさせてもらう」

ジョルジュ様は礼をいったあと、ため息混じりに独りごちる。

「とりあえず、贈り物の一つはなんとかなったが、問題は今日の分だな……」

その言葉を聞きつけて、ノリスさんがジョルジュ様を凝視する。

「ちょっと、待ってください……。まさか花以外は、何を贈るか決めてないということですか？」

ものすごく居心地《いごこち》が悪そうに、彼は肩を揺らしながら頷く。それを見て、ノリスさんは頭を抱えてしまった。おそらく優しいノリスさんのことだから、相手の女性に同情してしまったのだと思う。

「ここ最近は色々あり、婚姻申し込みの儀のことを、すっかり忘れていたのだ」

彼もサイラスと同じでユージンさんの騎士だ。日々、かなり忙しい思いをしていたのだろう。自分のことを後回しにせざるを得ないほどに……。

「彼女……ソフィアというのだが、ソフィアに愛情がないわけではない。信じてもらえないかもしれないが……。婚姻申し込みの儀で、私だけが笑われるのならば構わない。忘れていたのは私なのだから、自業自得《じごう》だろう。だが、なんの落ち度もないソフィアが笑われるのは、申し訳なくてたまらない」

その光景を想像したのか、彼の眉間に深いしわが寄る。その気持ちは、僕にも共感できる。

「そういうことなので、これで失礼する。これから、他の物をあたってみるつもりだ」

そういって、ジョルジュ様が店をでようとする。

「もうこの辺りの店は、ほとんどが閉まっているはずです。開いているのは飲食店ぐらいで、贈り物を扱っているような店は、開いていないと思います」

暗い時間に外を歩くのは危険を伴《ともな》うため、日が沈む前に帰宅できるように店を閉めることが多い。

ノリスさんのいうとおり、今から店を回っても、いい物が見つかるとは思えない。

「……それでも、探さなければ。私は彼女を悲しませたくはないし、笑っていて欲しいと思っている。こんな私がいえることではないのだが」

深くため息をつきながら、そう告げるジョルジュ様を見て、なんとなく、彼のために何かできないかと考えてしまう。僕もトゥーリにはずっと笑っていて欲しいと、心から想っているので。

「よろしければ、しばらくお待ちいただくことは、できますでしょうか？　今から、花束用の花を摘んできます」

多分、ノリスさんも同じことを考えたのだろう。

「12日も保《も》つ花となると、1種類しかなく、しかも今はつぼみの状態です。明日の朝から咲き始めるので、明日から売り出そうとしていたのですが、背に腹は代えられません。『明日の朝に花が咲く特別な演出だ』とおっしゃって、手渡してください。それで、今日分の贈り物は、しのげると思うのですが？」

「……頼んでいいのだろうか？」

ジョルジュ様が返事をする一方で、僕はその話がきっかけとなって、別のことを思い出していた。それは、『12日間』と『花』という単語で導き出された記憶だった。そしてすぐさま、僕の中で一つの発想に生まれ変わる。その思いつきは、この状況を打開する奇跡の手段に思えた。

ただ、それを実現するには、時の魔法が必要だった。「口にするべきではない」と理性が警告を発し、僕はその試みを心の中にしまい込むことにした。

「どんな花だろうか？」

「新種の薔薇なのですが……」

「ラグルートローズとシンディーローズが花開くんですか？」

思わず二人の会話に口を挟んでしまった僕に、ノリスさんが嬉しそうに頷いた。

（あの薔薇が花開くのか。それは、一生の想い出になるだろうな。僕もできることなら薔薇を贈って、トゥーリに見せてあげたい）

そんな想いが心の中で自然と湧き上がり、諦めようとした心を揺れ動かした。

「すまない。ラグルートローズとシンディーローズとは？」

ジョルジュ様の問いにノリスさんが、嬉しそうに僕に教えてくれたことを語り始めた。それを聞いていると先ほどの思いつきが蘇り、それどころか、咲く花があの薔薇だと知ったことで、その期待はさらに高まってしまった。

「店主殿。その薔薇は、明日の朝いつ頃花開くのだろうか?」

「申し訳ありません、明日の日の出前としかいえません」

「そうか……。彼女にそれを伝えると、一睡もせずに眺めていそうだ」

ジョルジュ様の言葉に、彼女の気持ちがわかるというように、僕もノリスさんも深く頷いた。

「手渡すときに、きちんと睡眠をとるように注意して渡すことにしよう。それでも寝ずに見つめていそうだが」

(せめて、時の魔法以外で代用できれば……)

しかし、そんな都合のいい方法など、ありはしなかった。僕の見た情景を実現させるには、花桶からだした薔薇が長い間つぼみであり続けることが絶対条件で、その制御は、どう考えても時の魔法で行うしかなさそうだ。

(開花の時間を制御する時の魔導具を創って……。いや、駄目だ。開花が制御できることを知って、僕はノリスさんの前で驚いてしまっている。前もってそんな魔導具を持っていることにしたら、驚いたことが不自然になってしまう)

どうしようかと悩み、一度目を閉じる。時の魔法を使えることを明かせば、先ほどの情景を形にできる。ソフィアさんが徹夜《てつや》する必要もない。そして、トゥーリにつぼみの状態の薔薇を届けることができる……。

「では、その薔薇を用意してもらってもいいだろうか?」

「では、シンディーローズをご用意いたしますね。真紅《しんく》の薔薇の花言葉は『貴方を愛しています』

なので、ぴったりだと思いますから。咲いている花を見て判断していただけないのが、恐縮ですが」

「構わない。先ほどもいったように、店主を見込んで任せたのだから」

二人の間で話が終わりそうになり、僕はいてもたってもいられなくなった。

「ジョルジュ様」

僕に声をかけられ、セツナ殿？」

「なんだろうか、セツナ殿？」

……僕がしようとしていることは、元の世界のダーズンローズという習慣から得た発想。『12の意味を持った12本の薔薇を、恋人に贈る』という点は踏襲《とうしゅう》しつつ、違った形にしようと思っている。もっとも、12の単語をすべて正確には思い出せないので、最初から再現は無理なのだけど。

「複数本の花を、同時に好きな時間に咲かせる魔法を開発したんですけど、試してみませんか？　ただ、独自の魔法なので秘匿《ひとく》にしたいので、黙っていていただきたいのですが」

「そんな魔法があるのか……。私としては、ありがたい話だな。誰にもいわないと約束しよう」

「僕も、黙っていることを約束します」

「ありがとうございます。本番前に、念のためその魔法を使ってみたいのですが、つぼみの花を一緒にとりにいってもらえませんか？　ノリスさん」

「それなら、わざわざ畑にいかなくてもエリー用の花を譲りますので、それでどうですか？」

「ノリスさんさえよろしければ、お願いします」

僕の返事に彼はにっこり微笑んで、馬小屋の荷馬車からとってくると立ち上がった。しかし、何かを思い出したのか、動きを止める。

「全く関係ない話なのですけど、お二人はお知り合いだったんですか？」

先ほどジョルジュ様の名前を口にしたから不思議に思ったのだろうと思い当たり、事情を説明しようとした。しかしそれより早く、ジョルジュ様が口を開く。

「友人に紹介されて、一度、セツナ殿とは会ったことがあるのだ」

「そうなんですね。セツナさんが騎士様のお名前をご存じでしたので、ちょっと疑問に思ってしまったんです」

「なるほど。だが、この店でセツナ殿に会ったのはただの偶然ではあるが、彼には今回も助けてもらうことになりそうだし、よほど、縁があるのだろう」

ジョルジュ様の言葉に、僕は首をかしげる。そんな覚えは、僕にはなかった。

「私が勝手にそう思っているだけなので、気にしてくれるな」

その理由を聞く前に彼は僕を見て軽く首を横に振ったため、それ以上聞くことはできなかった。

「そんなことより、これから私は世話になる身なのだから、かしこまらないで欲しい。敬語も不要だ」

「わかりました。ジョルジュさんと呼ばせてもらいます。僕のことはノリスと呼んでください」

少し疑問に思いながらも、僕もノリスさんに続いてセツナと呼んで欲しいと伝え、ジョルジュさんは、頷いた。

しかしノリスさんが店をでていくと、先ほどの話がなかったかのように、ジョルジュさんは僕に声をかけてきた。

「セツナ殿。私はずっと、貴殿に礼がいいたかった」

そういって、彼はゆっくりと丁寧に騎士の礼をとった。彼の気持ちが伝わってくるような本当に綺麗な騎士の礼だ。

「サイラスを、リペイドに帰してくれたこと、心から感謝している」

彼は周りの気配を探るように警戒しながら、話を進めていく。念のため結界を張り、僕達の声が外に聞こえないようにしておいた。

「さっきは、ノリスがいたので、話すことができなかった」

確かに、それは話せない。

「私は……サイラスの騎士の証《あかし》が破棄《はき》される瞬間を、目の前で見ていたのだ」

ジョルジュさんが、何かにたえるように拳を強く握りしめた。

「それが間違いだとわかっていても、命じられれば任務を遂行《すいこう》するのが騎士だ。だが、心が悲鳴を上げないわけではない……。あの日からずっとサイラスの声が耳に残り、彼の絶望からくる体の震えが私の手に残っていた。何もかもが抜け落ちたサイラスの姿は、脳裏から消えることがなかった」

ああ、そうか。サイラスが暴れないように押さえ込んでいる役を、ジョルジュさんは命じられたのか。彼もまた……あの出来事に傷ついた一人なんだ。

「同僚《どうりょう》であり、私の友でもあるサイラスに、私は何もしてやることができなかった。毎日、無事を祈ることしかできなかった。生きていて欲しいと……」

「……」

「サイラスを追放した意味を、国王様から聞かされたあと、覚悟をしていたのだ。友を失う覚悟をしていた」

視線を落とし、ジョルジュさんの表情が消える。

「帰城したサイラスは、笑い方が変わった。食べ方が変わった。訓練の身の入れ方が変わった。戦い方が変わった。私が気が付くだけでそれだけの変化がサイラスにあったのだ」

「……」

「あの短い期間で、人をこれほど変えてしまうほどの経験とは、どんなものなのだろうかと想像したが、できなかった」

軽くため息をついて、彼は続ける。

「そんな経験をしてきたにもかかわらず、あいつは何一つ恨《うら》み言をいうことはなかった。それどころか『憎まれても仕方ない、もう、友とは思ってくれないだろう』と覚悟していたのに、私達に接するその態度は、今までと変わらなかった」

まるで恨み言をいって欲しいような話し方に、小さな行き違いがあるような気がした。サイラスは最初から誰も恨んでいなかったように見えたし、憎んでいるようにも見えなかった。ただ彼の本当の気持ちは僕にもわからないので、見てきたままのサイラスの姿を伝える。

「サイラスはずっとリペイドの騎士であろうとしていました」

ジョルジュさんが、静かに僕と視線を合わせた。

「騎士の証を破棄されていても、リペイドを追放されていても、サイラスの心はずっとこの国の騎士でした。彼の忠誠は一時も揺らぐことなく、この国に捧げられていた」

彼はまじろぐことなく、僕を凝視した。そして歯を食いしばり俯いた。

「そうか。そうだったのだな。私もサイラスもリペイドの騎士だ。主君の任務を遂行する騎士だ。そこに、恨みはない。憎しみもない。あるのは、騎士としての生き様だけなのだから」

そういって、彼は自分の腕に手を当てた。そこには、サイラスと同じように騎士の証が刻まれているのだろう。短くない静寂のあと、ジョルジュさんが顔を上げゆるりとした笑みを浮かべた。

「ありがとう」

この一言に、彼の万感《ばんかん》の想いが込められているように感じた。僕は頷いてその気持ちを受け取ったのだった。


しばらくして、控え室に移って待っていた僕達の元へ、ノリスさんが戻ってきた。息を切らしている彼に、ぬるめのお茶を用意する。

「お帰りなさい。お手数をおかけします」

「セツナさん、ただいま。気にしないでください」

椅子に座ることなくお茶を飲み干したあと、ノリスさんが花桶を僕に渡してくれる。

「それで、セツナさん。これからどんな魔法をかけるんですか？」

その問いには答えず、花桶の中に入っているリシアンサスに触れて、僕は時の魔法をかける。淡い光が花を包み込み、徐々にその中へと溶《と》けて消えていった。

二人が僕の手元を見つめるなか、花桶からリシアンサスをそっと抜き取った。

「え……？」

「……」

普通は花桶から取り出すとその場で花が開くのだけど、リシアンサスが開花することはなかった。

「問題なく魔法が使えたので、本番も大丈夫だと思います」

魔法が上手く作用していることで、想い描《えが》いた光景を実現できると、僕は確信を得た。そして、二人が驚いてくれたのが、楽しかった。ジョルジュさんは目を点にし、ノリスさんの視線は、リシアンサスから全く離れない。

「これはなんの魔法だ？　セツナは風使いだと記憶しているが……」

「時の魔法を使いました。この花の時間を止めて、つぼみが開かないようにしたんです」

「……」

今度はジョルジュさんが目を見張り、ノリスさんが首をかしげた。

「時の魔法？」

「……セツナさん、その魔法はとても珍しい魔法じゃないんですか？」

ここで、自分の失敗に気付く。……二人の反応で、それに気付かされた。

時の魔法を見た彼らの反応は、そのまま僕の描こうとしている光景を見た人の反応といえる。そこから魔法の話は広まり、多くの人が魔法やその使い手に興味を持ちだすことは、想像に難くない。

それが、僕にどのような影響を及ぼすのかということは、当然考えていた。だからこそ『二人が黙っていてくれれば、影響はでない』という認識のもと、約束を結び、魔法を使った。そのこと自体は、間違っていないと思う。

問題なのは、ノリスさんとジョルジュさんに対して、時の魔法を使うことを濁《にご》していたことだ。

それは、二人を驚かせたいという単純な気持ちからだったが、それが大きな間違いだった。口外しない約束を交《か》わしたとき、二人はこのことを考慮したわけではなかった。もし、その約束を守るのには多大な心労がかかると知ったら、僕と約束をしてくれただろうか。結果的に僕は、二人を欺《だま》しただけではないだろうか。自分の行動の軽率《けいそつ》さが、許せなかった。

「申し訳ありません。僕はきちんと魔法の説明をしてから、約束をするべきでした。口外しないことで、お二人には多大な負担をかけることを、想像できていなかったのです」

「……」

「先ほどの約束は、なかったことにしてください。もちろんジョルジュさんの件は、このままお手伝いさせていただきます。その上で、時の魔法のことを聞かれることがありましたら、僕の名前をだしていただいて、構いません」

二人に頭を深く下げる。

「セツナさん、頭を上げてください。僕は誰にもいいません。約束したときに、それがどんな面倒事だろうと黙っている覚悟はしていましたから。恩人のセツナさんが困ることになるのなら、喋《しゃべ》りません」

「私もノリスと同じだ。元々、私が無理をいったことが原因なのだから」

「……ありがとうございます」

二人の厚意に感謝をしながら、僕は頭を上げたのだった。

「それでセツナさん、そのリシアンサスは、どうやって開花させるんですか？」

部屋の中の微妙《びみよう》な雰囲気を振り払うように少し明るい声で、ノリスさんが僕が持つ花を指差す。

「じゃあ、咲かせてみましょうか」といって、僕は持っていたリシアンサスを彼に渡した。

「本当に花が開かないんですね……」

ノリスさんがリシアンサスを目の前まで持ち上げ、くるくると回しながら確認しているところで、僕がパチンと指を一つ鳴らした。

するとつぼみのままだったリシアンサスが、まさに彼の目の前でふんわりと花開く。

「うわぁ……」

「……」

ノリスさんが目を細めて感嘆《かんたん》の声を上げ、ジョルジュさんはリシアンサスに視線が釘付けになっていた。

「セツナさん、これは……これは、すごいですね！」

彼の言葉に笑いながら、頷く。

「僕の合図や時間を指定することで、時の間法を解除することでできるんです」

「これを、シンディーローズでやるんですね!!」

その声が少し震えているのは、僕のようにその情景を想像したからだろうか。

ノリスさんが落ち着いたのを見計らって、僕は自分の発想を話していった。12本の薔薇を使った演出を……。説明していくにしたがって、ノリスさんの目は輝きを増し、ジョルジュさんは耳まで赤くして動かなくなった。

「私が、それを実行するのか……？」

「僕はいい考えだと思います！　すごく、記憶に残りますよ！」

ノリスさんが、ジョルジュさんの背中をぐいぐいと押している。

「しかし……」

僕の言葉に彼の瞳が揺れる。耳を赤くしたまま、机に両肘《りょうひじ》をつき頭を抱えて悩み始めてしまった……。ここまで一言も、ジョルジュさんは否定的な言葉を口にしていない。では、何を悩む必要があるのかというと、そこはただ単に、僕の考えた演出を実行するのが照れくさいだけなのだと思う。

しばらく逡巡《しゅんじゅん》していた彼は、それでも、自分の気持ちに折り合いをつけたのだろう。そっと顔を上げた彼の表情は、覚悟を決めた男の顔をしていた。やはり、耳は赤かったが。

「どうかよろしく頼む」

「はい」

「はい」

ジョルジュさんの返事を受けて、シンディーローズを摘みに、ノリスさんと僕は畑へ転移する。畑につくとノリスさんは、薔薇園を見渡しシンディーローズのつぼみの中では普通の大きさの物を一つ選んで、はさみで切り取った。それを花桶に入れて、僕達は花屋の控え室に再び転移した。

急に現れた僕達を見ても、ジョルジュさんは驚くことはなかったが、机の上に置いた花桶の中に入っているシンディーローズを目にして、僅《わず》かに息を呑んでいた。

「話に聞いていた以上だ。ありがとう、ノリス」

「どういたしまして」

少し誇らしげに、ノリスさんが胸を張って答えた。ジョルジュさんは僕にもお礼をいってくれたので「たいしたことは、してないです」といってから、椅子に座った。

席についた僕達は、婚姻申し込みの儀について、12日間にわたる贈り物をどうするかなどの細部まで詰めていく。それらが決め終わったところで、ジョルジュさんが、苦笑しながら「時の魔法をこんなことに使う魔導師は、セツナが初めてだろうな」と呟いた。確かに、こんな酔狂《すいきょう》なことに魔法を使う魔導師はあまりいないと思うので、素直に頷いておく。

「僕は国に仕えてもいませんし、どこのチームにも入っていないので、自分の興味を持ったことに魔法を使えますから」

僕の魔力量は、カイルと花井さんの二人分が加わっているので、尽きることを知らない。なので、僕は簡単に魔法を使っているけれど、普通はそんなに気軽に使えるものではない。魔力量の残りで生死が決まる魔導師にとって、遊びで魔法を使うのはあり得ない話だ。特に、国に仕えていたり、チームに所属していたりすると、いつ戦闘などで呼び出されるかわからないため、魔力の温存は義務でさえある。

「自由に魔法を使いたいから、どこにも所属しないのか？」

「そうですね。先のことはわかりませんが、今は自分のやりたいことを優先させたいので」

「そうか。そういう生き方もあるのだな」

ジョルジュさんは、それ以上何もいうことなく静かに頷いた。

ジョルジュさんが、丁寧に刺繍《ししゅう》された純白のリボンを前にして眉間にしわを寄せていた。

そのリボンは、エリーさんが暇だからとベッドの上で刺繍を施していたもので、何か特別なことがあったら使って欲しいと、ノリスさんが持たされていたそうだ。『特別な日に特別なリボンを』という謳《うた》い文句で売り出そうとしていたらしい。その刺繍はとても可愛らしい出来で、トゥーリに贈るときはこのリボンも売ってもらおうと心に決めた。

ジョルジュさんが自分の気持ちと向き合い、リボンに言葉を綴るのを横目で見ながらノリスさんに話しかける。

「ノリスさん、ジョルジュさんの婚姻申し込みの儀が終わるまで、シンディーローズとラグルートローズを売るのを保留にしてはどうですか？」

この婚姻申し込みの儀の演出が話題になれば、絶対に注文が入る。今、売りに出すのはもったいなさすぎる。そう考えて、ノリスさんに提案するが、彼は頷きかけていたのをやめ、逆に首を横に振った。

「そうしたいのはやまやまなんですが、それをしてしまうと、花が開いてしまいます」

「なるほど……。では、僕が薔薇の区画にだけ時の魔法をかけるのはどうでしょうか？　生長しても花が開かないようにしておきます。魔法の解除は今までどおり花桶から取り出す形にすれば、問題ないと思います」

「時の魔法は珍しいものなのでしょう？　そんなこと、してもらえません！」

「この件でジョルジュさんは贈り物を手に入れることができましたし、僕も頭の中に浮かんだ光景を実現する機会を得ました。だけど、ノリスさんだけは何も得ていないので、時の魔法をかけるのは、それに代わるものと思って受け取ってください。これからノリスさんの店には、ご迷惑をかけることになりますし」

「わかりました。それでセツナさんの気が済むのなら、お願いします。でも、これ以上気に病《や》むのはやめてくださいね。セツナさんには返すことができないほどの恩が、僕にはあるんです。黙っておくことぐらい、苦ではありませんから」

「はい」

ノリスさんは僕の気持ちを汲《く》んでくれたのだろう。苦笑しながらも受け入れてくれた。

ジョルジュさんが僕達のやりとりを口元に笑みを浮かべて眺めていることに気付く。彼の方へ視線を向けると、彼は視線を外そうとしてやめ、困ったように笑った。

「……ジョルジュさん、それはお一人で考えてください。僕はお手伝いできません」

彼が口を開く前にはっきりと断りを入れると、ノリスさんも肯定《こうてい》するように頷いた。彼は恨めしそうに僕達を見たあと、ため息をついて姿勢を正しペンを持つ手に力を入れていたのだった。


ようやくリボンに想いを込め終えたジョルジュさんが、それをノリスさんに手渡した。彼は真紅を纏ったつぼみの茎に、受け取った白のリボンを結ぶ。その手つきはとても優しい。ノリスさんとエリーさんにとって、苦心して育てた薔薇が初めて世間にでることになるのだから、子供を送り出す、父親の気持ちなのかもしれない。

「セツナさん、結べましたよ」

「はい、では魔法をかけますので、そのまま持っていてもらえますか」

「わかりました」

僕はノリスさんが持つ薔薇に、そっと触れる。

少し緊張した二人に見守られながら、僕は小さな声で魔法を詠唱する。時の魔法によって薔薇はゆっくりと生長していっている……と思われる。見た目の変化が僕にはわからない。まして、つぼみが開いていく手前の瞬間、そんな奇跡の瞬間など、僕には見切れるはずがない。

「セツナさん、今です」

ノリスさんのかけ声と同時に、僕は薔薇の時を早める魔法をやめ、時を止める魔法に切り替えた。

ノリスさんは一息つくと、笑っていう。

「この魔法を見たのは2度目ですが、本当にセツナさんはすごいですね。これで魔法が解かれた瞬間に花開きますよ」

そう賛辞を贈られたが、僕からいわせてもらえれば、すごいのはノリスさんだ。そう思いながら、こっそり『二人がいつも、幸せでありますように』と願い、リボンにも魔法をかけた。

ほっとしたように、息をつく二人の様子に思わず笑う。あとはこれを12日間続け、最終日の婚約式で、最後の仕事をするだけだ。

「ジョルジュさん、どうぞ」

ノリスさんがシンディーローズを丁寧に差し出した。それを、ジョルジュさんはそっと受け取り、嬉しそうに笑った。

「ありがたい。ノリスもセツナも、本当にありがとう。今日から12日間よろしく頼む」

ジョルジュさんが片手に薔薇を持ち、僕とノリスさんに騎士の礼で感謝を伝えてくれた。

「婚姻申し込みの儀が成功することを祈っています！」

「ご武運を！」

僕達の言葉に、ジョルジュさんが照れたように笑い、もう一度頭を下げてから店をでた。そして、背筋を伸ばし視線を真っ直ぐ前方に向け歩いていったのだった。

「上手くいくといいですね」

ノリスさんは、我が事のように神妙な顔をしていた。

「きっと、上手くいきますよ」

城にいった日に見たジョルジュさんとソフィアさんの姿を思い出しながら、僕は頷いたのだった。

◇8　【ジョルジュ】

時の魔法がかかった真紅の薔薇《シンディーローズ》を片手で持ちながら、婚約者であるソフィアの元へと急ぐ。完全に日が落ちてしまったから、きっと、心配しているに違いない。不甲斐なさを覚えながら、私は今日の出来事を思い返していた。


私は、先日かなり年下の女性に求婚したばかりだ。その彼女には兄がいて、名前をフレッドという。私の親友でもある。同じ歳のフレッドとの付き合いは長く、彼が幼い妹のソフィアを見守っている横で、私も彼女を妹のように見守ってきたのだ。

フレッドは年の離れたソフィアをとても可愛がっており、よく私も入れて3人ででかけたものだった。私にとってソフィアは、年の離れた妹という位置づけだった。親友の妹ということもあり、異性としては見ていなかった。しかし、彼女から寄せられる好意に次第に私もソフィアを愛おしく思うようになった。そして、どういった運命の悪戯か、私は彼女を娶《めと》ることになったのだ。

そのフレッドが、朝の点呼が済むと声をかけてきた。

「ジョルジュ、今日から婚姻申し込みの儀だってこと、覚えているよな？　もし妹に恥《はじ》をかかせるようなことをしたら、君でも許さないからな？」

そういいながらも、口元はにこやかに笑っているフレッドの顔を、私は思わず凝視する。一瞬で、背中に冷や汗が噴《ふ》き出していくのが実感できる。彼の顔を見たまま返事をしない私に、フレッドが表情を曇《くも》らせていく。

「……ジョルジュ。本気で忘れていたわけじゃないよな？　贈り物はもう決まっているよな？」

「……」

言葉が出ない私に、矢継ぎ早に質問してくるが、何一つ答えることができない。私の頭の中は真っ白になっていたからだ。きっと、顔色が悪くなっているのだろう、フレッドが自分の顔に手のひらを当てため息をついた。

「もしかしたら、忘れているかもと心配して声をかけてみたら、やっぱり忘れていたんだな……。君はそういうことに疎《うと》いからさ、妹から働きかけなかったら、結婚する気もなかったようだし。まぁ、最近忙しすぎるから、それも原因だとは思うけれど」

サイラスが帰城してから、非常に忙しくなった。この忙しさは彼が命がけでもぎとってきた結果の延長上にあるものだった。彼が戻らなければ、それは別のものに置き換わっていたかもしれない。

ガイロンドの全面戦争というものに……。なので、この多忙《たぼう》さは喜ぶべきものだった。しかし、あまりにも多く押し寄せてくる仕事の中で、私は大切なことを忘れてしまっていた。

言い訳に過ぎないことはわかっている。頭からすっかり抜け落ちていた、私が悪いのだ。そのようなものがあるということを、今、フレッドにいわれるまで失念していた私が悪い……。

「……すまない。本当にすまない。私の落ち度だ」

やっと絞り出した謝罪の言葉に、フレッドが苦笑する。

「謝らなくてもいいさ、僕がもう少し早く確認しておけばよかった。とりあえず、手遅れにならなかっただけでも幸運ってところだろう」

肩を落としている私の背中を、数回叩き慰めてくれる。

「とりあえず、今日からだからちゃんと用意してこいよ？　ソフィアも楽しみに待っているからさ」

更《さら》なる追い討ちをかけるように紡がれる親友の言葉に、私はただ立ち尽くすしかなかった。

いつもならば、同僚達と些細な会話をしながら朝の休憩時間を過ごしているのだが、眉間にしわが寄っているだろう私に近づく者は一人もいなかった。別に機嫌が悪いわけではない。ただ、私は悩んでいたのだ。ただただ、一つの事柄に対してどうするかを悩んでいた。

周りの者達が心配して私の様子を窺《うかが》っていることは気付いているが、今はそれに構っている余裕はない。

そう、今の私には全く余裕がないのだ。

（……何を贈るべきなのか）

それさえ解決すれば、私の悩みは晴れるのだが、それはとても途方もないようなことに思えた。

なぜ、私はこんな大切なことを忘れていたのだろうか……。

贈り物は、一般的には彼女の好みに合わせて贈るとされている。贈るだけなら問題はない。更なる問題は12日目に私が贈った物を披露するという点だ。高すぎず、安すぎず、趣味《しゅみ》のよい物をということだが、それはいったいなんなんだ⁉　何が当てはまるのだ？

（誰だ、こんなものを考えて一番初めに実行した奴は！　絞め殺してやりたい）

そう考えた瞬間、周りのざわめきが静かになった。思わず殺気をばら撒《ま》いてしまったようだ。

気持ちを立て直し、まずはソフィアの好みを考える。彼女は優しい娘だから、私の選んだ物を喜んでくれるだろう。それが、自分の好みではなくても、彼女なら喜んでくれる。だが、それでは駄目なのだ。彼女が本心から喜んでくれるものでなければ意味がない。

彼女との年の差が恨めしい。長い目で見ればそんなに気にすることではないのだが、彼女はまだ成人したばかりで、今の段階ではかなり価値観に違いがありそうな気がする。

サイラスなどは私の婚約が決まったときに、祝いの言葉ではなく呪《のろ》いの言葉を吐いた。

「ジョルジュ、それは犯罪だろ……？」

「……」

私以上の年齢差で結婚している夫婦など星の数ほどいるのだが、成人してすぐの女性を娶るというのはこの国ではあまりない。他国では成人前から婚約者が決まっていたり、親の決めた相手しか婚姻が認められない国とかもあるらしい。この国でも政略結婚がないわけではないが、他国のように厳しいものではない。

「社交界にも入ったばかりだろう？　そんなに独占《どくせん》したいのか？」

などとニヤニヤ笑っていわれたときには、本気で絞めようかと思った。いや、本当にあのとき絞めておけばよかった。

彼女への贈り物を考えていたはずが、嫌なことを思い出しイライラが募《つの》ってくる。すると間の悪いことに、イライラの元凶《げんきょう》が声をかけてきた。

「よぅ、ジョルジュ。なに、殺気ばら撒いてんだよ？」

「……うるさい」

私とサイラスは、ユージン様付きの騎士だ。彼が第一騎士で、私が第二騎士となっている。サイラスが冤罪《えんざい》をかけられ、騎士の証を破棄されるその瞬間、私は彼を押さえ込んでいた。友である彼を。そのときのすべてを私はまだ鮮明に覚えている。リペイドに戻ってきてくれて本当によかったと何度思ったことだろう。

「大丈夫か？」

恨まれても仕方がないのに、こいつは以前と変わらず私の友でいてくれている。ユージン様とキース様とは少しギクシャクしていたようだが、元に戻りつつあった。

「おい、本当に大丈夫かよ？　今日からだろ？　もう何を贈るか決まっているのか？」

こいつもか……。私はそんなに抜けているように見えるのか。まぁ……抜けているからこうなっているわけだが。

「……」

「おいおい……」

私が無言でいることから察したのか、からかい半分だったサイラスが、真剣な顔をして隣に座った。私は彼から視線を外し、今日何回目になるのかもわからないため息をついた。サイラスがそんな私の様子を見て、待機室の兵士に話しかける。

「おい、今日の大通りの巡回班はどこだ？」

「はいっ！　我々7班です」

少し緊張した声がサイラスへ返ってくる。竜の加護持ちということで彼に憧れを抱《いだ》く兵士が増えた。現に、サイラスがきてから、この部屋の雰囲気が一瞬で熱を持ったものに変わっていた。

「今日は、ジョルジュが監督者《かんとくしゃ》として同行するから、そのつもりで」

サイラスの突拍子もない言葉に、私は顔を上げ彼を見た。

「ここでじっと考えていても、仕方ないだろう？　巡回ついでに大通りを見てこいよ、何かいいものがあるかもしれないしさ」

「私は、午後からユージン様につくことになっている……」

「それは、俺が代わる。ユージンにも理由を話しておく。きっと面白がってくれるさ」

ククと意地の悪い笑いを私に見せ、私の背中を叩き部屋をでていった。苛立《いらだ》ち半分、感謝半分という気持ちでサイラスを見送り、私は巡回の準備を始める。彼の提案は、正直ありがたかった。サイラスが作ってくれた機会を逃すことはせず、巡回にいく。途中までは何事もなく、私はそのついでに様々な商店を横目に見て歩く。巡回が終わるまでに候補を探し、仕事が終わったら店に寄るつもりで。

そして私は、そこでセツナと再会する。彼は、なぜか花屋で働いていた。ここでの彼との再会が、私にとって幸運となったのだ。

食べ物屋で騒ぐ人の声で我に返る。何かを落としたと、話している。彼らの捜し物は、すぐに見つかったようだが、それがきっかけで、ふと私は不安に駆《か》られる。そして、薔薇の茎に視線を落とした。そこにはきちんとリボンが結ばれており、安心しほっと息をつく。

ぼんやりしていて、薔薇を傷《いた》めたり、リボンを失ったりしなくて本当によかった。ノリスとセツナの協力があって、初めて手にできる貴重なものだ。そして、ソフィアに贈る大切な物なのだ。

「気持ちを贈るか……。ソフィアに贈る前に、思い出せてよかった」

3人で詳細を決めているときのセツナの言葉が、頭の中に蘇る。

『薔薇と一緒に、自分の気持ちを贈るんです』

物を贈るだけではなく、自分の気持ちも共に贈る。私は、そんなこともすっかり忘れていたのだ。彼女が気に入りそうな贈り物をしても、そこに私の気持ちがなければそれはただの物でしかない。

妻となるソフィアに、私の気持ちを贈るのだ。

繊細《せんさい》な刺繍が施されたリボンに、自身の気持ちを素直に綴った。

「喜んでくれるといいのだが」

薔薇に結ばれている純白のリボンを見て気恥ずかしさがこみ上げてくるが、彼女に気持ちが届くことを祈って……私はソフィアに12の想いを贈る。

◇9　【ジョルジュ　12の1】

屋敷《やしき》を守る護衛に門扉を開けてもらい、敷地の中へ入る。この屋敷の護衛達とは顔なじみなこともあり「頑張れよ」と声をかけてくれたのだが、かなり気恥ずかしい。

屋敷の扉の前で一度深呼吸をし気を取り直してから扉を叩いた。いつもなら、執事がでてくるのだが、扉を開けて顔を覗かせたのは、腰まである柔らかい金色の髪と穏やかな青空を彷彿とさせる瞳を持つソフィアだった。彼女は私の姿を見るとほっとしたのか肩の力を抜き、少し照れたような微笑みを向けてくれた。やはり心配をかけてしまっていたようだ。

「こんばんは、ソフィア。遅くなってすまない」

「こんばんは、ジョルジュ様。お忙しいなか、ありがとうございます」

その声が少し震えているのは、私と同じで彼女も緊張しているからだろうか。こんなとき女性慣れしているサイラスならば、気の利いた言葉の一つでもかけることができるのだろうが、あいにく私にはそんな器用なことができるはずもない。

「……今日から12日間よろしく頼む」

ありきたりな台詞に自分でもどうかと思うのだが、でてこないものは仕方がない。

「わ……私こそ、よろしくお願いします」

瞳と同じ色の青色のスカートを軽く握りながら、ソフィアが恥ずかしそうに返事をする。その姿が、初めて私と会ったときの幼い頃の彼女を思い出させる。あのときは、フレッドの背中に隠れての挨拶だったが、今のように恥ずかしそうに私を見上げて挨拶をしてくれたのだ。

いまだに、私が彼女を本当に娶ってもいいのかと、頭をもたげるときがあるのも事実だが……幸せにすると自分自身に誓ったのだから、その感情は今日を限りに消すことにした。

「ソフィア」

「はいっ」

緊張してうわずった声に思わず口元がほころぶのを、彼女に見咎《みとが》められ軽く咳払いをした。

「これを、受け取ってくれるか？」

ソフィアの空色の瞳を見つめ、私の気持ちを託した真紅の薔薇《シンディーローズ》を差し出す。彼女の瞳が目の前の薔薇に釘付けになる。そして、そっと差し出した薔薇に指を伸ばし、私の指に触れないように優しく受け取った。

「つぼみなのに、綺麗」

ソフィアは薔薇に魅《み》せられたような表情を、私に見せる。

「でも、どうしてこの薔薇はつぼみのままなの？」

彼女の呟くような疑問に、これだけは伝えておかなければならないと思い口を開く。

「その薔薇は昼に咲くので、夜通し起きていることのないようにな」

「……」

ばつが悪そうに私を見上げる彼女に、やはり起きているつもりだったのかと苦笑した。

「ソフィア、返事を」

私の言葉で我に返り、彼女は慌てて決められている台詞を口にする。この申し込みの儀に当たって注意しなければいけないことがある。相手の体に触れてはいけないこと、相手の家に入ってはいけないこと、そして、女性は必ず二つのうち一つの返事をせねばいけないことだ。「明日もお待ちしております」という言葉が返ってきたのなら、心変わりしていないということ。「今宵《こよい》はお茶でもいかがですか」という言葉が返ってきたら、この話はなかったことにして欲しいという意味だ。

どうしてそのような決まり事ができたのか、先輩にその理由を聞いたような気がするが……覚えていなかった。

「ジョルジュ様、ありがとうございます。明日もお待ちしております……」

頬を染めて私を優しく見つめながら「明日も」と告げてくれたソフィアに、内心ほっとしている自分を見せないように隠した。自分でもくだらない矜持《きょうじ》だとは思うが、彼女に情けない姿など見せたくはない。

すっかり暗くなった道を、一人歩いて家路をたどる。ソフィアは、今頃リボンに綴った文字に気付いているだろうか。私が綴った文字は、リボンに刺繍されたジェルリートの花と同じ花言葉『感謝』だった。

『12本の薔薇、一本一本に意味を持たせます。そして、その意味になぞらえて自分の気持ちを相手に伝えます。一緒に生きていく相手に、12の想いを込めて12の誓いを立てる……という感じに』

セツナからこの説明を聞いたときは正直、恥ずかしいと思った。自分の柄ではないと。しかし私は口下手だから、自分の気持ちをソフィアに伝える機会は、そう多くはないだろう。

それならば想いをリボンに綴ることで、少しでもその丈《たけ》を伝えられるならばと、思い直したのだ。彼女は私にいつも一途《いちず》な想いをぶつけてくれていたから。私の妻となる彼女に、告げるべきことは告げておかなくてはと、そう思った。

家に戻り、ベッドに腰をかけてため息をつく。無事1日目が終わった。セツナとノリスを巻き込んでの予定も決まっている。二人にはかなり迷惑をかけている気がしないでもないが、楽しそうにしてくれていることが救いだ。残り11日……精一杯、私の気持ちを綴っていこう。

『感謝　君と婚約できたことを、君と君の家族に感謝する。　ジョルジュ』

◇10　【ジョルジュ　12の2】

翌日、私が城の控え室につくと待ち構えていたように声をかけてきた人物がいた。

「おはようジョルジュ。妹は昨日からずっと薔薇のつぼみを見つめているよ。刺繍の入ったリボンも気に入ったようだ。もちろん、君の言葉が一番だろうけどね」

親友のフレッドだった。

「そうか……」

「よく、あれだけ見事な薔薇を見つけてきたな」

「日頃の行いがいいせいだろう」

軽い調子でそういった私に、フレッドが微かに目を見張り私を凝視した。

「何があった？」

「どういう意味だ？」

フレッドが控え室の隅《すみ》に置かれている椅子へと、視線を向けて移動する。

「ソフィアが、本当に喜んでいた」

「それは薔薇が……」

「違う。確かに君からの贈り物を心待ちにしていたし、昨日の夜はずっとそわそわしていた。君が帰ったあと、ずっと寝る直前まで薔薇のつぼみとリボンを幸せそうに眺めていたよ」

真剣な顔でフレッドが、淡々とソフィアの様子を語っていく。

「ここ最近、ソフィアはずっと食欲がなかった。眠りも浅かったらしく、家ではいつも目をこすっていた。この間、ソフィアが君と僕の訓練が見たいと、いつもはいわない我儘《わがまま》をいったのは、君が心配だったからだよ、ジョルジュ」

「心配？」

「君はあいつが戻るまで、まともに食事をとることができなくなっていただろう？　睡眠も最低限しかとれていなかったんじゃないのか？」

「フレッド……」

「僕も、君のことをいえた義理ではない。あの出来事は、見ているだけだった僕でさえ、こらえることで精一杯だった。まるで腹の中に鉛《なまり》の塊《かたまり》が詰められているような気持ちを、味わっていた」

そこで言葉を切り、フレッドの目が遠くを見つめる。

「あいつが帰城して、あいつと親しい人間は明るい表情を取り戻していったのに、君だけが暗いままだった」

「……」

「僕はその理由が理解できたから、黙っていた。ソフィアは何かあったと気が付いていたが、僕が話さないから、何も聞かなかった。ただ同じように黙って、僕と君を心配していたんだ」

「そうだったのか」

「ジョルジュ。ソフィアが昨日の夜、こう話していた。ジョルジュ様の表情が明るくなったと。私はそれを聞いて、妹のためにに取り繕っているのだろうと考えていた。でも、今の君を見てソフィアが正しいことを理解したよ。たった半日で、何があったんだ?」

　フレッドの問いに、私は昨日の昼に偶然セツナと再会したことを話した。そのときに、礼をいったことも、思わず独白を聞かせてしまったことも。

「なるほど。そんなことがあったのか……。昨日まではどうなることかと思ったけど、この調子なら大丈夫そうだな」

　話は終わったというように、フレッドが椅子から立ち上がり、晴れやかに笑う。そういえば、彼のこういった笑みを、久しぶりに目にしたような気がする。安心したといって笑いながら去っていくフレッドの後ろ姿を見送り、私も持ち場に向かったのだった。


　仕事が終わり、ノリスの店へ向かいながらフレッドとの会話を思い出していた。ソフィアが、私を心配していたという話を。思い返してみれば、彼女はその優しさを常に惜しみなく私に与えてくれていた。今回のあの出来事のように、ときには心を殺して遂行せねばならぬ任務がある。そんな中でも、ソフィアとフレッドは私のそばにいて、心配してくれていたんだと、今更ながら気付いた。

　ノリスの店で、今日も丁寧に刺繍されたリボンに気持ちを綴る。セツナとノリスに昨日より早いと驚かれたが、店につく前から今日の言葉はもう決まっていたのだ。

2日目ともなると彼女の緊張もほぐれたのか、昨日よりも自然な笑顔で迎えてくれる。2本目の薔薇に少し驚きながらも、嬉しそうに笑って受け取ってくれた。

「明日もお待ちしております……」

私の顔を見て恥ずかしそうに俯き、それでも目を細めてチラリと私を見上げる彼女を、愛らしいと思った。

色々と伝えたいことがあった。だが、いつもどおり言葉はでてこない。別れの言葉を告げるだけで2日目が終わった。残り10日の間にリボンだけではなく、私の口から彼女に気持ちを伝えようと決めた。

『尊敬　君の優しさに私は敬服する。　ジョルジュ』

◇11【ソフィア　12の3】

真紅の薔薇が3本、私の目の前に飾られている。長年想い続けてきた人からの特別な贈り物。その薔薇一本一本に、花の刺繍がされた純白のリボンが結ばれている。昨日の刺繍は、シーラルだった。花言葉は尊敬。今日のリボンの刺繍はカンパニュラ、花言葉は誠実だ。

リボンに記されている言葉と同じ花言葉を持つ花が、刺繍されている。ジョルジュ様は、どうやってつぼみのままの薔薇とリボンを用意しているのだろうと、少し不思議に思った。

それには、とても短いけれど彼らしい言葉と彼の名前が綴られている。まるで、彼の気持ちをつぼみの薔薇に託しているかのような贈り物だ。この薔薇と彼の気持ちをリボンに記された彼の几帳面な文字を見るたびに、私は泣きたいほど幸せな気持ちになってしまう。

早く花が開けばいいのに……。彼の気持ちを託された薔薇が開くのを、私は日々心待ちにしていた。薔薇のつぼみを軽くつつきながら思わず呟く。

「いったい、いつ花が開くのかしら？　お願いだから、私が見ている前で開いてね」

言葉など通じないだろうけど、どうしてもそう願ってしまう。だって、彼の想いが託されているのだ。その想いが花開く瞬間を、見逃せるわけがない。つぼみからリボンに指を移動させ、リボンの文字を指でそっとなぞる。久しぶりに見た、ジョルジュ様の穏やかな顔が蘇る。優しく深みのある声で「ソフィア」と呼ばれて心臓がはねたことも。

「……ジョルジュ様が、元気になってくれてよかった」

私だけしかいない部屋に、本音がこぼれ落ちる。ジョルジュ様はずっと元気がなかった。きっとお仕事で何かあったのだと気付いていたけれど、騎士という仕事柄、話せない機密事項が多いのだと聞かされていたので、理由を聞くことはしなかった。

これまでもときどき、ジョルジュ様も兄様も元気がなくなることがあった。思い詰めたように表情がなくなることも多々あった。そんなときは、二人の負担にならないように静かにそばにいると決めている。独りだと悪いことばかり考えてしまうことを、私は知っているから。

二人は私よりもずっと大人で、いつもなら数日もすれば表向きは元気になっていた。きっと、自分の中で辛いことや苦しいことを消化する方法を、知っているのだろう。

しかし……今回は違ったのだ。二人とも口数が少なくなった。そしてあまり食べなくなった。騎士は体が元手だといつも気を配っていたのに、食べること自体が辛いというようにその目を暗く染めていた。二人をここまで憔悴《しょうすい》させるお仕事とはなんなのだろうと、不安になった。

しばらくして、兄様の顔色がよくなり「大丈夫？」と尋ねると、「もう、大丈夫だ」と笑ってくれた。もしかすると、辛いお仕事が終わったのかもしれないと思った。そうならば、ジョルジュ様も元気になってくれるはずだと……。だけど、彼はそのあともずっと暗い目をしたままだった。

兄様に一言「いつもどおり、そばにいてやるだけでいい」といわれたので、そのとおりにしていた。そばにいるといっても、会う時間もとれないほど二人は忙しくしていたのだけど……。今度は、二人が体を壊さないかという心配まで増えることになった。

婚姻申し込みの儀の初日、いつまで経ってもジョルジュ様がこない。何かあったのではないだろうかと心配になった。兄様に聞いても言葉を濁して教えてくれない。やきもきしながら待っていた。ただ、こないかもしれないという不安はなかった。私はジョルジュ様が誠実な人であることを知っているから。約束を破るような人ではないことを知っていたから。

そして、そのときが訪れる。私はとても緊張していたと思う。でも、ジョルジュ様の顔を見た瞬間、緊張よりも私の中に安堵が広がった。もう大丈夫だと。綺麗な彼の青色の瞳を見てそう思った。

何がどうなったのか、私にはわからない。わかるのは、3日前からジョルジュ様が元気になったということだけだ。けれども、それで構わないと私は思っている。彼と私が分かち合うことができないものがあったとしても、それは私達の関係を損《そこ》なうものではないはずだから。

「明日は、どんな言葉が届くのかな？」

そんなことを考えながら、リボンをいじる。婚約式まであと9日……。薔薇が一つ増えるたびに、ジョルジュ様への愛しさが募っていくのだった。

『誠実　私は君に誠実であることを約束する。　ジョルジュ』

◇12【セツナ　12の4】

ジョルジュさんが、ストロベリーキャンドルが刺繍されたリボンを瞬きせずに睨んでいる。昨日と一昨日は心に浮かんだことを綴っているようだったけれど、今日は苦戦しているようだ。

リボンの刺繍は、初日以外、エリーさんがジョルジュさんとソフィアさんのために刺しているものだ。ノリスさんがシンディーローズを婚約申し込みの儀に使うことになったと話すと、自分も何かしたいといって、引き下がらなかったらしい。

二人で色々と考え、花言葉にちなんだ花をリボンに刺繍するということで、納得してくれたとノリスさんが苦笑しながら話し、ジョルジュさんに相談していた。刺繍入りのリボンもソフィアさんに喜んでもらえたらしい。ノリスさんは、ほっと胸を撫で下ろしていた。

小さなため息が聞こえ、思わずそちらを見る。それは僕だけではなくノリスさんも同様だった。

「すまない……」

僕達を待たせていることを、気に病んでいるようだ。

「休みの日にもかかわらず、店を開けてもらっているのに……」

本来ならば昨日と今日はお店がお休みの日だ。しかし、12日間連続で贈り物を渡さなければならないということで、ノリスさんは薔薇とリボンを用意するために、僕は時の魔法をかけるために、ジョルジュさんが仕事が終わる時間を見計らって店で集まることになったのだ。

解散の時間は、彼が自分の想いをリボンに綴り次第。その時間が長くなればなるほど、僕達の拘束時間が延びていくことは確かだけど、あとは家に帰るだけなので問題はない。ノリスさんも同じ想いだったのか、ジョルジュさんに優しい言葉をかけている。

「僕のことは気にせず、ジョルジュさんの納得いく言葉を考えてください」

「日々楽しませていただいているので、僕のことも気になさらずに」

僕も彼の心が和《なご》めばと思いそういったのだが、ジョルジュさんはノリスさんの言葉には素直に頷き、僕の返しには少し眉間にしわを寄せた。

「それは、どういう意味でだ」

「もちろん、8日後に薔薇が開くことを想像してのことです」

ジョルジュさんが胡散臭《うさんくさ》そうに僕を見て、もう一度ため息をついてから、リボンへと視線を戻すが、やはり言葉が思い浮かばないようだ。

「善良とは難しい言葉だな」

ほとほと困ったように、ジョルジュさんが小さく呟く。なるほど、確かに難しいかもしれない。

僕の前で「善良……善良……」とノリスさんも目を閉じ難しい顔をして呟いている。彼らと同じようにトゥーリに贈るならどんな言葉にしようかと想像してみたが、色々と想像することが広がりすぎて、よい言葉が見つからない。それならばと善良から連想する言葉ならばどうかなと思いつき、それを二人に伝えることにした。

「連想する言葉？」

「はい。例えば、素直とか、人がいいとか……失いたくないものとか？」

「ふむ……」

ノリスさんとジョルジュさんが黙って考えだした。しばらくして、ジョルジュさんが、僕達を呼んで、文章がおかしくないか見てくれといってくる。彼の顔には、文章を考え抜いた喜びと、変な文章だったらどうしようかという不安の両方が、滲み出ていた。

それを見てジョルジュさんの奮闘が実ればいいなと、自然と思う。そして、その瞬間を一緒に迎えられたら、それは素晴《すば》らしいだろうなと思う。その日まであと……8日。

『善良　君の美徳である善良さを、私は隣にあって守ろう　ジョルジュ』

◇13　【ソフィア　12の5】

3日前から、ユージン様と騎士様達がご視察に向かわれたと兄様から聞いた。本来ならば、ジョルジュ様もご同行しなければならなかったのだけど、婚姻申し込みの儀の最中であることからジョルジュ様は外れたのだと、教えてもらった。

視察に同行しなくても、やらなければならない仕事は山積みらしく、ジョルジュ様はいつもより朝早く城にいっていると兄様が話していた。そういう兄様も、朝早く家をでて帰ってくるのは日が完全に落ちてからだ。

毎日、毎日、くたくたになりながら帰ってきて死んだように眠る姿を見ると、心配になってしまう。なのに、朝起きると兄様の表情はいつも明るい。それはまるで、今、この時間を過ごせることが幸せだとでもいっているようで、私は複雑な思いだった。

兄様と違い、ジョルジュ様は私にそういった表情や姿を見せることはほとんどない。それでも、ふとした仕草から、疲れているのだろうと推測することは簡単だった。それだけ長く、ジョルジュ様と私は一緒にいたから。最初は兄様の背中に隠れていただけだったけど、いつしか自然と彼の姿を目で追うようになっていた。

私の手元に薔薇の花が5本に増えた。一つの薔薇に一つの言葉。そして、その横に彼からの一言。普段の彼からは想像もできない想いの数々が、刺繍が施されたリボンに込められている。サルキスの初めに咲くデージニアという黄色い可愛い花を、ぼんやりと見つめながら彼のことを思う。

いったいどんな気持ちで、この言葉を選んでくれたんだろう。どんな表情で、リボンに文字を記しているのだろう。薔薇が一輪増えるたびに、彼に対する気持ちが増していく。昨日もらった、薔薇に結ばれているリボンを軽く摘《つま》んで、文字を読む。

「ジョルジュ様は、まだ覚えていらしたのね」

何度読み返しても顔が緩んでしまうのは、あのときの光景が色あせることなく私の中にあるからだった。困った顔をしながらも、私を優しく見つめるその瞳の記憶が。

それは私が、まだ子供の頃の話だ。私とジョルジュ様は、かなり年が離れている。そうなると色々と価値観が、異なってくる。落ち着きのある彼と、落ち着きのない子供の私。その頃の私は、とにかく新しいことに挑戦《ちょうせん》するのが好きだった。しかし、彼はあまりそういったことに興味はないようで、兄様と私がすることを楽しそうに見ているだけだった。

幼い頃の私の我が儘を、兄様もジョルジュ様も大抵《たいてい》のことは優しく聞いてくれていた。だけど、彼は兄様とは違い新しい何かに挑戦するということは、あまりしてくれなかったのだ。そのことが不満で、どうして一緒に遊んでくれないのかと私は悲しくなり大泣きした。彼は困った顔をしながら、必死になってなだめてくれていた。

人には向き不向きがあるというのに。あまりにも幼かった私は、そういったことが理解できなかったのだ。リボンに記された文字をもう一度読んで、まだ彼が気に病んでいたのかと思うと、少し胸が痛くなった。その一方で、そんな些細なことまで覚えていてくれたのだと、喜ぶ気持ちも私の心に同居していた。そして「たまには」とか「かもしれない」という言葉に、顔が緩む。

色々思い返しながら、幸せな時間を過ごしていた午後。私の友達がいきなり訪ねてきた。そして、ジョルジュ様から贈られた薔薇を見るなり、眉間にしわを寄せている。

「毎日、毎日同じ花ばかり。ソフィア、本当にこの人でいいの？　確かに、花はとても素晴らしいものだけど。花にリボンをつければいいというものではないわ？　今ならまだ間に合うのだから、今日も花なら『お茶でもいかがですか』といったら？」

私を想っての言葉だということはわかる。でもそんなこと、一欠片だって考えたくはない。

「私は、この贈り物がいいの」

私の言葉に、彼女は納得できないようだった。価値観の違う彼女に説明するのは、骨が折れた。それでも、きっと、私の伝えたいことの半分も伝わっていないと思う。それはそれで仕方がないとも思うのだ、お互い大事なものが違うのだから。

確かに高価な物も、毎日違う贈り物も素晴らしいのかもしれない。だけど、これだけ彼の想いが込められている贈り物など、どこを探してもありはしない。

ジョルジュ様が、一文字一文字丁寧にリボンに気持ちを綴ってくれている。口下手な彼が、気持ちを伝える努力をしてくれている。その心こそが、最高の贈り物だというのに。

友人が帰り、静かになった部屋の中でそっと息をつく。婚約式まであと7日。何事もなくその日を迎えることができますようにと、心の中でそっと願った。

『努力　私は君と新しいことをたまには挑戦してみてもいいかもしれない……。　ジョルジュ』

◇14　【エリー　12の6】

セツナ君の薬のおかげで熱が下がり、背中の傷もよくなってきていた。ノリスが彼を連れてきてくれる前は、座っていても寝ていても、ずっと傷口が痛くて痛くて仕方がなかった。だけど、ノリスに心配をかけるのが嫌で「平気」と口にしていた。けれど、本当は辛くてたまらなかった……。

多分、私が強がっていることを、ノリスは知っていたと思う。私もノリスが……一人で、たった一人ですべてを守ろうとしていたことを知っていたから。

座っていても苦痛を感じることがなくなり、今はソファーに座ってチクチクと純白のリボンに刺繍をしている。まだ、立って何かをすることは無理だけど、手を動かすことぐらいはできた。

そんな私を見守るために、この部屋には二人の獣人がいる。

私の手元をじっと見つめながら、可愛い狼の耳を動かしているアルト君という男の子。そして少し離れた場所で、椅子に座って静かに本を読んでいる老人のラギさんだ。

彼らは私達を心配して手を差し伸べてくれた優しい人達で、店のことで余裕がないノリスと、怪我であまり動けない私のために、休日以外、お昼ご飯を届けてくれていた。

「その、はなは、なに？」

「今刺繍している花は、カクタスというお花だよ。花言葉は情熱」

「そうなんだー」

糸で絵が描《か》けるというのが不思議なのか、ここ最近アルト君は、私が刺繍しているところをずっと見ていた。最初は警戒して挨拶だけで、会話をしてくれなかったが、お昼を持ってきてくれたお礼にお菓子を渡したりしながら、少しずつ仲良くなっていった。ラギさんが小さな声で「よい、作戦でしたな」と褒めてくれたのが嬉しかった。今は、お昼ご飯を一緒に食べてくれるぐらいの仲だ。

「アルト、そろそろお暇《いとま》しようかの」

「うん」

ラギさんのその声で、アルト君が椅子から立ち上がる。二人が私と一緒にいる時間は、お昼を食べて、私がリボンの刺繍の花を一つ完成させるぐらい。それほど長い時間ではなかった。

「それでは、エリーさん。無理をせんようにの」

「はい。今日もありがとうございました」

「えりーさん、また、あした」

「うん、アルト君。また明日ね！」

二人と別れるこの瞬間は、とても寂しい。けれど、ラギさんの気遣ってくれる言葉と、アルト君の「また、あした」という挨拶が私は好きだった。二人が帰ってしまって、寂しくなった部屋で、刺繍の続きをする。明日の分はもう完成しているけれど、他のリボンにも同じ刺繍をしていた。

12本の薔薇と12の言葉、そしてその言葉と同じ花言葉を持つリボン。きっと、人気がでると思うんだよね。怪我をしていなかったら、もっと色々お手伝いできたのにと残念に思う一方で、今は楽しく手伝えることに感謝している。

「……楽しむか」

刺繍をする手を止めて、思わず呟いた。こうして笑っていられるのは、奇跡に近いと私もノリスもわかっていた。だから、怪我が治ったら精一杯、セツナ君達に恩返しをすると決めている。アルト君に、美味しい料理を沢山食べてもらわなければいけない。アルト君も喜んでくれるだろうし、なにより、それが、セツナ君の一番の望みだから。

あと、ラギさんにも何かしたいなと考えているけど、まだいい案は浮かんでいない。服でも作ってみたら着てくれるだろうか？　それから、ギルドマスターにもお礼をいいにいかないと。

「そろそろ、店を閉め終わった頃かな？」という時間に、玄関の扉が開く音がしたと思ったら、バタバタと足音が聞こえ、部屋の扉が勢いよく開いた。

「エリー！」

「ノリス、どうしたの？　馬車の音が聞こえなかったけれど、走ってきたの？」

そう聞く前に、ノリスが先に口を開いた。

「リボンの刺繍にインクが滲んでしまったんだ。ここだけなんとかできる？」

そういってノリスが、私にリボンを渡す。そのリボンには、丁寧な字で文字が綴られている。あまり見るのも悪いかと思うが、短い言葉なので読んでしまった。

「これなら、新しいリボンに書き直してもらったほうがいいよ」

私は、ノリスにリボンを返す。そしてベッドの横にある棚から箱を取り出し、青色のアスターを刺繍してあるリボンを渡した。

「ありがとう！　ごめんね、すぐに戻らないといけないんだ」

「うん。頑張って。でも、走ってきたの？」

「刺繍をやり直すなら時間が足りないかもしれないからって、セツナさんに転移魔法で連れてきてもらったんだ。外で待ってもらってるから、もういくよ」

なにそれ、すごく羨《うらや》ましい。私も魔法で移動してみたい。私が「いってらっしゃい」という間もなくノリスは部屋をでていき、鍵をかけた音を最後に、静かになった。

「婚約式まであと6日かぁ……。いいなぁ。私もいきたかった」

ちょっとだけ残念に思いながら、手元のリボンに視線を落とす。会ったことはないけれど、ノリスが楽しそうで、一所懸命になっているから、きっといい人なのだろう。

ジョルジュ様がリボンに書いていた言葉を思い出し、心がほっこりとした。青色のアスターの花言葉を頭に思い浮かべつつ、私は明日の分の刺繍に戻ったのだった。

『信頼《しんらい》　私は君がもっとも信頼できる人になるよう心がけよう。　ジョルジュ』

◇15　【サイラス　12の7】

午前中に領地の視察から戻り、大将軍に帰城の報告を終え、これからの予定などの調整をしている間に昼食の時間が過ぎた。とりあえず、疲れた体を休めたくて自分の与えられている部屋へ戻ろうとしたのだが、途中でキースに呼び止められる。

気になることはなかったかと聞かれ、道中で遭遇《そうぐう》した魔物のことを簡潔に伝える。後日詳しい報告をといわれ頷いた。それから、ユージンと俺がいなかった城のことを簡単に聞けば、ジョルジュの婚姻申し込み儀が話題になっているという話を聞いた。これは、帰城してから俺も噂話として聞いている。それだけ話題になる薔薇とはいったいどんな薔薇なんだと、俺も興味が湧いた。

その薔薇について、どうやら、国王様も興味を持たれているらしく、ユージンに至っては、キースから話を聞き、即決で婚約式に出席することを決めたようだ。

「薔薇がつぼみのまま、開かないそうだ」

「……」

キースが、深く静かな声でそう告げる。国王様が、薔薇に興味を持っている理由。ユージンとキースが婚約式に出席する理由が、その言葉だけでわかった。それだけの魔法を使える魔導師がリペイドにいるのなら接触《せっしょく》し、勧誘《かんゆう》するのが目的だろう。まぁ、それは2番目の理由だろうが。

「ジョルジュに、聞かないのか？」

「婚約申し込みの儀に水を差すほど、無粋《ぶすい》ではない」

「確かに、そうだな。俺も、ジョルジュの友として参加を希望しよう」

俺の言葉にキースが苦笑を浮かべ、数回俺の腕を軽く叩くと去っていった。それからも、何度か知り合いに引き止められ、自分の部屋に戻るのも面倒になり、少し休憩しようと騎士が利用できる仮眠室《かみんしつ》で横になってからの記憶がない。

気付いたら夕食の時間ということで、外にいくことにした。城をでる前に、セツナから譲ってもらった指輪をつける。落ち着いて町を歩くには、なくてはならないものになった。

家々から漏れる温かな灯《あか》りを目印に、目的の料理屋に向かって歩く。ほとんどの店が閉まっており、人通りもまばらだ。そんななか、人目を避《さ》けるように歩く人間を見つけ注視する。目に映ったその服装が騎士服だったこともあり、気になってあとを追うと、それはジョルジュだった。

「おい、ジョルジュ」

「こんなところで、何をしている?」

「それはこっちの台詞だ。騎士服を着た人間が、気配を薄めて歩いていたら、目につくだろう」

「それもそうだな」

俺の言い分に納得して頷いたジョルジュと、視線が合う。その目を見て、俺は心の中に安堵する気持ちが広がった。

(どうやら、折り合いをつけることができたようだ)

こいつは、ずっと俺に罪悪感を持っていたようだが、あれは、仕方がないことだったのだ。騎士であれば、主命にしたがうのは当然なんだ。「だから、気に病むな」といってやりたかった。だがそれは、気休めにもならないことはわかっていたから、いわなかった。

俺だって自分の心と折り合いをつけるのに、時間がかかった。なので余計なことはいわず、以前と変わらない態度を、とり続けることにした。今回のことは多かれ少なかれ、自分で乗り越えていくしかないのだから。

「それで? お前はどこにいくんだ?」

その左手には、驚くほど美しい薔薇のつぼみが握られていた。思わずその薔薇を見て目を見張る。

これだけ目を惹くものが目の前にありながら、俺は今の今までまったく気付かなかったことに驚いていた。

「今から、ソフィア嬢《じょう》に逢《あ》いにいくのか。それは、人目を避けて正解だな」

色々と聞きたいことはあるが、それを呑み込む。ジョルジュが隠し事をするのは、それだけこいつにとって大切なことなのだろうから。ただ、前情報としてこいつが困らないように、キースと話したことを伝えてやることにした。

「そうだ、ジョルジュ。婚約式にはユージンとキースが、出席するからな。もちろん、俺もな」

「は？　なぜだ！　なぜ、そんな話になっている‼」

それだけで、こちらの真意はこいつに伝わった。

「それは、お前が婚約者に贈っている薔薇を、皆が気にしているからだろう？」

ジョルジュは、誰が聞いてもその薔薇をどこで購入しているのかを、話さなかったらしい。

「この情勢で、どうしてお前はお二人をお止めしなかった」

苦虫を噛《か》み潰したような顔をしながら、ジョルジュが俺を見る。

「なぜ止めなければいけない？」

真面目なこいつの問いに、俺は軽い調子で答える。ジョルジュの眉間のしわはますます深くなる。

が知ったことではない。ユージン達もそんなことは百も承知なのだ、それでもこいつの婚約式にでることを決めたのは、薔薇が気になることもあるが、それ以上に、こいつを大切に想っているからだ。ジョルジュとソフィア嬢を言祝《ことほ》ぎたいという気持ちを、なぜ俺が止めなければいけない。

それに、俺にとってもこいつは大切な友だ。ユージン達と懇意《こんい》にしている俺は、嫉妬《しっと》にまみれた目を向けられることが多く、反対に取り入ろうとする奴も多かった。そんななか、ジョルジュは初めて会ったときから、ずっと俺に対する態度は変わっていない。

竜の加護を受けた今でさえ、前と少しも変わることなく俺と付き合ってくれる。竜の加護を貰ってから、俺に対する周りの態度は前とは違うものになっているというのに。

その男が婚約したと聞く。それも、成人したばかりの女性と。こいつから言い寄ったのではないだろうと、断言できる。ジョルジュを独占したいと思ったのは、女の方だろうと。そんなことは容易に想像がつく。

正直、フレッドの妹を褒めてやりたい気分だった。無口で、表情をあまりだす奴ではないが、その胸のうちには人一倍熱いものがあることを俺は知っている。こいつの胸の中に確固とした熱情があることを知っている。

「私は、裏で支えよう。サイラスは表で支えてくれ。二人で分担してユージン様を守ればいい。我らの主《あるじ》を、誰からも害されることがないように」

そんなことを、ずっといい続ける男だ。でしゃばらず、かげひなたなく働く。だからユージンやキースも、ジョルジュを信頼していた。その男の晴れの日を見逃すほど、俺達は甘くない。

「あー楽しみだな、お前がどんな言葉をソフィア嬢に捧げるのか」

大いに楽しんでやろうじゃないか。こんな機会はめったにないのだ。ニヤッと笑いながらジョルジュを見ると同時に、俺の腹に重い一撃が加えられた。体が強化されているから、そんなに痛みはないのだが、いきなり殴《なぐ》られ驚く。

「くそっ！　あのとき、やはり絞め殺しておけばよかった！」

珍しく荒《あ》れた言葉を吐くジョルジュを見て、俺は腹を抱えて笑うのだった。

(婚約式まで、あと5日か)

俺はジョルジュと別れ、機嫌よく料理屋へと向かう。その途中で、リボンに綴られていた言葉を思い出して、口角が上がる。あいつは騎士の中の騎士だと、俺はそう思っている。

『情熱　私は君を支える。だから君は君の思うとおりに生きるといい。　ジョルジュ』

◇16【フレッド　12の8】

自宅の門扉のところで、我が家の護衛達から声がかかる。彼らの忠告にしたがい、そっと屋敷の方を覗いてみると、玄関先でソフィアとジョルジュが話しているのが見えた。

「ここで邪魔をするのは無粋かな?」

笑いながら護衛達にそう話すと頷かれたので、二人の大切な時間が終わるまで僕は護衛達と一緒に待つことにした。遠目から二人の様子を眺めていたのだが、あることに気付きため息をつく。

あいつはまだ、自覚していないらしい。多少は進展しているようだが、いい加減、ソフィアを妹のような存在から解放してやってくれと心の中で悪態をついた。

ジョルジュの中に、妹を愛《いと》しいという気持ちがあるのは確かだろうが、付き合いが長いせいか、一人の女性としての意識はいまだ薄い。あいつの気持ちはわからなくもない。長年、妹のような存在として見ていたわけだから、いきなり異性として見ろといわれても、早々に切り替えられるものではないだろう。ソフィアの想いに気が付き、求婚しただけでも祝杯を挙げていいかもしれない。

　だが、それだけでは、駄目なのだ。このままではソフィアが幸せになれない。どうしたものかと思い耽《ふけ》っていると、玄関先にいたはずの男の声が、すぐそばで聞こえた。

「こんな所で、何をしている」

　つらつらと考えているうちに、二人の逢瀬《おうせ》は終わったようだ。護衛達が苦笑しているのは、もしかしたら僕に声をかけてくれていたのかもしれない。

「何って、二人の時間を邪魔しないように、ここで待っていたんだろう？」

　その返答が気に入らなかったのか、ジョルジュは軽く息をつき「帰る」といって歩きだす。僕は護衛達に「でてくる」といって彼のあとを追いかけた。

「少し飲みにいこう。付き合えよ」

「……」

　ジョルジュは日頃あまり酒を飲まない。だから、断られるかもしれないと思っていたが、返事は意外にも「いいだろう」だった。どういう風の吹き回しかと内心驚いたが、表情にはださずに落ち着いて話ができる店に、二人で入ったのだった。

　僕達の前に酒が届き、特にこれといった話をすることもなく静かに飲んでいた。酒の誘いに応じたということは、何かしら僕に話があったのだと思い、ジョルジュが話しだすのを待っているが、なかなか口を開こうとしない。このままでは埒があかないと考え、こちらから水を向けた。

「僕に、何か聞きたいことがあったんじゃないのか？」

　そう切り出すと、ジョルジュは持っていたグラスを机の上に置き、いやに真剣味を帯びた眼差しを向けてきた。

「お前は、私がソフィアと結婚してもいいのか？」

「は？」

ジョルジュの問いかけに耳を疑う。そしてその問いが本気だと知り、今度は呆れた。

「今更？　ジョルジュ、君……今更それを僕に聞くの？」

自分でいって笑えてきた。本当に今更だろう、何を考えているんだ。声をだして笑う僕に、ジョルジュは瞳に暗い色を浮かべた。

「普通は、嫌なものなのだろう？」

ジョルジュのあまりにも真剣な声と表情に、僕も真剣に答える。

「そうだな。でも、僕は君になら妹を任せてもいいと思っていた。ジョルジュの人となりを僕は認めているし、それに……」


ソフィアが、ジョルジュに惚《ほ》れたのだ。いつも私の後ろをついてきて、兄様と可愛らしい声で呼んでくれた妹。年が離れているせいもあって、目に入れても痛くないほど可愛がっていた。

正直、嫁《よめ》になどやるものかと思ったこともある。「大きくなったら、兄様のお嫁さんになってあげるね」といわれたときには、顔がだらしなくも緩んだものだった。きっと親よりも可愛がっていたかもしれない。今でも可愛いと思う気持ちに変わりはない。変わりはないが……。

それがいつからだっただろう？　兄様のお嫁さんになるから、ジョルジュのお嫁さんになるに変わったのは。僕がジョルジュと知り合い、この無口で不器用な男と親友になり、3人で遊びだした頃は妹はまだ7歳ぐらいだったと思う。

僕にべったりの妹を見ても別に何かいうこともなく、ジョルジュは僕と同じように、妹の我が儘を優しく受け入れてくれていた。彼にとってソフィアは、妹に近い存在という感じだった。

その性格から、普段はあまり子供と縁がなかったようだが、ジョルジュは意外に面倒見がよかった。そして、僕が仲良くしている友人ということもあり、ソフィアが彼に懐《なつ》くのも早かった。

そうだ……。初めてジョルジュの嫁になるといったのは、ソフィアが10歳の頃だ。ただその頃は僕もジョルジュもそんな妹を微笑ましく思っているだけだった。そう、幼い頃に誰にでもある一過性の気持ちだと思ったのだ。身近な人にあらわす、好意の延長だと。

それが変わってきたのは、いつ頃からだったろうか。確か、ソフィアが12歳のシルキスの頃だ。今までジョルジュと親しく呼び捨てにしていた妹が、彼に対して様をつけだしたのだ。突然変わってしまった呼び方に僕もジョルジュも驚いたが、そのときはただそういう年頃になったんだろうと、二人で寂しく苦笑したことを覚えている。

だが思い返してみれば、その頃からソフィアはジョルジュに対する想いを、秘めていたのだろう。ただ一人で、誰に打ち明けるでもなく。早熟といえば早熟だったのかもしれない。それは、妹の周りに大人が多かったせいなのか、それとも僕といることが多かったせいなのかはわからない。

いつまでも幼いと思っていた妹は、僕の知らないところで、大人になろうとしていた。そう強く感じたのは、妹が一人で声を殺して泣いているのに遭遇したときだった。今までなら、家族の前で泣いたり僕の前で泣いていた。それが知らない間に、一人でたえるように涙を流す姿を見たときに、妹は僕の手から巣立ったのだと理解した。

なぜ泣いているのか問いかけても、答えない。ただなんでもない、大丈夫というばかり。そんなことが、数回続いただろうか。そして思い当たるのだ、ソフィアが泣いている理由に。妹が涙を見せる前日に、必ずジョルジュと会っていることを。

会っているといっても、僕が彼を誘いそれにソフィアがついてくるというものだったが。もしかして、僕の知らないところで何かいわれているのかと考え、僕はソフィアを問い詰めた。親友とはいえ、大切な妹を泣かせる奴に容赦《ようしゃ》するつもりはない。

「お前が理由をいわないのなら、僕があいつに直接聞いてやる」

半分脅《おど》しのような僕の言葉に、ソフィアはポツリポツリと理由を語った。

「兄様、私はジョルジュ様のことが好きなんです」

思いもよらなかった妹の告白に、衝撃を受ける。僕はジョルジュがソフィアを妹みたいな存在として見ているように、妹も彼を兄みたいな存在として見ていると、思っていたのだから。

「なのに、ジョルジュ様は、私を妹としてしか見てくださらない」

そういって、妹は涙を落とした。

「どれほど私が努力しても、ジョルジュ様の目には私は子供としか映らない」

「ソフィアが、あいつに様をつけるようになったのは、それが理由なのか？」

「……少しでも、私を女性として見て欲しかったの」

俯き小さな声でそう話す妹に、内心の動揺を隠す。

「焦らなくてもいいんじゃないか？　ソフィアはまだ14歳だろう？　これから嫌でも綺麗になっていくんだし」

しかし僕のその言葉に、首を横に振りはらはらと涙をこぼす妹は、僕が知る妹ではないような感じがした。

「私は、今すぐ大人になりたいの。だって、兄様、私が次にジョルジュ様にお会いしたとき、その隣には、私以外の女性がいるかもしれない」

僕は、ソフィアの考えを否定できなかった。妹は涙をためた目で僕を見つめる。

「兄様。私はいつも不安なの……」

妹の言葉に、僕は別の女性と話している気がしてならなかった。いつの間にこんな大人びたことを考えるようになったのだろう。ソフィアの涙を指で拭い、僕の胸中は複雑な心境に陥《おちい》っていた。


あの頃よりも、ソフィアは美しくなっていた。なんともいえない感情が胸に去来する。きっと父も同じ気持ちを抱いていることだろう。ここ数日の父の落胆振《ぶ》りは、はたから見ていても笑えるほどだから。まぁ、僕も父のことをいえないけれど。

僕は嫁《とつ》ぐ妹のことを思いため息をつき、酒を流し込んだ。ジョルジュでなければ、そう簡単に認めなかったものをと考えながら、目の前で酒を飲んでいる男を見た。

「『それに』のあとは、なんだ……？」

ああ、昔を思い出していて、話を忘れていた。僕は少し考え、話さないことに決めた。

「それはいわないでおくよ。そのほうがきっと君にとっても幸せだから」

ジョルジュは眉間にしわを寄せたが、それ以上聞いてくることはなかった。多分、何かの勘《かん》が働いたのだろう。

そんな彼を見て、申し訳ないという思いが、僅かにもたげてくる。僕の心にしまい込んだ真実。

それは、彼に興味を向けていたであろう女性達との縁を、僕がことごとく潰して回ったことだ。

僕は、妹の味方だから。

「ジョルジュが、僕の弟になるのか」

そろそろ自覚しろ。そう願いながら話を続ける。お前は、ソフィアの保護者ではなく夫となるのだから。僕の言葉にジョルジュの動きが止まり、本当に嫌そうな顔を向ける。

「これからもよろしく頼むよ。僕の弟よ」

ソフィアを、妹を一人の女性として慈しんでやって欲しい。お前なら、大切な妹を幸せにしてくれると確信しているのだから。

「……」

ジョルジュからの返事がなかったことに声をだして笑い、時間が過ぎていく。店の前で別れ、家に帰るとソフィアが膨れて待っていた。

「兄様だけ、ずるい！」

僕とジョルジュで飲みにいったことが、許せないらしい。その手にいまだ薔薇の花を持っているのは、僕に対する抗議の表れか？

薔薇に結ばれているリボンが揺れる。リボンの両先端《せんたん》に刺繍されている花は、白いアネモネ。そこに綴られた文字は、ジョルジュらしい真っ直ぐな言葉だった。二人の婚約式まで……あと4日。

『真実　君と私、お互いの真実を認め合って生きていきたい。　ジョルジュ』

◇17　【ジョルジュ　12の9】

極力気配を消し目立たないように、セツナとノリスの店へと向かう。慶事《けいじ》ということ、そして私がユージン様の第二騎士だということで、かなり私達の婚約式の噂が広がってしまった。正直、ここまで広がるとは思わなかったのだが、薔薇が咲かない秘密を暴《あば》こうと絡《から》まれることも多くなった。

ユージン様が「婚約式を楽しみにしている、二人の慶事を静かに見守るように」といってくださったことで、私に絡んでくる者はほぼいなくなった。だが、ときどきあとをつけられているような気配を感じるので、それをまいてから店へいくことにしている。尾行《びこう》されたまま店にいけば、ノリスとセツナに迷惑をかけることになるのが、目に見えていた。

これ以上、迷惑をかけることはできれば避けたい。いや……無理かもしれない。ノリスはともかく、セツナにはかなり迷惑をかける予感がしている。

ユージン様とキース様が婚約式に参加すると、サイラスがいっていた。そうなれば、あの薔薇をキース様が見ることになるのは、避けようがない。魔導師のキース様が見れば、おそらくあの魔法が、時の魔法であることはわかってしまうのではないだろうか？　そしてそれがわかったならば、キース様や、最悪、国王様からその使い手を聞かれるのは、避けられないだろう。

セツナは、自由に魔法を使いたいから何者にも属さないといっていた。それを守るために、私は約束をした。しかし、国王様の命令となれば、その約束を反故《ほご》にしなければなるまい。

（正体を明かしてでも式を手伝うといって、セツナが義を通してくれたように、最悪、私もこの式

をやめにしてでも、彼のことは守らなければなるまい）
そう決めて店にいき、セツナに相談したのだが「国王様にならば、話して構いません。僕の気持ちを知っているので、無理強《じ》いはしないと思いますから」といっていたので、それならと胸を撫で下ろし、ソフィアの家に向かった。

今日も綺麗に着飾ったソフィアに、９本目の薔薇を渡した。桃色のチューリップが刺繍されたリボンに視線を向け、嬉しそうに贈り物を受け取ってくれた。

毎日ほんの僅かな時間だが、彼女と会話を交《か》わす。大体はソフィアの話を私が聞いているだけなのだが、それが私のささくれだった心を休めてくれていた。ああ、そうか。きっとこういう時間が、幸せというのだろうと感じた。

「ジョルジュ様」

「どうした？」

「こういったことを聞くのは、礼儀がなっていないとは思うのですが……」

いいにくそうに俯き少し上目遣《うわめづか》いで私を見る姿に、思わず笑ってしまいそうになる。こういったところは、幼い頃から変わらない。

「気にせず、いってみるといい」

「婚約式が終わったら、リボンをご購入されたお店を教えていただきたいのです」

「どうしてだ？」

「あの、私……」

耳まで真っ赤にしながらいいよどんでいるソフィアに、首をかしげる。

「このリボンと同じ刺繍の髪飾りが、欲しいのです」

ノリスとエリーは、花屋であって雑貨店や服飾店ではない。果たして、刺繍を頼んでもいいのか。悩みどころではあるが、一応聞いてみるだけ聞いてみよう。

「……そうか。このリボンの刺繍は、私とソフィアのために刺してくれているものだ。本職は別なので、期待に応えることができるかはわからない。それでもいいか？」

私の返答に彼女の目が見開かれる。そして、嬉しそうに目を細めて「はい。お断りいただいても構いません」と笑いながら頷いた。

会話が落ち着いたところで、彼女がとても幸せそうな顔で「明日もお待ちしております……」と告げる。9日目になっても、照れながら伝えてくれる彼女がとても可愛い。彼女との時間に幸せを見つけた私は、後ろ髪を引かれながら歩きだす。途中で立ち止まり、一度振り返る。ソフィアは屋敷には入っておらず、私を一心に見つめていた。薔薇を胸に抱いて、寂しげな表情で。

彼女のその表情に、雷《かみなり》に打たれたような衝撃を受けた。彼女は毎日私と別れたあと、あのような表情をしていたのだろうか？　どうしてと考えて、自分が後ろ髪を引かれていたことを思い出す。

「……」

私が振り返り視線が合ったことで、ソフィアは慌ててふんわりとした笑みを浮かべ、私に手を振った。その笑い方と気持ちの隠し方に、私は初めて彼女の中に大人の女性を見た。不満も、寂しさも、悲しみも、喜びも、楽しみも。いつも私とフレッドに伝えてくれていた子供のソフィアは、もういないのだ。

昨日のフレッドの言葉が胸にしみる。彼は私を弟といった。その意味は、ソフィアの夫として私を認めているということだったのだ。保護者ではなく伴侶として。

私は、どこまで愚《おろ》かなのだろう。先ほどの刺繍の話も、そういうことだったのだ。同じ刺繍の髪飾りが欲しい。それは私が贈った物と同じ物を身につけたいと、願ってくれたのだ。今更ながら、そのことに気付いた。

この日から、私の彼女に対する認識が変わる。庇護《ひご》すべき愛らしい令嬢から、私の妻となる最愛の女性へと。もう彼女は、一人の女性なのだ。理解していたつもりで理解していなかった自分を、腹立たしく思った。手を振るソフィアに軽く手を振り返してから、歩きだす。婚約式まであと3日。ここで気付くことができたことは、幸運だった。心からそう思う。勘違《かんちが》いしたまま迎え入れれば、きっと彼女を深く傷つけることになっていただろう。

『幸福　私の幸せは君が笑っていてくれることだ。　ジョルジュ』

◇18【ソフィア　12の10】

10本目の薔薇をジョルジュ様からもらった。しばらく二人で他愛ない話をして、彼に「明日もお待ちしております」と告げて別れる。いつもと同じように笑って見送ることができると、信じて疑っていなかった。だって、そうでしょう？　また明日会えるのだもの。長期間会えなくなるわけでも、今生の別れというわけでもない。

なのに、私は今彼の前で泣いている。嬉しいのに、悲しいことなど何もないのに、どうして涙があふれてくるのかわからない。わかることといえば、なぜか無性にジョルジュ様と離れるのが嫌だった。次から次へと涙が止めどなくあふれ、私の気持ちは焦るばかり……。

彼はそんな私の涙を拭ってくれようとしたのだと思う。だけどその指は私に触れることはなかった。途中で止まった手をぎゅっと握り込み、そのまま下ろしてしまう。そして、何かを諦めるような深いため息をついた。

そのため息が耳に届き、体がこわばる。困らせた？　もう大人なのに、みっともなく泣いている私に嫌気がさしてしまった？　そう考え始めると、私は彼の顔が見られなくなってしまった。それでも涙は止まってくれない。彼を困らせたくはないのに……。

「ソフィア」

深く低い声で私の名前が呼ばれる。何をいわれるのかと怖くなり、私は身を竦ませた。

「ソフィア、泣かないでくれ」

「……」

「そう泣かれると、抱きしめたくなってしまう」

「え……？」

思ってもみなかった言葉が届き、思わず顔を上げる。そこには、呆れたような冷たい視線ではなく、困ったようなそれでいて曖昧《あいまい》な笑みを、彼は私に向けていた。

「この12日間は、君に触れることはできない。ソフィアの涙を拭ってやることもできない。そして、その寂しさを慰めることも……できない」

彼の言葉が、ストンと胸の中に落ちる。

「私も君と離れるのは寂しい。たとえ、明日会えるのだとしてもだ……」

そうか、寂しいんだ。彼が愛しいから、離れたくないんだ。毎日、毎日、彼の想いがこもった薔薇に囲まれて幸せなのに、彼が私のそばにいないことが寂しい。

そう思うとまた涙があふれる。理由がわかったのだから、止まればいいのに、止まらない。必死に涙を止めようとしている私を見て、彼が少し笑った。その笑みを見て、さっきの話を思い返して、彼も私と同じ気持ちでいてくれることが嬉しかった。

「もう大丈夫。ジョルジュ様、ごめんなさい……」

彼は私の涙が止まるまで、そばにいてくれた。私の泣き顔を見ないように、庭の花を見る振りをしながら……。

「謝ることはない。もっと甘えて欲しい。ソフィアが我慢しすぎる姿を見るのは、忍《しの》びない。ただ、願わくは、12日目以降にしてくれるとありがたい。今の私には、何もできないからな」

そういって優しく笑ってから、別れの言葉を口にした。

「お休みソフィア、また明日」

「ジョルジュ様、お休みなさい。また、明日……」

そして彼は、一度も振り返らずに歩いていった。その背中を見ているとまた……涙があふれてくるのだった。

部屋に戻ると兄様に心配されたが、別れるのが寂しかったと素直に話すと呆れられた。目を冷やして寝ろよという忠告を聞き入れ、ベッドに横になり目を冷やしながら、今日もらった薔薇を見る。

「ジョルジュ様は、薔薇の花言葉が本数でも変化することをご存じなのかしら……」

ふと、そんなことを考える。日を追うごとにその花言葉を変えていく薔薇。今、私の手元にある薔薇の本数は10本。意味は……。

「かわいい人……」

本当にそう思ってくれているかしらと考えて、恥ずかしくなり顔を枕《まくら》に埋《うず》めた。少しの間、そうしていたけれど、ふと、思い出した。彼はあまり花言葉に詳しくない。だから、多分知らないような気がする。だって、私が季節ごとに渡していたお花の意味も、理解してもらえていなかったから。

「知ってくれていたらいいのにな」

思わずでた願望が部屋に響く。彼にそう思われたい。彼に好きでいてもらいたい。心からそう思ってしまう。ジョルジュ様は無口な人だから、彼の気持ちを聞けたのは、本当に最近のことだった。

私を妻にと選んだために、周りの騎士から色々といわれていたと、兄様から聞いている。申し訳ないと思いながらも、私は喜びを禁じ得なかった。噂が広がるということは、私と彼の関係が知られているという証だったから。私は彼を独り占めしたかったのだ。

顔を薔薇に向けて、リボンに手を伸ばす。今日の刺繍《じ》はスノードロップ。雪が解ける頃に咲く花。シルキスを告げる花。花言葉は希望……。

そのままパタリと手を下に落とし、ベッドから手がはみだしているけれど気にしない。

「私の望みは、ジョルジュ様の花嫁《はなよめ》になることだった」

ずっと、そうずっと……。子供の頃から。その望みが今、叶おうとしている。

「長かったな……」

本当にそう思う。私を妹のような存在としてしか、彼は見ていなかった。その意識を変えるのはとても大変だった。それだけ、私と彼の年が離れていたことが原因なのだけど……。大人の彼と子供の私。どれほど、大人になる日を待ちわびたことだろう。いつ彼が私の知らない人と結ばれるかわからない不安に、幾度《いくたび》涙したことだろう。

「あの日から、……片想い。今は両想いですよね？　ジョルジュ様」

目蓋《まぶた》が重くなり、目を閉じる。少しして、小さく扉を叩く音が聞こえたが、返事ができなかった。

「ソフィア？」

母の声が遠くで聞こえる。私の腕を、布団《ふとん》の中にしまってくれるのがわかる。心配して見にきてくれたのだろう。小さな声で「お休みなさい」と声をかけられ、明かりが落とされた。そして、母は私の頭を優しく撫でながら、独り言のような言葉を私にかけてくれていた。

「……あと2日で婚約式ね。早いものだわ……」

「……」

「ジョルジュ様のために淑女《しゆくじよ》になりたいといわれたときは、本当に驚いたのよ」

私は彼の妻になる。そう決めたのは12歳のシルキスの頃だった。父様と兄様には内緒にしていたけれど、母様にはすべて話していた。

「本音をいえば、もう少し私達の子供でいて欲しかったけれど……」

母の優しくそして寂しそうな声に、少し涙が滲んだ。

「ソフィアの想いが実って、本当によかった。諦めなくてよかったわね」

お母様……ありがとう。体が動かないから、心の中でそう思った。

「あ、そうだわ。お父様にもう少し甘えてあげなさい。寂しがっているから」

「……」

母は、この言葉を最後に小さく「ほほほ」と笑いながら、部屋をでていった。扉の音が閉まりしばらくして、私の意識は静かに眠りの底へと落ちていったのだった。

『希望　苦境に立つことになろうとも、私は君という希望を放すことはしない。　ジョルジュ』

◇19 【ジョルジュ　12の11】

「……」

「……」

深い沈黙が、私達を包んでいた。それは決して重いものではなく、ただただ私達の気持ちが共鳴し合ってのことだった。

婚姻申し込みの儀は、今日で11日目。真紅の薔薇が、刺繍されたリボン。それを結んだシンディーローズ。その薔薇を手渡した。返事も貰っている。だが、ソフィアは私をじっと見つめていた。そろそろ戻らなければと思うのだが、彼女の不安そうな瞳に縫《ぬ》い付けられたように、足が動かなかった。明日は12日目、大勢の前で最後の薔薇を渡すことになる。ソフィアと二人きりで話す時間を、明日はとることができない。

「……本当に私でいいのか？」

この問いは、私の心の弱さからくるものだとわかっている。そばにいて欲しいと願いながらも、成人したばかりのソフィアには、別の道が示されているのではないかと考えてしまうのだ。

(これが最後の確認だ。これ以降、彼女に同じ問いは二度としない。だから、許して欲しい)

「今ならまだ、手を離してやれる」

本当にそうなれば、立ち直るのに時間がかかってしまいそうだが、子供の頃から知るソフィアだから、彼女の望む人生を生きて欲しいという願いもあった。

「いいえ……」

私の問いに彼女はどこか困ったように俯き、そしてすぐに顔を上げると艶《あで》やかに微笑んだ。その笑みに、私は言葉もないほどに魅せられる。いつの間にこんなに美しくなったのだろうか……。目を見張るほどに輝くソフィアの顔から、私はしばらく視線を外すことができなかった。

「そうか」

絞り出すようにその一言を告げる。伝えたいことがまだあるような気がする。聞きたいこともあるような気がする。だが、そのすべてが言葉にならなかった。

今日は、私を見送らずに家に戻ることを勧めた。私がソフィアを見送りたいのだと伝えると、少し頬を膨らませながらも、彼女は素直に家の中に入ってくれた。


明日の薔薇を用意するために、今日は帰りにもう一度ノリスの店に寄ることになっている。私は店に向かいながら、今日までのことを振り返っていた。

毎日、自分の気持ちをリボンに綴っていく。そのたびに募る想い。薔薇を彼女に贈るごとに愛しさが増した。

彼女を幸せにしようという想い。

どんなものからも守ろうという決意。

共に生きていくという覚悟。

一日が終わるごとに、自分の気持ちがより定まっていった。

ノリスの店につくと、店はもう閉まっていた。裏口から店内へと入ると、二人が優しく出迎えてくれる。そうか、彼らと集《つど》うのも今日で最後になるのか……。名残惜しいと感じるのは私だけかもしれないと考えていると、セツナが私の前にお茶を置いてくれた。

「明日が本番ですね。最後まで気を抜かずにやり遂《と》げましょう」

彼のその言葉で、まだ終わっていないのだと気を引き締め直す。

「はい、ジョルジュさん。これが明日のリボンです」

ノリスに手渡された最後のリボンに刺繍されていたのは、純白の薔薇。考えていた言葉を迷うことなく綴る。それをノリスが丁寧に薔薇に結び、セツナが魔法をかけてくれた。そのあと細かな打ち合わせをし、明日の準備はすべて終わった。

「セツナ」

「はい」

「明日一つ頼みたいことがあるのだが……」

彼女を女性だと認識したときから抑えていた衝動《しょうどう》。私の望みを叶えるために、私はセツナにあることを頼んだ。誰にも邪魔されないように。彼は瞬いたあと、とても楽しそうに笑い「任せてください」と頷いてくれたのだった。彼の瞳に何かを企《たくら》んでいるような光を見つけたが、気のせいだろうと思うことにし、店をあとにしたのだった。


　夜空に流れる二つの星の川を眺めながら、家路をたどる。煌めく星に彼女の瞳を思い出す。

「ソフィアは、11本の薔薇の意味を知っているだろうか……」

　毎日、毎日、ノリスが私に花言葉を教えてくれていたから、覚えてしまった。過去に私がソフィアからもらった花の花言葉まで……。今の私と同じようにソフィアも花に想いを託してくれていたのだろうか。そんなことを考えてため息をついた。

「ジョルジュさんは、本当にソフィアさんに愛されているんですね」といわれた言葉が、忘れられない。そんなことを一欠片も想像していなかったそのときの自分を、私は殴ってやりたかった。

「最愛の人……」

　11本の薔薇の意味を思わず呟き、今日の薔薇を渡したときの嬉しそうなソフィアの顔が脳裏をよぎった。頬を染めて恥ずかしそうに目を伏せる彼女に、そういえば、この11日間で直接的な愛の言葉を贈ったのは、初めてだったかもしれないと思い至る。あれほど喜んでくれるなら……と思ったが、本人を前にそう簡単にいえるものでもないと思い直した。

　ただ明日だけは、自分の想いを素直に語ろうと思っている。そのために、セツナに協力を願ったのだから。

「婚約式まであと1日……」

『愛情　私は君を心から愛している。　　ジョルジュ』

◇20 【ソフィア　12の12】

11日目の今日貰った薔薇に綴られていた言葉は、今までもらったなかで一番嬉しいものだった。ジョルジュ様が私に「愛している」と伝えてくださったのだから。そのことが嬉しくて、ときも忘れて薔薇とリボンを見つめていたら、兄様に「明日、寝不足の顔でジョルジュからの求婚を受けるのか？」といわれて慌ててベッドの中に入った。

これまでのこと、今日のこと、明日のこと、色々考えるとなかなか眠りの妖精《ようせい》は訪れてくれなかったのだけど、鳥の鳴き声で目が覚めて、気付いたら朝だった。思ったよりもぐっすり眠れたのか、目覚めは快適だ。寝ていた体を起こし、薔薇に手を伸ばしてリボンを摘む。結局、一輪も花開かなかった。ここまでくると、この薔薇は花開かないように特別な魔法がかかっているのだとわかる。

「リボンを解《ほど》こうとしても解けないし……不思議なことばかり」

昨日もらったリボンに記された文字を、次の日の朝にもう一度読むことが、ここ最近の私の日課だった。口元が緩みそうになっているのを自覚しながら、リボンに視線を落とす。

「あれ？　どうして文字が消えているのかしら……」

軽く摘んだリボンに書かれていたはずの文字が消えている。よく見ていくと、昨日もらったものだけではなく、すべてのリボンに綴られていた言葉の一部が消えていた。消えていないのは、一輪の薔薇に一つの言葉。そう、リボンには11の言葉だけ残っていた。

『感謝　尊敬　誠実　善良　努力　信頼　情熱　真実　幸福　希望　愛情』

「……」

どうして消えてしまったのかという疑問は尽きない。二度とジョルジュ様の想いを読み返すことができないと知り、寂しく悲しい気持ちが心に渦巻いた。

「でも……それでよかったかもしれないわ」

そう。消えてよかったと思う、あの想いの数々は、ジョルジュ様が私だけに贈ってくれたものなのだから。よくよく考えてみなくても、他の人に見せたくないと思ったのだ。

（もしかしたら、彼も同じことを考えてくれたのかしら？）

そうだったらいいのにと思い、幸せな気持ちを抱きながら私の一日が始まりを告げたのだった。


婚姻申し込みの儀の最終日。12日目。婚約式が開始された。ドキドキと高鳴る胸と同時に漠然《ばくぜん》とした不安もこみ上げてくる。まだ始まったばかりなのに、無事に終わることを望んでいるのは、お客様の中に第一騎士のサイラス様と宰相《さいしょう》のキース様、そして、第一王子のユージン様までおいでになっているからだ。

父様も母様も兄様までも知っていたのに、なぜ、私だけ当日に教えられるのか……。本当に信じられない。心構えというものが必要だと、どうしてわかってくれないのだろう。自分の婚約式で、不敬罪になどなりたくはない。今日という日が無事に過ぎますようにと、心の中で祈りながら私は彼を待つ。

婚約式の前半は、庭で行われていた。その理由は、ジョルジュ様が私に最後の贈り物を渡すまで、私に触れることができず、屋敷の中にも入れないからだ。求婚が終わったあと、私はジョルジュ様のエスコートで、婚約式にきていただいた方々に挨拶して回ることになるのだ。

そのため、自宅の庭にすべてが用意されている。飲み物や食べ物、休む場所など、不足がないように私と彼の両親が準備をしてくれたのだ。きっとユージン様達をお迎えすることになったのは、大変だったと思う。でも、それだけジョルジュ様は王族の方々から信頼されているのだと思うと、とても嬉しかった。

招待されたお客様達は思い思いに過ごされている。彼がくれた薔薇を眺め、純粋《じゅんすい》に褒めてくれる方もいれば、すべて同じ贈り物かという人もいた。あの人を呼んだのはいったい誰なの？　気を付けていないと眉間にしわが寄りそう。だけど一番許せなかったのは、兄様が私の横でずっと笑っていたことだ……。私の表情がくるくると変わる様がおかしいと、今もお腹を抱えて笑っている。絶対に許せない。

そんな穏やかとはいい難い心境で、私は彼の到着を今か今かと待ちわびていた。両親や兄様が落ち着くようにと話しかけてくれるのだが、私の頭の中はジョルジュ様のことで一杯だった。


そして、そのときがくる。

周りがざわめき、人が左右に割れた。ジョルジュ様が到着したのだ。一瞬で緊張が体中を駆け巡る。微かに震える体を必死に抑えようとするが無理そうだ。そんな私の背中を兄様が優しく撫でてくれた。それだけで、緊張が少し解ける。そのまま兄様のエスコートで私とジョルジュ様のために用意された場所へとゆっくり移動した。彼からもらった11本の薔薇と想いを両腕に抱えて……。

花瓶に挿《さ》したままにすればと母様にいわれたけれど、私は彼の気持ちを抱きしめたまま、12日間を締めくくりたかった。一輪一輪が大きな薔薇はかなり重い。だけどその重さは彼の想いなのだ、だから、絶対に落とさないと誓った。

自分の心臓の音がやけに大きく聞こえる。まだジョルジュ様の姿は見えない。人のざわめきで、彼が近づいてきているのがわかる。そろそろかしらと思った瞬間、彼の姿が鮮明に私の脳裏に焼き付いた。ジョルジュ様の姿に、私は……自分の体温が一瞬で上がるのを感じた。

白い騎士の正装を身に纏い、肩からは濃紺《のうこん》のマントが翻《ひるがえ》っている……。腰には愛用の剣を携《たずさ》え、いつものジョルジュ様の姿とはかけ離れて凜々《りり》しく素敵だった。普段の彼ももちろん素敵だけれど……素敵なのだけれど、初めて見る騎士の正装の姿は、筆舌《ひつぜつ》に尽くし難いほど見目麗《みめうるわ》しかった。

彼が近づくたびに、私の鼓動《こどう》は速くなる。ジョルジュ様の瞳は、真っ直ぐ私だけを捉《とら》えて動かない。その眼差しがあまりにも強くて……思わず視線を彼の後ろへと流してしまう。彼の背後には、白いフード付きのローブを身につけた二人の人物が、腕に大きめのかごを抱えて歩いている。そのとき少し風が吹き、一瞬だけ、フードの隙間《すきま》から菫色《すみれいろ》の瞳の人と目が合ったような気がした。

ローブの二人は途中で止まり、ジョルジュ様だけが私に近づいてくる。それと同時に、兄様が私から静かに離れていった。彼は、私の3歩手前で止まり騎士の礼をとった。私は腕の中に薔薇があるので、ドレスの裾を摘むことができなかったけれど、できるだけ優雅《ゆうが》に見えるように礼を返した。

姿勢を正し、お互い顔を上げたところで、ジョルジュ様と視線が合った。その瞬間、彼の瞳に宿る光が、今までと違うことに気が付いた。私を見つめる瞳がとても甘いことに……。

それだけで、顔が熱くなる。きっと今の私は、みっともないほど赤くなっているに違いない。それでも、彼に縫い付けられたように、視線を外すことができなかった。

「今宵、このときを君と迎えることができ、私は心から幸せに思う」

静かに紡がれていくジョルジュ様の言葉。私もそして周りも、誰ひとり口を開く者はいない。

「今日で12日目、私からの最後の贈り物を受け取ってもらえるだろうか」

そう告げながら、彼が私の前に1歩踏み出し、そっと差し出してくれたのは純白の薔薇。

それはまるで情熱的な赤を、静謐《せいひつ》な白でなだめるような印象。お転婆《てんば》な私を真紅の薔薇に例えるなら、それを見守る彼が純白の薔薇。その薔薇もまたつぼみだったけれど、とても素晴らしいものだった。

私は片方の腕で11本の薔薇をかかえ、もう一方の手で彼からの薔薇を受け取る。そこには、純白のリボンと真紅のリボンの二つが結ばれていた。

「ジョルジュ様、ありがとうございます。私も、今日この日を貴方様と迎えることができ、幸せに思います」

緊張で微かに声が震えていたけれど、ジョルジュ様が優しく微笑んでくださったから、最後まで言い切ることができた。彼は私の言葉を最後まで聞いてから頷き、1歩下がった。

彼は背筋を伸ばし、胸を張り、そして息をそっと吸い込んで、私の目を見つめた。彼のその真剣な瞳に、心がわしづかみにされた感覚に陥る。こんな目をした彼を初めて見た。兄様の妹としてではなく、保護者としてでもなく、私を私として、一人の女性として認識しているのだと、彼の目が語っていた。

そう思い、そう感じ、喜びで泣きたくなるのをぐっとこらえた。まだ、まだ終わっていないから。

これからなのだからと自分に言い聞かせる。

「ソフィア、私との結婚を受け入れてくれないだろうか？　是なら純白のリボンを、否ならば真紅のリボンを私に返して欲しい」

彼からの求婚の言葉は、単純明快だった。そこには飾る言葉は何もなく……ただ真っ直ぐ私の心に届く。求婚の返事をするために、私は今日貰った薔薇に視線を落とし、純白のリボンと真紅のリボンを見た。

真紅のリボンには『永遠』とだけ書かれていた。

純白のリボンには『永遠の別れ』と書かれていた。

二つのリボンを見つめ、少し考える。彼が間違っているのではと思ったのだ。私が躊躇したことで、周りのざわめく声が聞こえてくる。

（……。求婚の返事なのに『永遠の別れ』の方を渡すのはおかしいのでは？）

そういった意味を込めて、困ったように彼を見ると、私の考えがわかっているのか、彼の目が大丈夫というように優しく笑った。

私達の行動を招待客が緊張した面持《おもも》ちで見守っているのを感じながら、純白の白色のリボンを解《と》き、彼に返した。

「君が私に返してくれたのは、永遠の別れ」

彼の言葉に周りの人がどよめいた。それはそうだろう。私も間違いだと考えたもの。

「私は、このリボンを今、君の前で消すことにしよう……」

彼がそういった瞬間、純白のリボンが燃え上がった。一瞬にしてリボンが燃えて消えてしまう。

突然の出来事に、目を丸くして見つめる。彼のとった行動の意味を理解した。

私の前から『永遠の別れ』を消し去った。私と永遠に別れる気はないと、彼はそういってくれたのだ。自分の目に涙が浮かび始めるが、ぎゅっと目に力を入れて必死にこらえた。泣いてはいけない。彼からの求婚はまだ終わっていない。

私のためだけの……贈り物なのだから、あますことなく受け入れないと、絶対に後悔する。

ぎゅっと口元を引き結んでいる私に、彼の言葉が続く。

「ソフィア、昨日までの11の言葉を今日の薔薇に誓う。私の気持ちを受け取って欲しい」

深い静かな声が私の耳へと届き、昨日までのリボンに綴られていた言葉を思い出していく。

『感謝　尊敬　誠実　善良　努力　信頼　情熱　真実　幸福　希望　愛情』

そして、今日、新たに加わった薔薇とリボンに綴られた言葉。

『永遠』

「……」

思わず小さな声で呟いてしまう。

「永遠に……?」

「永遠に」

……永遠に誓う……。

彼が揺るぎない眼差しを私に向け、そう断言したことで、目に浮かんでいた涙が雫《しずく》となって私から離れた。薔薇のつぼみが涙で濡《ぬ》れる。

今、薔薇と共に贈られた言葉の意味が繋がった。この言葉を伝えるために、毎日、彼は私に薔薇を贈ってくれたのだ。自分の腕の中にある薔薇を、胸の中心でぎゅっと抱える。彼の想いの一つ一つが愛しくて、幸せで、感情があふれでそうだった。

「ソフィア。愛している」

彼の言葉と同時に、私の腕の中の12本の薔薇が光りだす。その光がとても綺麗で幻想的で……息を呑んで見つめていた。

一本一本のつぼみがとても大きく優美な薔薇。

その薔薇が……。

私の腕の中で一斉《いっせい》に花開いていく！

ずっと待ち望んでいた光景が、今、私の腕の中で起こっていた。

ただただ、その情景に心を奪われ、花開く薔薇に魅せられる。

「……」

それは、私達を見守っていた人達も同じだったようだ。今、この場にいる人々すべての時間が止まっているような静けさが、辺りを包んでいた。

最初に我に返ったのは誰だったのだろう？　自分の感情をこれでもかと表現するような拍手《はくしゅ》が響き、その拍手がきっかけで次々に拍手が湧き起こる。それがだんだん大きくなっていき、感嘆が混じった祝福の音になった。私達を言祝ぐ言葉が、あふれだした。

今、私の腕の中に抱えられている薔薇は、優美な花束になっていた。それはとても不思議な奇跡の魔法。ジョルジュ様が私のために贈ってくれた、唯一無二《ゆいいつむに》の想い。

（……こんな不思議な贈り物を、私は知らない）

ジョルジュ様をそっと見上げると、とても甘い瞳を向けてくれていた。彼が歩み寄る。その瞬間、二人の周りに柔らかな風が起こり、後ろにいる人達が持っているかごから、色とりどりの花びらが一斉に風に舞った。くるくると祝福するように、私達の周りを、舞っている。招待客の人々がどよめき、踊る花びらに夢中になり笑っている。

そしてしばらく私達を包んで花びらが、一気に上空へと昇《のぼ》っていった。不思議なことに私とジョルジュ様の服も髪も、全く風に煽《あお》られていない。

呆気にとられながらも私は上空へ昇る花びらを追っていると、いつの間に距離を縮めていたのか、ジョルジュ様がすぐ目の前にいて、一瞬視線が交差すると私の唇に彼の唇が……重なった。驚く暇もなく、彼は薔薇を潰さないようにふわりと私を抱きしめてくれた。

「……君を抱きしめたくて仕方がなかった」

耳元で聞こえる呟きに、私は同意するようにジョルジュ様の腕の中で頷く。私も彼に触れたかったから……。次々とあふれる想いが涙となって落ちていく。ジョルジュ様はそっと私の目元を撫でると、その身を引いた。

それと同時に、驚いているようなそれでいて楽しそうな声が、辺りに響いた。

「くそ‼　お前！　ジョルジュなんてことしやがる！」

その声は、ユージン様の騎士であるサイラス様のもの。そちらへと視線を向けると、なぜか彼が花びらの海に沈んでいた……。

私のそばで、ククク と低い笑い声が聞こえる。隣を見上げると、彼がとても楽しそうに笑っていた。その笑みに、私も嬉しくなり釣られて笑ってしまう。ジョルジュ様がそんな私に視線を落として、優しい声音で告げる。

「ソフィアは、いつも笑っていてくれ……」

彼の言葉に、私は微笑んで「はい」と答えた。笑い合う私達を見て、私達の家族も友人も手を叩きもう一度祝福してくれた。

「ジョルジュ様」

興奮冷めやらぬ様子で、周りが笑っているのを見ながら、そっと彼に声をかける。

「どうした？」

「真紅のリボンには、お気持ちを綴っていただけないのですか？」

今までのリボンには、何か一言彼の想いが記されていた。私の問いにジョルジュ様が小さく笑ってから、私の耳元で囁いた。

「ソフィアは、純白の薔薇の花言葉を知っているか？」

白薔薇の花言葉も色々あるけれど、私が一番先に思い浮かべるのは……『貴方を想う』……。

『永遠』

◇21【ノリス】

婚約式の前半が終わるのを見計らって、セツナさんと一緒にそっとその場を離れた。誰にも気付かれずに、ソフィアさんのお屋敷をでることができたのは、よかったと思う。頃合いを見てお暇することを、ジョルジュさんには伝えておいたので、このまま帰宅するつもりだ。お店も今日は臨時休業にしているため、このあとの予定は何も入っていなかった。

「ノリスさん、これからどうされますか？」

「店に寄ってから、帰宅するつもりです」

「では、僕も帰ろうかな？」

セツナさんがローブを脱ぎ、腕を上げて体を伸ばしながらそういった。

「あの、セツナさん」

僕も高そうなローブを脱ごうとするが、フードが妙な具合に引っかかって、少し時間がかかった。髪がボサボサになっているような気がしなくもないけれど、気にせず彼に話しかけた。セツナさんにどうしても頼みたいことがあったから。

「はい」

「よければ、僕の家でお茶でも飲んでいきませんか？」

僕の誘いに、セツナさんは折りたたんだローブを鞄に入れながら応える。

「ラギさんからエリーさんの様子は伺っていますが、まだ完治されていませんよね。僕がお邪魔すると、落ち着かないのではないでしょうか」

「大丈夫です。実は、エリーにもセツナさんと一緒に戻ることを伝えてあるんです」

「そうなんですか？」

「はい。今日の婚約式の話を僕達から聞きたいと、昨日の夜からずっといわれていて」

「では、お邪魔させていただきますね。屋台で何か買っていきましょうか。お茶にするのにいい時間ですし、夕食に響かない程度のものを……」

「そうですね」

セツナさんと二人で、他愛ない話をしながら歩いて店まで帰る。途中の屋台で、お茶に合いそうな物を選び買っていく。セツナさんも、同じように買い物をしているのだが……その量がおかしい。そんなに誰が食べるのだろうと思いながら見ていると、アルト君へのお土産も一緒に買っていると教えてくれた。それでも多い気がするのだが、数日に分けて食べるのかもしれない。

店に寄り、今度は荷馬車で自宅へと向かう。その道すがら、セツナさんに頼み事の相談をすると、彼は快諾してくれた。ほっとすると共に、急にエリーのことが心配になってくる。きっとエリーは、今か今かと待ちわびているに違いない。無理していないといいけれどと考えているうちに家についた。

「ノリス、お帰り！　セツナ君も、お疲れ様！」

荷馬車の音で、僕だと気が付いたのだろう。エリーが家からでてきて、僕達を迎えてくれた。ゆっくり歩けるようにはなっているけれど、できればまだ家の中にいて欲しい。

セツナさんは「お邪魔します」と声をかけたあと、エリーの全身を上から下まで視線を流して診ていた。エリーは、自分を見ている理由に気付いたのだろう。「熱はもう下がったよ」と嬉しそうに報告していた。

エリーのワーワーと話す声に背中を押され、僕達は家に入り皆でお茶の用意をしてから、彼女に今日のことを語って聞かせた。僕の話はまず、人が多かったとか、貴族の衣装《いしょう》が煌びやかだったとか、両替商のシニアスさんがきていたとか、王子様と宰相様、王子様の第一騎士であるサイラス様が招待されていたことを話した。

「え？　本当に？」

「本当。もう……緊張して死ぬかと思ったよ」

まさか、王族が参加されているとか考えてもみなかったから、本当に緊張した。あんなに近くで、近くといっても、僕達はジョルジュさんの後ろにいたから、かなり距離はあったけど、それでも同じ庭に立っていること自体が、普通ではあり得ない。どう考えても、場違いだった。

「……婚約式を見てみたかったけど、いけなくてよかったかも」

エリーが本当にそう思っているのか、自分の胸に手を当ててほっとしたような表情を浮かべた。

「薔薇は？　シンディーローズとラグルートローズはどうだったの？」

今回のことは、薔薇の区画に時の魔法をかけてもらったこともあり、エリーも知っている。

「綺麗だったよ。本当に綺麗だった。僕達が育てた薔薇が沢山の人の前で一斉に花開いたんだ。ソフィア様もとても幸せそうな顔で薔薇を見つめてくれていたよ」

「そうなんだね」

「貴族の人達も、王族の方々もセツナさんの魔法にも驚いていらしたけれど、僕達が育てた薔薇にも驚いていらしたよ。口々に素晴らしいと、綺麗だと話されていたんだ。沢山の歓声《かんせい》と拍手が庭に満ちていたんだ。僕は、きっとあの光景を一生忘れないと思う」

「よかった……。沢山の人に認められて、本当によかった」

色々想像したのだろう。エリーは感極まったのか、涙を浮かべその涙が下に落ちた。

「育ててよかったね」

「うん」

「諦めなくてよかったね」

「うん」

何度も何度も失敗して、悔しい思いをして、落胆して、諦めようと思った回数は数え切れない。それでも、諦めることができなかった。諦めなかったから、今があるんだ。僕達の育てた薔薇が認められた。その瞬間は本当に幸せで……叶わないと知っていても、できれば、エリーにも同じ体験をさせてあげたかったと心から思ったんだ。

軽くエリーの手を握って涙を拭ってあげているところで、はたと気付く……。そっと、僕の正面に座っているはずのセツナさんに顔を向けると、そこには誰もいなかった。どこにいったのかと部屋の中を見渡すと、彼は花瓶に飾られた花をじっと眺めていたのだった。

「セ、セツナさん、すみません！」

「セツナ君、ごめんなさい！」

エリーもそうだけど、多分、僕も顔が真っ赤になっていると思う。そんな僕達に、セツナさんは何もいわずにいてくれた。

「他には、どんなことがあったの？」

この質問に、セツナさんはジョルジュさんの言葉を一言一句、正確に話していた。薔薇の渡し方からリボンの演出まで。エリーは目をキラキラさせながら、前のめりになって聞いていた。

「それにしても、ノリスさんの腕は秀逸《しゅういつ》ですね。一度も並べたことのない薔薇達の大きさをぴったりと揃《そろ》えていて、花束にしたときに調和がとれていたのですから。それも、シンディーローズだけならまだしも、別の畑で育てていたラグルートローズの大きさまで、ぴったり合っているんです」

「花束にしたときに、花の大きさが均等のほうが美しく見えると、思ったんですよ。それに大きさが異なると、12の言葉の中に価値の差が生まれそうで嫌だったんです。なので、一番大きな薔薇ではなく、同じ大きさになると思われる薔薇を選びました」

「あの花束は、本当に素晴らしかったです」

手放しで褒めてくれるセツナさんだったが、僕はすごく面映《おもは》ゆかった。エリーに誇らしげに見られていることが、さらに拍車をかけた。それで僕はたまらなくなり、違う話題を二人に振った。

「そんなことして大丈夫なの？」

セツナさんがサイラス様を花びらに埋めた話が終わると、エリーが心配そうにセツナさんを見る。

「大丈夫ですよ。ジョルジュさんがどうにかしてくださるでしょうし、それにサイラス様は、そんな心の狭い人じゃありませんよ。多分」

「多分って」

「多分……」

セツナさんの言い方に、僕とエリーは揃って苦笑した。正直、サイラス様にあんなことをして大丈夫かと肝《きも》を冷やしたのだが、ジョルジュさんも王子様も宰相様も、サイラス様も笑っていらしたので、お咎めはないだろうと、思いたい。まぁ、きっと、ジョルジュさんがなんとかしてくださるだろう。


穏やかな時間が過ぎていき、エリーの質問も途切れた。セツナさんが壁に掛かっている時計に視線を向けたことに気付き、姿勢を正してから彼に声をかける。

「セツナさん」

「はい」

僕の気持ちを察してくれて、セツナさんが頷いてくれる。それで今度は、エリーに向き直ってから話しかけた。

「エリー、セツナさんに傷を治してもらおう」

「ノリス！」

エリーが僕の腕を強く握って首を横に振る。

「大丈夫だよ、エリー。この1カ月近くで、目標にしていた売り上げを優に超《こ》えたんだ」

「……うそ」

「嘘じゃないよ。医療院の借金の返済も、来月の支払いも滞《とどこお》りなく行える」

「どうして……」

「一番大きいのは、花の包装が想定以上に好評で、売り上げがかなり伸びたんだ。当初の予定を大《おお》幅《はば》に超えてね」

「……」

「それに来月からは、シンディーローズとラグルートローズも売り上げに貢献してくれる。しかもずっとつぼみのままだから、無駄になることもないんだ」

本当ならば、セツナさんに時の魔法の代金を支払うべきだと思う。でも彼は、あの魔法を僕に秘密を背負わせたことの償《つぐな》いだと思っているので、そこにはもう触れないことにした。

「だから大丈夫だよ。背中の傷をきちんと治してもらおう？」

「それでも先に私の治療費よりも、色々とお店をよくしてくれた、セツナ君の依頼料を上乗せするのが先だと思う」

「それはもう、十分に頂いているのでお気遣いなく」

エリーの言葉に、セツナさんが助け船を出してくれた。

「え？　そうなの？　嘘ついてない？」

セツナさんの依頼料の上乗せは、一番先に改善させてもらっている。

「ギルドを通して頂いているので、気になるようならドラムさんに聞いてみてください」

「エリー、あとで帳簿を見せるよ」

「うん」

それでもエリーは不安なのか、首を縦に振ってくれない。

「あとね、セツナさんをこれ以上、僕達の依頼に縛り付けるのもどうかと思うんだ。彼は紫のランクなんだよ。本来ならば、僕達が依頼料を支払える冒険者じゃないんだ」

「……紫」

エリーが目を見開いて、セツナさんを凝視した。

「セツナさんは旅の資金を稼ぐという目的がある。僕達の拘束が長引けば長引くほど、セツナさんの目的が遠のいてしまう」

「そうだね。それは駄目だよね。本当に治療してもらっても、大丈夫？」

「大丈夫。僕を信じてよ」

「うん」

エリーが僕と目を合わせて頷く。

「セツナさん、エリーの治療をよろしくお願いします」

「セツナ君、私の傷を治してください。お願いします」

僕達は立ち上がると、セツナさんに頭を下げた。

「お任せください。しっかりと治療させてもらいます」

セツナさんはいつものように柔らかく笑い、引き受けてくれたのだった。


初めて診てもらった日と同じように、背中を見せてエリーがベッドにうつ伏せになっている。傷口が赤く盛り上がり痛々しい……。血が滲んでいることはなくなったが、肩から腰の辺りまで傷痕は、見ているだけでも辛かった。

セツナさんは真剣な顔でエリーの傷をしばらく診ていたが、そっと手をかざすと小さな声で魔法の詠唱を始めた。彼の詠唱が終わると同時に、傷の上に小さな魔法陣が連なって浮き上がる。どうなるのかと息を詰めて見つめていると、背中に浮いている魔法陣がくるくると回り、エリーの傷がゆっくりと癒やされていった。

「……」

セツナさんと声をだそうとするが、でなかった。その光景に息を呑んでいたから……。

「ノリス……？」

僕の様子がおかしいことに気付き、エリーの不安そうな声が聞こえるが、返事ができない。

「ノリス。大丈夫？」

エリーが心配そうに呼んでいるが、どうして僕が心配されているんだろう？　そう思いながら彼女の顔を見ると、眉根を下げて僕を見ていた。

「どうしたの？　どうして泣いているの？」

「あ……」

自分の目から落ちている涙に、今初めて気が付いた。袖で目元を拭い、笑おうとして失敗した。

「……背中……の……傷が……なくなった……んだ」

僕がエリーにそう伝えると同時に、彼女の背中に浮いていた魔法陣がふわりと消えていった。

(嬉しい)

これでエリーが傷痕を見て、苦しむようなことはない。

「え？」

「これで完治したと思います。薬も、もう飲む必要はありません。では、僕は部屋をでますので、背中を確認して何か気になることがあったら、教えてもらえますか？」

セツナさんは軽く息をついてからそれだけ告げると、部屋をでていった。エリーは合わせ鏡に背中を映し、瞬きを忘れるぐらい凝視し、口元を震わせ、そして涙を落とした。

「綺麗に治った……。絶対に傷痕は消えないと思っていたのに」

二人で泣きながら、喜び合った。そしていつか必ず、恩返しをしたいと心から思った。セツナさんが僕達を助けてくれたことを、生涯《しょうがい》忘れない。

しばらくしてようやく気持ちを落ち着かせると、彼女の身だしなみを整えてから、セツナさんを呼んだ。彼は戻ってくるとエリーに体の具合を確認し、そのすべてにエリーは頷いて、快癒したことを伝えていた。

セツナさんの話が終わると、彼女は嬉しそうに台所へお茶をいれにいく。自分の体の調子を確かめたかったのだろう。僕とセツナさんは苦笑しつつ寝室《しんしつ》をでて、客室のソファーに座った。

「エリーさんの怪我は完治しているので、明日からでも働くことはできると思います」

「本当に、ありがとうございました」

「いいえ、どういたしまして。でもそうなると、僕はもう必要なくなりますね。僕の依頼料がもったいないですから。なので、今日で依頼を終了していただいても、大丈夫ですよ」

「え？　私もセツナ君と働いてみたかったのに……」

エリーがお茶を僕達の前に置きながら、悲しそうに僕とセツナさんを見た。そして、今何かに気付いたようにハッとして、ますますしょんぼりと落ち込んでいった。

「エリー？　どうしたの？」

「明日から、ラギさんとアルト君に会えない……。寂しい」

そういったきり、エリーが俯いてしまった。

「セツナさんがよければ、明日まで依頼をお願いしてもいいですか？　エリーの体調の確認で、1日だけは様子見で一緒に働いてくれませんか？」

エリーが落ち込んでいたのもあるけど、やはりいきなり彼女に仕事をしてもらうのは心配だったので、セツナさんにお願いした。もちろん、完治したという言葉を疑ってはいないのだけど。

「ええ、僕でよければ」

僕の気持ちを察してか、セツナさんはにこやかに笑って引き受けてくれた。

「エリー」

「うん？」

「僕はラギさんへのお礼に、ラギさんの家の壁紙の張り替えを手伝う約束しているんだ」

「そうなの⁉ 私は知らないよ！」

エリーに話すと怪我が治っていなくてもついてきそうだから、話していなかった。

「だから、エリーもラギさんに許可をもらうといいよ。手が多い方が早く終わるしね」

「うん！ そうする！ お茶菓子を忘れたから持ってくるね！」

機嫌よく笑って台所にいくエリーに、僕とセツナさんは視線を合わせて苦笑したのだった。


セツナさんが帰り、二人でベッドに並びながら色々な話をした。今日のこと。今までのこと。セツナさんのこと。アルト君のこと。ラギさんのこと。ジョルジュさんのこと。この1カ月ほどで、僕の状況や環境は驚くほど変化した。それは、エリーも同じで……。

「エリー。僕は今回のことで、思ったんだ。いつか、守られる側から守る側になりたいなって」

「守る側？」

「うん。僕はセツナさんみたいに多彩《たさい》な才能はないけれど、それでも、彼やラギさんが僕達に手を差し伸べてくれたように、僕も守られる側から、守る側になりたいって思ったんだよ」

「守られる側から、守る側へ？」

「うん。セツナさんにしかできないことがあるように、僕にしかできないことがある。今は僕の力は未熟だけれど、そうやって努力していこうと思う」

「うん、うん。私も頑張るよ」

「それでね、いつかセツナさんに恩返しができるといいなと考えてる」

「そうだね。でも、セツナ君が喜んでくれることってなんだろう？」

「うーん、また、新しい花を創って、セツナさんの名前をつけるとか？」

「え……。それはなんか、セツナ君は嫌がりそうだよ？」

その様子を想像したのか、エリーがクスクス笑う。彼女の表情はとても穏やかで、本当に幸せそうに笑っている。そんなエリーを見て、僕も幸せな気持ちで心が満たされたのだった。

（セツナさん、ラギさん、アルト君に、心からの感謝を……）

そう心の中で祈念《きねん》しながら、僕の長い一日が終わったのだった。

エピローグ

◇1【セツナ】

ジョルジュさんとソフィアさんの婚約式《こんやくしき》は、本当に幸せそうだった。時の魔法《まほう》を使った演出は、僕《ぼく》が想《おも》い描《えが》いたとおりの情景を見せてくれた。大輪の薔薇《ばら》が一斉《いっせい》に花開く様は、美しいという言葉では収まらず、記憶《きおく》に焼き付くような強烈《きょうれつ》な印象を、その場の皆《みな》に残してくれたと信じたい。

一瞬《いっしゅん》でいいので自分とソフィアさんから招待客の視線を外して欲《ほ》しいと、ジョルジュさんからお願いされ、僕の独断で決めた。落ちについては、特に理由はない。

そのあとノリスさんの家にいき、エリーさんに婚約式のことを話す。話だけでも楽しんでいたが、彼女《かのじょ》にもあの光景を見せてあげられたらよかったのにと思ったのは、ノリスさんも同じだろう。

リヴァイルのときのように僕の記憶を映し出すことはできるけど、あれは光の魔法のため諦《あきら》めた。さすがに光魔法も使えることが知られるのは、まずいと思ったので。でもすぐは無理だけど、調べれば解決方法がありそうな気がするので、時間があるときにでも考えてみよう。

ノリスさんの家から帰宅し、夕食を食べながらアルトとラギさんに婚約式のことを話す。そして、ノリスさんの家であったことも話した。

「そっかー」

耳を寝《ね》かせ、しょんぼりとしている様子は、エリーさんを彷彿《ほうふつ》とさせる。彼女の傷が完治したことを喜んでいたアルトだったが、明日からお昼ご飯を届ける必要がなくなったことを知り、思った以上に落ち込《こ》んでいた。エリーさんとかなり仲良くなったようで、彼女が刺繍《ししゅう》を刺《さ》すのを見ているのが好きだったようだ。

「でも、ラギさんがいいといってくれたら、壁紙《かべがみ》の張り替《か》えを手伝ってくれるっていってたよ」

「ほんとう？」

「本当」

アルトが食べる手を止めてラギさんを見ると、彼《かれ》は小さく肩《かた》を揺《ゆ》らしてから「よろしくお願いしますと、お伝えください」と告げた。

その言葉にアルトが元気を取り戻《もど》し、また、機嫌《きげん》よく食べ始める。楽しく夕食を終え、ラギさんとお酒を飲んでから、自分の部屋へと戻った。アルトがベッドにいないところを見ると、今日は一人で寝ているようだ。

ベッドに横になって、深く息を吐《は》き出した。今日一日のことを思い出し、それに連なるように、次々とこれまでのことも思い出していく。初めての花屋の仕事は、僕にとってよい経験になった。人との関《かか》わりを厭《いと》うアルトにも、色々な変化が訪《おとず》れていた。もうしばらくは、アルトの心の傷を癒《い》やすことに専念するつもりではあるけれど、いずれ、様々なことに一人で挑戦《ちょうせん》して欲しい。

ふわりと欠伸《あくび》がでて、眠気《ねむけ》が襲《おそ》ってくる。明日の予定を簡単に頭の中に思い浮《う》かべ、この依頼《いらい》のことを考えるのも、これで最後になるのだと気が付いた。

「明日で最後……」

思わずそう呟《つぶや》き、残念に思っている自分に驚《おどろ》いた。名残惜《なごりお》しいと思ったのは、花屋の仕事か、それともまた別のものなのか……。ふと思い浮かんだ疑問が、またふわりとでた欠伸によって、霧散《むさん》していく。疲《つか》れていたこともあり、そこで考えるのをやめて眠りについたのだった。


今日はエリーさんも含《ふく》めて、最初で最後の3人での開店準備となった。働けることが嬉《うれ》しいというように、生き生きとした表情で動く彼女を、ノリスさんが嬉しそうに見ていた。

「ノリス。ラグルートローズとシンディーローズは、この辺りでいい？」

「うん、そこでいいと思うよ」

「売れるかな？」

「きっと、売れるよ」

「いつか、ラグルートさんとシンディーさんに届くかな？」

「届くように、今日からまた頑張《がんば》っていこう」

「うん」

今日から売り出される薔薇のつぼみの前で、二人が話しながらそっと手を繋《つな》いでいた。ノリスさんとエリーさんの夢は、今日この日から新たに始まっていくのかもしれない。僕はそんなことを考えながら、二人の邪魔《じゃま》をしないように、お店の周りを掃除《そうじ》するために外にでた。

花屋が開店すると、あっという間にラグルートローズとシンディーローズが、売り切れてしまった。昨日のジュルジュさん達《たち》の婚約式の噂《うわさ》がかなり広まっているらしく、様々な人達が買いにきたからだ。

そのときにお客さんから「薔薇のつぼみが、開かないようにして欲しい」という注文をつけられることが何度もあったが、そのたびに「それができる魔導師は、リペイドから旅立ってしまった」と断った。それで一度は残念がられるけれど、自分の眼前で花開く薔薇を見て、心が満たされたのか瞳《ひとみ》を輝《かがや》かせ、最後には包装された薔薇を愛《め》でながら、帰っていった。

「エリー？　疲れた？　大丈夫《だいじょうぶ》？」

「エリーさん、大丈夫ですか？」

ノリスさんと僕で事あるごとに声をかけ、彼女を見守りつつ仕事をする。怪我《けが》は完治しているが、体力はまだ完全に戻っているとはいい難《がた》い。こればかりは、徐々《じょじょ》に慣らしていって欲しい。

「大丈夫だよ」

「本当に？」

心配そうなノリスさんに、エリーさんが笑って答える。

「うん。ただ……明日から大変だなって思った」

エリーさんの言葉に、ノリスさんが苦笑《くしょう》する。

「明日からセツナさんがいないしね。確かに、二人で店を回すのは少し大変だね」

「それもあるけど、セツナ君を目当てにきている人達が、いるみたいだから」

彼女がそういって、またため息をついた。

「僕、目当てですか？」

意味がわからず、彼女に聞き返す。

「……気が付いていなかったの？」

エリーさんが信じられないというように、呆《あき》れて僕を見た。

「私やノリスの手があいているのに、わざわざ店先でセツナ君の手があくのを待って、声をかけてくる女性達がいたでしょう？」

「あ……。ただ、花が好きなだけじゃないんですか？」

僕がそういうと、エリーさんが、また呆れたような目を向けた。

「あのね、花が好きな人はじっと花開く瞬間を見ているものなの。セツナ君みたいにね」

「セツナさんは、花開く瞬間を本当に楽しそうに眺《なが》めているから、きっと誰《だれ》が見ても、花好きだってわかると思います」

つぼみが花開く瞬間は、何度見ても飽《あ》きることはない。だが、二人にそう断言されるほど表情にでているとは思っていなかった。

「ノリスと同類よね」

エリーさんがそんなことをいいながら、ノリスさんの脇腹《わきばら》を指で軽く突《つ》っついていた。

「話が逸《そ》れてるよ、エリー」

エリーさんの攻撃《こうげき》から逃《に》げながら、ノリスさんが続きを促《うなが》す。

「んー。セツナ君目当ての人がこなくなると、売り上げが落ちるなって。それに、セツナ君をどうしてやめさせたのかって詰《つ》め寄られそう……」

「……僕が抜《ぬ》けてしまって、大丈夫なのですか？」

僕は心配になり、ノリスさんに尋《たず》ねる。

「大丈夫、セツナさんもエリーも心配しないでいいよ」

ノリスさんは、笑う。

「想定済みだから。それも込みで、エリーの治療《ちりょう》もお願いしたし、今後の店の経営も考えているよ」

「そうなんですか？」

「そうなの？」

エリーさんと僕の声が被《かぶ》る。

「帳簿《ちょうぼ》を見れば、セツナさんのお客様が、一本の花を買う女性ばかりというのは、まるわかりですから。あとは、毎日セツナさんのお客様を見ていると、その女性も若い方に集中しているということがわかります。ちなみに買われていった花の種類も、ちゃんと押《お》さえていますよ。そういうのを把握《はあく》しておかないと、明日から無駄《むだ》に花を採取してしまいますからね」

商売人の本気を垣間見《かいまみ》た瞬間だった……。

「ノリスさんはすごいですね。目から鱗《うろこ》が落ちました」

「いえいえ。すごいのは帳簿ですよ」

なるほど、帳簿を毎日つけて、分析《ぶんせき》するのは大事なんだなと、改めて思った。エリーさんも納得《なっとく》して何度も頷《うなず》き、頼《たの》もしそうにノリスさんを見ていたのだった。

午後になるとジョルジュさんが見回りを兼《か》ねてやってきて、毎月、季節の花をソフィアさんのために用意して欲しいと、ノリスさんが注文を受けていた。エリーさんとジョルジュさんはお互《たが》い初顔合わせだったのにもかかわらず、ずっと前から知っている感じがすると話していた。

そんな感じで時間が過ぎ、閉店の時間になり片付けを始めたところで、ノリスさんがエリーさんに椅子《いす》に座《すわ》るように促していた。エリーさんは大丈夫だと一緒《いっしょ》に片付けると話しているが、彼は頑として譲《ゆず》らなかった。

「療養中に少しずつ体を動かしていたから、体力は結構回復しているの」とエリーさんはいっていたが、僕達に疲れを見せないようにしていたことは明白だった。しぶしぶ椅子に座ったエリーさんと話をしながら手早く片付けていると、店の外からそっとこちらを覗《のぞ》く二つの影《かげ》を見つける。

「ノリスさん、すぐ戻りますので、少し離《はな》れてもいいですか？」

「どうしたんですか？」

「アルトとラギさんが、店の外にいるようです」

「あ、本当だ。何か困り事かもしれないですし、いってあげてください」

エリーさんが「アルト君？」と嬉しそうに店の外を見て、軽く手を振《ふ》っていた。

「ありがとうございます。話を聞いたら戻ってきます」

「はい」

店からでて、早足で二人に近づいていくと、アルトが抱《だ》きついてくる。

「ししょう、しごと、おわった？」

「もうすぐ終わるけど、どうしたの？　何かありましたか？」

最後の言葉は、ラギさんに向けて話す。

「いや、依頼が今日で終わると聞いていましたからな。どこかで食事でもしながら、セツナさんを労《ねぎら》おうとアルトと話し、閉店時間を見計らって歩いてきたのだよ。少し早かったようだがの」

「そうですか。あと少しで終わりますので、先にお店にいって待っていてもらえますか?」

「ここで、待っておるよ」

「おれも、まってる」

二人にそういわれて頷き、早足で店に戻ってノリスさん達にアルト達がきた理由を話す。

「ノリスと二人で片付けるから、終わってくれても大丈夫だよ」

エリーさんが僕にそういいながら、そっと布巾《ふきん》に手を伸《の》ばしていたが、ノリスさんが気付き取り上げられている。

「確かに、待たせるのも悪いですし、セツナさんはあがってください」

二人の気遣《きづか》いに、僕は首を横に振った。

「最後まで片付けて終わりたいと思います」

「セツナ君は、真面目《まじめ》だね」

「セツナさんは、律儀《りちぎ》な人ですね」

二人はそんなことをいいながらも、僕に温かい笑《え》みを向けてくれたのだった。


すべての片付けを終え、ノリスさん達と一緒に店をでる。アルトがこちらに歩いてこようとするのを、目で制した。あとは戸締《とじ》まりを残すのみだけど、そういったけじめは大切だと思っている。ノリスさんが店の鍵《かぎ》をかけ、今日の仕事が終わった。

ノリスさんとエリーさんが顔を見合わせたあと、二人並んでゆっくりと頭を下げた。

「セツナさん、今日まで本当にありがとうございました。セツナさんが依頼を受けてくださらなければ、僕達は今も途方《とほう》に暮れていたと思います」

「セツナ君、本当にありがとう。セツナ君のおかげで傷が完治したから、こんなに早く働けるようになったよ。本当にありがとう」

「どういたしまして。今日一日、お二人と働けてとても楽しかったです。お二人の夢が叶《かな》うことを願っています。どうか、そのためにも体を大切に」

「はい。ありがとうございます。セツナさんも」

「うん。ありがとう。セツナ君も気を付けてね……」

「はい」

最後の挨拶《あいさつ》を終え、僕の依頼も完了《かんりよう》した。僕を待っているアルトを振り返ると、アルトはじっと僕達を真剣《しんけん》な眼差《まなざ》しで見つめていたのだった。

「アルト?」

すぐに走ってくると思ったのに、いまだにこちらにこないアルトに声をかけると、ハッとしたように僕を見てから、嬉しそうに走ってくる。ラギさんはその様子を見守りながら、ゆっくりと足を踏《ふ》み出していた。僕もアルトを迎《むか》えるために一歩踏み出す。ノリスさん達も、僕の後ろをついてきていた。

アルトとラギさんに労いの言葉をもらったあと、アルトとエリーさんが楽しそうに喋《しやべ》りだし、ノリスさんとラギさんは壁紙の張り替えのことを話していた。皆の声を耳に入れながら、ふと、空を見上げる。そこには、光と闇《やみ》の織りなす美しい光景が広がっていた。

光が名残《なごり》を残し、闇が訪れ、夕空に一筋の白線が浮かぶ、僅《わず》かな時間。『黄昏《たそがれ》』、『夕闇《ゆうやみ》』、『薄暮《はくぼ》』、『宵闇《よいやみ》』。思わず見惚《みと》れてしまうほど美しい時間だと、僕は思う。

ハッと気付くと、周りの声が聞こえない。空から周囲へと視線を移すと、全員が僕と同じ風景を眺めていたのだった。

「私達はこれから食事にいきますが、ノリス夫妻も一緒にどうですかの？」

話が一段落して、ラギさんが食事に誘《さそ》うが、ノリスさんがエリーさんを一度見てから断った。

「エリーの体力がそろそろ限界に近いので、残念ですが今日は真《ま》っ直《す》ぐ戻ろうと思います。せっかくお誘いいただいたのに、申し訳ありません」

エリーさんがしょんぼりしているけれど、ノリスさんは彼女の体のことを考えて心を鬼《おに》にしているようだ。ラギさんはそんな彼らの様子に小さく笑った。

「いやいや、体は大事です。また機会は巡《めぐ》ってくるでしょうから、気になさらずにの」

ラギさんの言葉に、二人が嬉しそうに笑って頷く。

「では、僕達はこれで失礼します」

「はい、ノリスさん、また近いうちに」

「セツナ君、手料理を御馳走《ごちそう》するっていう約束、必ず守るからね！」

「エリーさん、楽しみにしていますね」

「……」

相変わらずエリーさんの手料理の話になると、ノリスさんの顔色が変わるような気がするが、彼女が楽しそうにしている姿を見て、僕は何も聞かないことを選んだ。

ノリスさん達と別れ、黄昏時の道を3人でのんびりと歩き、ラギさんのお勧《すす》めのお店へと入る。店主と顔なじみだったのか、それとも予約をとってくれたのか、僕達は喧噪《けんそう》から少し離れた席へと通された。

アルトの好きそうな肉料理を中心に、ラギさんは、僕達が食べたことのない料理を注文してくれた。料理が届き3人で取り分けながら、今日一日の出来事などを話していく。

僕は仕事のことを中心に、アルトはどんな手伝いをしたかとか、ラギさんに教えてもらったことなどを身振り手振りを交えて話してくれた。警戒《けいかい》することなく安心しきった表情で僕やラギさんと話すアルトに、この国に滞在《たいざい》することを決めてよかったと思った。

アルトが気を張ることなく、穏《おだ》やかな日々を過ごせているのは、ラギさんがアルトの心に寄り添《そ》ってくれているからだと思う。そして僕は、アルトだけではなく自分にもその優《やさ》しさを向けてくれていることに気が付いていた。どこか僕の祖父と同じ雰囲気《ふんいき》を持っているラギさんとの時間は、今や僕にとってかけがえのないものだ。

アルトの笑顔が増えるたびに、僕の心も軽くなっていくような気がする。アルトや僕に向けられる見守るような彼の眼差しは、どこまでも優しく、柔《やわ》らかく、そして面映《おもは》ゆく感じた。

こっそり二人で飲むお酒は、僕の病気が癒え、祖父が生きていたらこんな時間を過ごしたのかもしれないと思わせてくれた。果たせなかった祖父との約束を、叶えたような気持ちになった。

「しょう」

「うん？」

「ししょうも、じいちゃんの、ようへいのときのはなしを、ききたいよね？」

「確かに、僕も聞きたいな」

自分の思考から抜け出し、アルトに同意しながらラギさんを見ると、彼は弱ったというような笑みを僕達に向けながらも語ってくれる。

「じいちゃんは、どんなくにに、いった？」

「サガーナをでて傭兵《ようへい》をしながら移動し、バートルから船に乗ってヌブルに渡《わた》り、そこからは北の大陸を、まんべんなく旅していたのだよ」

アルトの質問に答えるように、ラギさんは傭兵時代の話を、僕達に聞かせてくれた。

「ヌブルの焼き魚は、そんなに美味《お》しいんですか？　そういえば、海の魚を食べたことがないな」

「おれも、うみのさかな、まだ、たべたことない……きがする？」

アルトの曖昧《あいまい》な言い方に、僕とラギさんが思わず笑う。

「そうなんだよね。ガーディルもクットもリペイドも内陸だから、食べる機会がなかったんだよね」

「うみのさかな、たべてみたい！」

「僕も食べてみたいな」

「セツナさんもアルトも、冒険者《ぼうけんしゃ》なのだから、海のある町にいつかいってみるといい」

「そのときは、じいちゃんも、いっしょにいこう？」

「……」

アルトの無邪気な誘いに、彼は以前のような動揺《どうよう》を微塵《みじん》も見せずに、笑って答えた。

「私はもう、長旅をする体力は残っていないのだよ」

「……そっか」

しょんぼりと肩を落とすアルトに、ラギさんが苦笑しながらゆっくりとアルトの頭を撫《な》でる。

「海の魚は無理だが、川の魚ならじいちゃんも釣《つ》れるところを知っている。この間のお土産《みやげ》も美味しかった。今度は、じいちゃんと一緒に釣りにいくかの？」

「いく！」

ラギさんの誘導《ゆうどう》に上手《うま》くのせられ、魚釣りの話を始める二人を僕は黙《だま》って見つめていたのだった。


食事が終わり、御馳走になったお礼をラギさんにいって、店の外へでる。辺りはもう真っ暗で、家までの道を灯《あか》りなしで歩くのは心許《こころもと》ないと思い、鞄《かばん》から火の魔導具を取り出そうとした。

「家に帰るためだけに、魔導具を使うのはもったいないの」

後ろから、ラギさんに声をかけられる。

「魔導具は沢山《たくさん》あるから、大丈夫ですよ？」

「そうだとしても、無駄遣いはよくない。魔物の脅威《きょうい》がさほどない町中だからの、町の人達と同じように、これを使って帰るとしよう。こちらの方が、風情《ふぜい》がありますのでな」

そういって、ラギさんが持っていた袋《ふくろ》から何かを取り出した。店の明かりと店先にあるランタンの灯りを頼《たよ》りに、アルトと僕が彼の手の中を見て、同時にその物の名前を口にした。

「らんたん？　もってきたの？」

「ランタンを、持ってきたんですか？」

僕もアルトもランタンのことは知っているが、使ったことはない。アルトと二人だけのときは光の魔法を使うし、第三者が一緒のときは、暗くなる前に野営し火をおこし、その場から動かないからだ。どうしても動くときは、火の魔導具を使うことが多かった。

ラギさんが頷きつつ、アルトにランタンを持つようにいい、アルトがしっかりと持ったところで、店先にあるランタンから火をもらう。それが消えないように気を使いながら片膝《かたひざ》をつき、ランタンの中にある蝋燭《ろうそく》にそっと火を移した。

僕とアルトはラギさんの手元を凝視《ぎょうし》し、明かりが灯《とも》るのを待った。しばらくして、ランタンのほのかな灯りが僕達の足下《あしもと》を照らす。

ラギさんが火が消えないことを確認《かくにん》してから、膝の土埃《つちぼこり》を軽く払《はら》い立ち上がった。

「家に帰るなら、ランタンで十分だからの。それに、風情があるのがいい」

柔らかい灯りは、本当に僕達の足下しか照らさないが、僕は素直《すなお》に頷いた。火の魔導具よりもランタンの灯火《ともしび》のほうが、僕は好きかもしれない。

「さあ、アルト。先導を任せるからの。私達を家まで連れて帰ってくれんかの」

「わかった！　じいちゃんも、ししょうも、おれに、ついてきてね！」

頼られたことが嬉しいのか、元気よく尻尾《しっぽ》を振り、先頭をゆっくりと歩きだす。しかし、アルトを一人で歩かせるのが心配になったのか、すぐにラギさんは横に並び、優しく微笑《ほほえ》みながら、ランタンに関する注意をしてくれていた。苦笑して、僕も二人に追いつく。

アルトを挟《はさ》んで３人で並んで歩く。灯りの範囲《はんい》に留《とど》まるために、いつもより近い距離《きょり》で肩を寄せ合い歩いていく。３人で話しながら帰るその道程《みちのり》は、いつも以上に優しい雰囲気に包まれているような気がしたのだった。

追章　杜若

《音信》

◇1【ティレーラ】

太陽が中天に上りきった頃《ころ》、私達《たち》は目的の場所についた。日を受けながらさんさんと輝《かがや》く3本の尖塔《せんとう》を目印に街道《かいどう》を進軍してきたが、それもようやく終わろうとしていた。

エンディア神の三尖塔と称《しょう》されるこの3本の尖塔と中に奉《たてまつ》られている1体の女神《めがみ》像は、約9000年前に魔物《まもの》の災厄《さいやく》に打ち克《か》つため、建てられ始めたとされる。中央の塔は105メル、左右の塔は90メルの高さを誇《ほこ》る。姉弟《きょうだい》大陸でこれ以上の高さの建物はない。なぜなら、この塔より高い建物を建てることは、神に対して不敬であるとされているからだ。

そして、その三尖塔の元にある都こそが、エラーナ王国の聖都だ。女神像を造り女神《めがみ》を祭る人々によって生まれた都ゆえ、その名前はエンディア。普段《ふだん》は畏《おそ》れ多く聖都とのみ呼ばれている。

「聖都エンディアへお越《こ》しいただき、ありがとうございます。私は先導役を仰《おお》せつかっております、八皇騎《はちこうき》が一人、デトラースと申します」

だが、先駆《さきが》けて送っていた使いに応じて、聖皇から遣《つか》わされた騎士隊の代表が、その名をはばかることなく告げた。聖皇直属の八皇騎なら、その資格はある。そのような格の高い人物を迎《むか》えによこしてもらえるとは、この任務にただならぬ期待を寄せているということなのだろう。

「過分なご対応を賜《たまわ》り、痛み入ります」

「いえいえ。エンディア神の神使《しんし》である勇者と、ガーディルの誇る姫《ひめ》将軍を迎えるのに、むしろこれでは足りぬというものです。お許しを。それでは、参りましょうか」

大仰《おおぎょう》すぎる言葉に私はあえて何も反応せず、彼《かれ》の案内にしたがって勇者様の部隊を進める。聖都には城門は一つしかない。魔の国と対峙《たいじ》する都のため北にしか門を造らなかったとされるが、おかげでガーディルからくると城壁《じょうへき》を迂回《うかい》しなければならず、非常に煩《わずら》わしい。しかも城壁は10メルほどの高さがあり、そばを歩いていると圧迫《あっぱく》感が強い。

「ガーディルの城壁も高かったけど、ここのは別格だねっ」

前をいくデトラース殿《どの》を気にしてか、隣《となり》の勇者様が小声で話しかけてくる。

「そうですね。ガーディルの城壁に比べて、倍以上の高さがありますから」

そう話している間に、私の隣にいたルルタスが馬の速度を遅《おく》らせた。

（いらない気の使い方を……）

『勇者様と私の語らいの邪魔《じゃま》をしないように』というわけではない。騎士隊の進行を他の者に任せ、馬を止めて私達に合流しようとしていたデトラース殿に、場所を譲《ゆず》るためだ。

（ルルタスのほうが、幾分《いくぶん》ましではあったのだが……）

そう思い後ろを振《ふ》り返るも、自分の役割をいい含《ふく》められているだろう副官は、どこ吹《ふ》く風とばかりに、あらぬ方を向く。

「どうですか、3年ぶりの聖都は、ティレーラ姫」

最初の言葉は想定どおりの社交辞令だったので、用意していた返事をしようとした。その矢先に、勇者様が口を挟《はさ》んできた。

「えっ！　ティレーラさんは、ここにきたことがあるの？」

違和《いわ》感しか覚えない言葉だったが、そういえばエラーナにきたことがあることを話していなかったなと思い、口を開こうとした。しかし私よりも早く、デトラース殿が口を挟んできた。

「勇者殿。ティレーラ姫は3年前の成人の折に聖都を訪《おとず》れ、先の聖皇様に謁見《えっけん》されているのです」

「そうなんだ。どおりで落ち着いているわけだね。僕《ぼく》なんか珍《めずら》しくて、そわそわしちゃうよ」

先ほどから物珍しげに城壁を見上げては感嘆《かんたん》していたのは、そういうわけだったのだなと納得《なっとく》しつつデトラース殿に話しかける。

「ここでいうことでもないのですが、先代の聖皇様が崩御《ほうぎょ》された折には、葬儀《そうぎ》に参列できずに申し訳なく思います」

「仕方ありません。むしろ、ティレーラ姫が生き残られて幸いでした」

彼の言葉に反応して「どういうこと？」と問いかけたそうな目で勇者様が、こちらを見てきていた。おそらく、私との距離《きょり》感をどこまで見せていいか測りかねているのだろう。

「2年前の話になります。67番目の勇者を護衛にして葬儀に参列すべくガーディルをでたのですが、その道中に魔物の群れに襲《おそ》われたのです」

「そうなの⁉」

驚《おどろ》きの声を上げた勇者様に、デトラース殿が微妙《びみょう》な視線を向ける。勇者様を観察しているのは間《ま》違《ちが》いない。『生き残る』などという文言を持ちだしてきた点を見ると、あらかた勇者様のことを調べているのだろう。このまま話を続け、勇者様の人となりを知られてしまうのは得策ではないと思い、話を打ち切ることにする。

「その話はいずれするとして、今は、これからの予定をお聞かせ願いませんか？　デトラース殿」

「そうですね」

表情を変えずにデトラース殿は、今後の予定を話していく。3時間ほどで城門につき、聖都の中には私と勇者様のみ入ることになる。そして、都の中央にある宮城まで2時間。聖都内では馬を走らせることができないので、時間がかかるということだ。

「それでは、宮城に到着《とうちゃく》するのは夕方になりますね」

実のところ、以前の経験から知っていたのだが、勇者様に聞いてもらうために、あえて確認《かくにん》する。

「はい。聖皇様に謁見するのは明日ということになります。ですので、今日は宿泊《しゅくはく》場所までご案内させてもらい、謁見に関しましては明日の早い時期に、ご連絡《れんらく》を差し上げます」

「了解《りょうかい》しました」

私はそう答えると、あとは黙《だま》っていた。

「どうやら、お疲《つか》れのようですね。城門まではまだかかりますから、これ以上のお話は控《ひか》え、私は案内役に徹《てっ》しましょう。それとも、いったん休憩《きゅうけい》をとりますか？」

「構わず進んでください。馬上で揺《ゆ》られていれば、じきに体力も戻《もど》るでしょうから」

「それでは、何かありましたら声をかけてください。私は前に戻りますね」

彼は軽く会釈《えしゃく》をすると、馬を走らせ騎士隊へと戻っていった。それを見送ったあとで後ろを振り返り、近づいてこようとするルタスを睨《にら》みつける。すると馬の速度を落としこちらに合流するのを諦《あきら》め、仕方なかったんですよとでもいいたげに、顔を背《そむ》けた。

一連の仕返しを済ませると、私は大きくため息をつき、勇者様に向き直った。

「色々、聞きたそうな顔をなさってますね」

「そりゃ、そうだよっ」

勇者様はふてくされていた。これは、今まで話してくれなかったことに対して怒《おこ》っているのと、心配しているのと、急に入ってきた情報で頭がこんがらかっているのとで、どうしていいのかわからないといった感じなのだろう。

「質問は二つまでです。城門につくまでに話さなければいけないことがありますので」

「えぇっ⁉」

抗議《こうぎ》の声を無視して、続ける。

「それと質問を受ける前に、どうしても伝えておかなければならないこともあるので、先にそちらから話させていただきます。いいですか？」

畏《かしこ》まってそういうと、私の気持ちを汲《く》んでくれ、勇者様は頷《うなず》いた。礼を述べてから、話を始める。

「先日もお伝えしましたが、決してエラーナの者達に気を許してはいけません」

「さっきの感じで、よかったかな？」

「できたら、もう少し自然な感じがいいですが、贅沢《ぜいたく》はいいません」

「そっか、もう少し演技力を磨《みが》かないと駄目《だめ》か。でも、そうまでして身構えなければ、本当に駄目なの？」

悠長《ゆうちょう》にそういう勇者様に、私は頷いてからいった。

「今回の件は凱旋《がいせん》式という形になっていますが、その内実は勇者様を聖皇の権威《けんい》の下《もと》に組み込《こ》むためのものなのですよ。そのために、どんなことをしてくるかわかりませんので、つけいる隙《すき》を見せては駄目です」

「それは聞いたけど……。政治の体面の話だから、僕にはいまいちピンとこなくてさ」

腑《ふ》に落ちていないというように、勇者様は返事する。縁《えん》のない話ゆえか、危機感が今ひとつ足りていない。仕方なく以前した説明を、私は繰《く》り返す。

「表向き、勇者はエンディア神の神託《しんたく》により信徒が覚醒《かくせい》した者です。なので、エンディア神により、人を統《す》べることを委《い》託《たく》されている聖皇は、勇者を導くため巫女《みこ》を遣わすとされています」

「うん、覚えているよ」

どこか他人事《ひとごと》のようではあるが、勇者様は頷いた。

「では、その巫女とは何かといいますと、それは聖皇を助けるために働く者のことで、巫女になれるのは、エラーナの皇族や魔法を使うことができる各国の王族のみです。当然、聖皇を助けるための者なので聖都にしかいませんが、例外的に勇者を導くためにガーディルにも巫女がいるわけです」

「でも、僕にはその巫女がいない。だから体面上、エラーナは困っている。そういうことだよね？」

そう、勇者様には巫女がいない。

表向きはどうあれ、実際のガーディルの巫女というのは、勇者召喚《しょうかん》の儀を行う巫女に他ならない。つまり、ガーディル王家の血を引き魔法が使える者だ。そして今は、その資質を満たし、かつ、巫女の条件を満たした者がいなかったため、勇者様に巫女がいない状態になってしまったのだ。

私や兄弟に娘《むすめ》が生まれ、その娘が魔法を使えるようになれば問題は解決されるのだろうが、それは将来の話だ。それでも68番目の勇者召喚の際は、貴族のユエルテナを養子として王族に迎える方法で、強引《ごういん》に巫女の条件を満たした。しかし勇者様の場合、それすらできなかったのだ。

「はい。なので『巫女を遣わし導く』ことで、聖皇の下に勇者を置くことができない以上、どのような手段で勇者様を聖皇の下に置こうとするのかわかりません。だから、気を付けて欲《ほ》しいのです」

「わかったよ、用心する」

私が真剣《しんけん》に諭《さと》したためか、勇者様は神妙に頷いた。勇者様にはそういったが、エラーナがとろうとしている最終手段を私は知っている。それでも、それ以外にも何か方法を用意しているかもしれなかったので、油断が生まれないようにそのことを、私は黙っていた。

「それでは、勇者様の質問を受け付けますよ。どうぞ」

道半ばくらいで懸念事項《けねんじこう》を伝え終わったので、約束していた話を私は切り出した。

「二つだけって、酷《ひど》いよっ！」

「そんなことはありません。時間の都合です」

「それじゃあ、いいよ。その代わり、これからするのは質問ではなく、文句だから数に数えないでよねっ！」

勇者様が頬《ほお》を膨《ふく》らませて抗議するので「仕方ないですね」と頷いた。

「なんで、死にそうになっていたって話、教えてくれなかったの？」

「死にそうになったことなど、ありませんが？」

「ええっ⁉　だって、魔物に襲われたけど生き残られて幸いって、あの人いってたよね？」

とぼけても無駄《むだ》だよとばかりに、勇者様が睨んでくる。

「ああ、そういう風に捉《とら》えられましたか。迷惑《めいわく》な話し方をする人ですね、デトラース殿は。そもそも、たいした話ではないので、勇者様にするまでもないと思っていただけですよ」

「じゃあ、詳《くわ》しく説明して。あと、質問じゃないからね、これ」

勇者様の念押《ねんお》しに思わず苦笑《くしよう》してから、私は事の顛末《てんまつ》を話し始めた。

「前聖皇の葬儀に向かっている最中に、私達は大型の魔物の群れの発生にでくわしてしまったのです。私達はすぐさま、逃《に》げることを決め、ガーディルに戻ろうとしました。その際に殿《しんがり》を務めたのが67番目の勇者です。このとき死者が一人でたので、仰々《ぎようぎよう》しく『生き残られて幸い』とデトラース殿がいったのですよ」

「その死者って？」

「ええ。67番目の勇者です。私も会ったのはそのときだけだったのですが、聞いた話によると彼は戦闘《せんとう》が大好きな人だったそうです。あのとき殿を任された勇者は、私達と共に退《ひ》くのではなく、前へと踏《ふ》み込んでいってしまったのです。私達は後退している最中だったので止めることもできず、すぐに離《はな》ればなれになってしまいました」

「それで？」

「私達がガーディルに戻ってきたときには彼はもう亡《な》くなっており、戦場からは勇者装備だけが飛んで戻ってきていた状態でした」

勇者装備は勇者が死ぬと、宣名の儀が行われる間へと、自動的に飛んで戻ってくる。幼い頃から覚えている知識ではあったが、勇者様にそれを伝えるのは、少し躊躇《ちゅうちょ》した。

「67番目の勇者さんは残念だったけど、ティーレが無事でよかったよ」

しかし当の本人は、違うことを気にしていたようだ。

「お気遣い、ありがとうございます。でも逃げるだけだった私達は、それほど差し迫《せま》ってはいなかったのですよ。一身に敵を引きつけてくれた、勇者のおかげです」

「僕も、見習わないとね」

「いえ、やめてください。勇者様は私達と共に逃げてくださるように、お願いします」

勇者様が苦笑するので、私はもう一度念を押す。勇者様は頷いてから「じゃあ、最初の質問ね」と、この話を終わらせた。私は不安ではあったが、仕方なく「どうぞ」と応じる。


「デトラースさんがいっていた八皇騎って何？　すごい役職だろうとは、想像できるんだけど」

勇者様の口を衝《つ》いてでた質問は、拍子抜《ひょうしぬ》けするほど普通だった。当然、想定される質問ではあったが、そんなありきたりなものでいいのかという感想を抱《いだ》かせる。エラーナの役職になど興味はないだろうにと考えつつ、私は事実を答える。

「八皇騎は、聖皇の直属の騎士のことをいいます。エラーナ国の騎士団、これを聖皇兵団というのですが、その中で聖皇への忠誠が高く、優《すぐ》れている8名が選ばれ、その任にあたります」

「なるほどっ」

勇者様が神妙な顔で頷く。何か思うところがあるのだろうと思い、それならば、ついでにもう一つ勇者様の役に立ちそうな情報をと、補足情報も付け足す。

「同じような役職に、八聖魔というものもあります。八という数には意味があり、それは八属性の八を意味します。すなわち、火、水、土、風、光、闇《やみ》、空、時の属性を指しています。この八聖魔は、エンディア神を信仰《しんこう》する世界中の信徒の集団であるエンディア聖教の中で、聖皇への忠誠が高く各属性の優れた魔導師の中の8名が選ばれ、その任に当たります。各属性に適した者がいなければその座は空位となり、現在は空と時の位の聖魔が空位となっています」

「なるほど。他に聖皇直属の役職というのはあるの、これで終わり？」

「直属の役職というのは、先ほどの巫女を加えて、この3職ですね。それとは別に、聖王が幼いときには、国の政《まつりごと》を補佐《ほさ》するために皇補《こうほ》、聖教の祭りを補佐するために聖補《せいほ》がつきます」

「そうか、わかったよ。今は無理だけど、その人達の名前と人となりは覚えるようにするね。でも巫女全員は無理そうだなぁ。そのあとに、国政と聖教の偉《えら》い人も覚えて……。あぁ、ごめんっ！肝心《かんじん》な聖皇が抜けていたかぁ。幼いといっても、聖王だから用心しないといけないよね」

「……なぜ聖王が、幼いと知っているんですか？」

「えっ、違うの？」

「いえ、合っていますが。私は一言も申し上げておりませんので」

「やっぱり、そうだよね。よかったよ」

「どうしてそう思ったのか、詳しく教えてください」

「いや、だってさっきまでの話を聞いていると、ティーレが聖都に関係した行動って2回しかないからさ。そうしたら、聖王は子供ってなるじゃない？」

「意味が、わかりません」

相変わらずの勇者様の思考に、素直《すなお》に私は「わからない」と伝える。

「わからないといわれても、困るよ」

「私が、困ります」

妙な間が、あく。

「この変な雰囲気《ふんいき》は、僕が悪いの⁉」

しばらくして、勇者様が猛然《もうぜん》と抗議してくる。

「そのようですね」

それしか、返事のしようがない。

「……」

「……」

私は、無言で考え続ける勇者様を、静視し続ける。

「あっ、あれだ！」

「どれです？」

間髪《かんはつ》を入れず、聞き返した。

「上手《うま》く伝えられると思うよ」

得意満面で、勇者様がそういう。伝え終わってから、そのような顔をして欲しいとは思わない。

勇者様が嬉《うれ》しいのは、何よりだからだ。

「まず、ティーレが聖都にいった、もしくはいこうとしたのは、成人のときと前聖皇の葬儀のときの2回だよね」

「そうですね」

「おかしいよね？」

「何がです？」

　また、妙な間が生まれる。

「あ、うん。今、聖皇は即位《そくい》してるよね」

「してますね」

「聖皇が即位するときの儀式が、あるべきじゃないの？」

　そこまで聞いて、ようやく勇者様がいいたいことを理解できた。

「ああ、わかりました」

「よかった。伝わらなかったから、どうしようと思ったよ」

　心底ほっとしたという感じで、勇者様はため息をついた。

「つまり……。聖王が即位したからには、その儀式があって然《しか》るべきで、そうであるならば、私が聖都に訪れる機会が、もう一つ増えるべきだ。しかし、実際はそうなっていない。そこから考えられるのは、聖皇の即位の儀式が行われなかったということで、では、なぜ儀式が行われなかったのかと考えてみると、聖王が幼すぎて儀式を行える状態ではなかったからだと。勇者様は、そう仰《おっしゃ》りたいのですね？」

「そうそう、わかってもらえて嬉しいよ。今、5歳《さい》くらいかなって思ってたんだ」

「正解です」

「よかった」

さすがの洞察力《どうさつりょく》だと思いながら、私にもそれを分けて欲しいと思った。私には、なぜ勇者様が八皇騎のことを聞いてきたのか、いまだにわからなかったからだ。しかし、それを尋《たず》ねている余裕《よゆう》はなかった。

「それで、よろしいのですか？　城門まで、もう時間がなかったのだ。

城門が見えてきましたよ。もう5分もすればついてしまいますが、最後の質問はなしにします？」

城壁の角を回って遠く見え始めた城門を捉え、勇者様が慌《あわ》てて尋ねてくる。

「ティーレ、何歳⁉」

「⁉」

目が、点になる。

「ごめん。僕、ティーレが年上だと思ってなくって、失礼な態度をとっていたんじゃないかって反省してる」

今度は「なぜ？」とは思わなかったが、今更《いまさら》、「何を水臭《みずくさ》い」とは思った。

「今の成人年齢《ねんれい》は16歳となっていますが、昔の成人年齢は12歳だったので。ただ神事に関係することは、昔の儀礼のまま執《と》り行われるため、エラーナの皇族やガーディルの王族に関してのみ成人年齢は昔のまま12歳なのですよ。なので、私は15歳で17歳の勇者様より年下です」

「それならよかった。失礼にならなかったね」

勇者様が胸を撫《な》で下ろす気持ちはわからなくもないが、年上か年下かなどは私にとって些細《ささい》なことでしかなかった。例えば、ユエルテナは20歳を超《こ》えているが、義妹《ぎまい》になった。これは私がガーデイルの王族で、彼女《かのじょ》が貴族だったからだ。年の上下による立場など、その時々の状況《じょうきょう》で変わるのだから、なんの尺度になろうかと、思わずにはいられない。

そんなことよりも、勇者様が些事を気にしているのが、不満だった。勇者様は私など気にせず、大きく構えていればいいのだ。

「もっとも、勇者様は1歳かもしれませんがね」

私は大人気なく、ちょっとした抗議の気持ちを込めていった。勇者様は喜怒《きど》ないまぜの表情で何かをいってきたが、私は聞こえない振りをして、城門前で待っていた騎士隊に合流するのだった。

◆ あとがき ◆

【緑青《ろくしょう》】

（どうやら、折り合いをつけることができたようだ）

サイラスが胸中で呟《つぶや》く言葉ですが、『折り合いをつける』のは、なかなかに難しいことだと思います。誰《だれ》かに助言を貰《もら》ったり、独りで向き合ったり、それでも、折り合いがつけられないときもありますし……。そこに至るまでの道程《みちのり》が苦しいことを、今回、僕《ぼく》は改めて考えさせられました。

4巻は、それぞれのキャラクターが己《おのれ》の心と向き合って折り合いをつけながら、大切な者のために奔走《ほんそう》する物語となっています。楽しんでいただけると幸いです。


【薄浅黄《うすあさぎ》】

『刹那《せつな》の風景』に目を通していただき、ありがとうございます。薄浅黄と申します。前巻から1年ほど経《た》ってしまいましたが、こんなに執筆《しっぴつ》に時間がかかってしまったのは、私事を除けば、この4巻にて書かれる物語を深く掘《ほ》り下げていたからです。

『刹那の風景』は、小説家になろう様のサイトで連載《れんさい》しているもので、二〇二三年三月時点において第四章まで話が進んでいます。その中で、第一章の中核《ちゅうかく》となるリペイドでの生活が、この巻の話になります。セツナの心に多大な影響《えいきょう》を与《あた》えることになるこの町の生活ですが、私達《たち》としては描写《びょうしゃ》が足りていないと感じていました。……と、これ以上の話をする前に、ここから先は製作の裏話になるため、本編を読まれたあとに読み進めていただくことをお勧《すす》めします。

ということで話の続きですが、書籍《しょせき》化にあたり足りていないと思われる部分を洗い出し、行動表を作る作業を行いました。しかし、出来上がったそれを見ると、入れたい場面に対して、圧倒《あっとう》的に日数が不足していて愕然《がくぜん》とし、仕方なく追加しようとしていた物語をいくつか削《けず》りました。

その中で、どうしても書き足さなければならないと考えていた、ノリスの葛藤《かっとう》とジョルジュの人となり、そしてラギとの生活に焦点《しょうてん》を絞《しぼ》り、なんとか一冊に収めることができました。その結果、頁《ページ》数は三五〇頁ほどとなってしまいましたが。

そういうわけで、本当はweb版にでてきた某《ぼう》金貸しさんについても、深掘りした話があったのですが、ノリスがお金を借りたという事実もろとも削除《さくじょ》しました。まぁ、それだけでは忍《しの》びなかったので、名前だけは残してあります。web版をご存じの方は、探してみてください。


【緑青・薄浅黄】

この1年で『刹那の風景』の漫画《まんが》が、始まりました。4巻もなんとかお届けすることができました。『刹那の風景』で、少しでも皆様《みなさま》が楽しんでいただければ、嬉《うれ》しい限りです。

最後になりましたが、今回も多大な労力を割《さ》いてくださいました編集の担当様、執筆時の私達に癒《い》やしを与えてくれる挿絵《さしえ》をいつも描《か》いてくださるsime様、この作品に携《たずさ》わっていただいた皆様、そして、この作品を待ってくれていた読者様に、感謝を申し上げます。

二〇二三年三月三日　緑青・薄浅黄

DRAGON NOVELS
ドラゴンノベルス

刹那の風景4
68番目の元勇者と訳ありの依頼

2023年3月5日　初版発行

著　　者　緑青《ろくしよう》・薄浅黄《うすあさぎ》

発 行 者　山下直久

発　　行　株式会社 KADOKAWA
〒102-8177　東京都千代田区富士見2-13-3
電話 0570-002-301（ナビダイヤル）

編　　集　ゲーム・企画書籍編集部

装　　丁　ムシカゴグラフィクス

D　T　P　株式会社スタジオ２０５ プラス

印 刷 所　大日本印刷株式会社

製 本 所　大日本印刷株式会社

DRAGON NOVELS ロゴデザイン　久留一郎デザイン室+YAZIRI

●お問い合わせ
https://www.kadokawa.co.jp/（「お問い合わせ」へお進みください）
※内容によっては、お答えできない場合があります。
※サポートは日本国内のみとさせていただきます。
※ Japanese text only

定価（または価格）はカバーに表示してあります。

ISBN978-4-04-074794-1　C0093